Harald Grill

gehen lernen

Harald Grill

gehen lernen

Roman in Geschichten

Verlag Sankt Michaelsbund

Eine Uhr ohne Zeiger ist besser als gar keine Uhr.
Vielleicht geht sie ja innen.

Karl Valentin

Ein Indianer kennt keinen Schmerz

Ich renn weg.
Ich fall hin. Mein Knie blutet.
Ich tupf das Blut mit dem Hemdenzipfel ab.
Da ist was Schwarzes in der Wunde.
Das ist Dreck. Der muss weg. Ich tupf weiter.
Das zieht. Das sticht. Das brennt. Ich weine.
Mein Vati sagt: Ein Indianer kennt keinen Schmerz!
Ich kenne keinen Indianer.
Manchmal denk ich, mein Vater wär ein guter Indianerhäuptling, wenn er noch beide Beine hätte. Aber nicht einmal das eine Bein, das er hat, taugt was. Mit dem kann er ohne den Stützapparat nicht richtig gehen.
Stützapparat – das ist ein Wort, das ich den anderen Kindern voraus hab. Mein Wort! Das kennen sie nicht. Darüber werden sie staunen, wenn ich es ihnen vorsag. Aber ich red nicht davon. Ich schäme mich, dass mein Vater solche Fesseln anziehen muss. Die anderen sehen ja Gott sei Dank nicht, dass am Schuh vom Vati eiserne Schienen und Ledermanschetten festgemacht sind. Am Knie kann sie der Vati hin und her bewegen. Erst ganz oben am Bein hören sie auf.

Der Vati biegt das Knie ab und sagt: Siehst du, da ist am Knie ein Scharnier! Das ist ein *Scharniergelenk*. Das kann ich genauso abbiegen wie du deine Knie.
Scharniergelenk – ja, das Wort gefällt mir auch.
Ich sprech es leise nach: *Scharnier-gelenk*.
Ich knie mich hin und biege meine Beine ab.
Ich steh wieder auf und knie mich wieder hin und freu mich noch einmal über das Wort, das ich abbiegen kann wie meine Knie: *Scharnier-gelenk*.
Wenn der Vati den Schuh mit dem Stützapparat anzieht, helf ich ihm, da knie ich mich wieder hin und zieh die langen Schuhbänder durch die Löcher von den Manschetten. Die Schleife bindet er lieber selber, dann weiß er, dass sie fest genug ist und hält.
Er sagt, dass er in dem Bein kein Gefühl hat.
Das Bein ist dünn und weiß. Kleine silberne Sonnen sind über die Haut verteilt. Manche sind so groß wie Fünfmarkstücke. Von der Mitte aus gehen in alle Richtungen Strahlen. Kleine Falten. Da hat die Haut einen matten Glanz.
– *Splitternarben*! Die sind von der Granate!, sagt der Vati.
Wenn ich so eine Stelle anlang, dann spür ich, wie glatt und weich die Haut da ist, dünner, feiner Stoff – wie der Seidenschal von der Mutti. Sonst schaut die Haut an seinem Bein überall aus wie ein zerknittertes Brotzeitpapier. Trotzdem hält sein Bein viel aus.
Splitternarben – noch so ein besonderes Wort.
Einmal sagt der Vati: Da kannst du mit der Nadel hineinstechen und es tut mir nicht weh.

Und er hält mir eine Stecknadel hin.
Ich nehm die Nadel. Aber ich trau mich nicht.
Und er nimmt mir die Nadel aus der Hand und sticht selbst.
Und ich krieg eine Gänsehaut und weiß nicht, ob mir graust vor ihm oder ob ich ihn bewundere. Vielleicht ist er wirklich einer, der keinen Schmerz kennt. Vielleicht ist er wirklich einer, der sich alles traut.

Eine Weltreise – fort und woanders hin

– Der Harald hat nicht richtig gehen gelernt, der rennt immer nur, hat meine Mutti gestern zu einer Frau im Milchgeschäft gesagt. Bloß, weil ich mir mein Knie aufgeschlagen hab.
Heute renn ich nicht. Aber gehen tu ich auch nicht. Meine Mutti und ich, wir sitzen im Anhänger vom Möbelwagen. Da ist vorn ein Glaskasten dran, wie im Tierpark für die Fische, aber ohne Wasser. Und wir sitzen hinter den Scheiben.
Wir fahren Lastauto. Aber ohne Lenkrad. Und man sieht hier hinten nicht so viel, wegen dem Lastauto vor uns, das uns zieht. Nur an der Seite sieht man die Bäume und die Häuser.
Wir fahren weg. Fort von Straubing. Woandershin.
– Nach Regensburg, hat die Mutti gesagt.
In Regensburg war ich noch nie. Aber dort werden wir jetzt immer sein. Wir haben alle unsere Sachen dabei und fahren nie mehr zurück. Zwischen uns steht der Hansi in seinem Käfig. Der Hansi ist mein Kanarienvogel. Der Onkel Wolfgang

hat ihn mir geschenkt. Die Mutti hat gesagt: Das ist Blödsinn. Der Junge ist ja noch zu klein.
Ich hab mich aber schon gefreut.
Ich bin nämlich gar nicht mehr so klein.
Später hab ich mich nicht mehr um den Vogel gekümmert. Mit dem kann man ja nicht richtig spielen. Immer hockt er in seinem Käfig. Manchmal singt er. Wenn ich ihn aus dem Käfig herauslassen tät, hätt er wahrscheinlich auch keine Lust zum Spielen.
– Weißt du noch, wie er sich einmal das Bein gebrochen hat, weil er im Zimmer herumgeflogen ist? Da hat er sich auf die offene Küchentür gesetzt und die Tür ist zugefallen. Der Vati hat ihm eine Schiene für das Bein gebastelt und es ist wieder zusammengewachsen.
– Genauso machen die das im Krankenhaus, hat der Vati gesagt. Er ist nämlich schon oft im Krankenhaus gewesen. Mit Krankenhäusern kennt er sich am besten aus in der ganzen Welt. Immer, wenn ich am Abend ins Bett gehe, hab ich Angst, dass er am nächsten Morgen nicht mehr da ist, weil er ins Krankenhaus hat müssen.
Es fängt an zu regnen. Die Tropfen platschen an die Scheibe. Sie springen und rutschen und schwimmen auf dem Glas nach hinten weg. So viele und so nah beinander, immer neue, immer mehr und mehr und mehr …
– Kaum kommen wir in die Nähe von Regensburg, da fängt es an zu regnen, sagt meine Mutti. Sie lacht.
Ich weiß nicht, warum sie da lacht. Wieso sollen wir in einer Stadt wohnen, in der es dauernd regnet …

Mir ist es langweilig. Ich will jetzt endlich ankommen.
Da erzählt mir die Mutti Geschichten, die sie mir sonst aus dem Märchenbuch vorliest.
Ich kann die Geschichten schon auswendig.
Wenn sie sagt: Ein Müller hatte drei kleine Jungen …
Dann sag ich ihr schnell, wie's richtig heißt: *Ein Müller hatte drei Söhne!*
Und sie sagt dann auch *drei Söhne* und erzählt mir die Geschichte vom gestiefelten Kater weiter. Und ich stell mir vor, dass ich auch solche Siebenmeilenstiefel habe. Und ich nehme meine Mutti *huckepack* und den Vati *buckelkrax* noch oben drauf. Kein Wunder, dass wir da ganz schnell in Regensburg sind. Und allen, die ich dort treff, erzähl ich, wie ich mit Siebenmeilenstiefeln hierhergekommen bin. Dabei red ich einmal wie meine Mutti und einmal wie mein Vati.

Im Mausloch

Ich trau mich nicht hinaus aus der neuen Wohnung.
Ich hab Angst vor den anderen Kindern.
Und vor den Großen erst recht.
Auch wenn sie mir nichts tun. Sie machen mir Angst.
Auch wenn sie sagen, dass alles nur Spaß ist.
Ich trau ihnen nicht.
Und sie merken, dass ich Angst hab, und laufen mir nach.
Und sie lachen mich aus, weil ich davonlaufe.

Das ist wie bei den Hunden.
Da muss einer ruhig bleiben. Da darf einer nicht davonlaufen.
Das ist leicht gesagt.
Ich versteck mich lieber.
Am schlimmsten ist es, wenn ich allein daheim bin.
Wenn es läutet an der Wohnungstür, versteck ich mich hinter dem Wohnzimmervorhang.
Nein, ich kriech unters Bett.
Nein, lieber unter die Bettdecke.
Ich will mich so klein machen wie eine Maus. Draußen vor meinem Mausloch seh ich die großen spitzigen Zähne von der schwarzen Katze.
Ich höre was. Das ist hier im Haus. Manchmal von weit weg, vielleicht vom Stockwerk ganz oben. Keine Stimmen. Türen sprechen. Sie gehen leise auf und zu. Oder Fenster. Mund auf, Mund zu. Türenwörter. Fensterwörter. Klodrückerwörter. Die Wände reden. Ich versteh die Wörter: Wasser rauscht. Irgendwo fällt was auf den Boden. Leises Klopfen. Dann kratzt und schabt irgendwas unten im Keller. Auf einmal schlägt ganz laut eine Tür zu. Die kenn ich, die ist nah. Die Haustür! Ich habe schon oft gehört, wie jemand die Haustür aufsperrt und den Schlüssel aus dem Schloss zieht, und wie die Tür dann zufällt. Kann sein, dass der Jemand noch einen Briefkasten aufsperrt, und danach geht der Jemand die Treppe rauf. Ich warte, ob es die Mutti ist. Der Vati kann es ja nicht sein, der hört sich ganz anders an mit seinen Krücken. Die Mutti ist es auch nicht. Aber eine Frau. Ich hör die Stöckelschuhe über die Steintreppe trippeln.

Die ganze Zeit nur Geräusche und nichts ist zu sehen.
Ich weiß nicht immer gleich, von was sie kommen und zu was sie gehören. Hab aber viele Bilder im Kopf, zu denen sie passen. Und ich such mir noch neue dazu: Ich kann mir ja die Leute einfach vorstellen. Weiß nicht, was ihnen gerade runtergefallen ist, aber ich kann mir was denken: ein Messer, eine Pistole vielleicht …
Den Klodrücker muss ich mir nicht vorstellen und auch nicht, wie das Wasser ins Klo rauscht. Ich könnte mir ausdenken, wo es hinrinnt: in den Keller, bis unten alles unter Wasser steht.
Mittendrin denk ich: Vielleicht will jemand in unsere Wohnung einbrechen. Es ist auf einmal so still. Ich lausche. Ich pass genau auf. Ich höre, wie still es ist.
Und die Wände kriegen Ohren, viele große Ohren.
Vielleicht belauscht mich irgend ein Jemand.
Und die Riesenkatze vor dem Bett?
Ich will mich kleiner machen und verkriech mich noch tiefer unter der Bettdecke.
Ich seh sie: Sie steht vor dem Bett und reißt ihr großes Maul auf. Alles vor mir ist ein offenes Maul. Ich schau hinein, weit hinein in den tiefen Hals.
Ich will mich noch kleiner machen. Aber das geht nicht.
Ich stecke beide Beine in ein Hosenbein von meiner Schlafanzughose.
Ja nicht bewegen.
Ja nicht schnaufen, sonst findet sie dich!

Der Schatz

Wie die Tage vergehen.

Ja, sie vergehen, aber ich spann es gar nicht so richtig, wie sie vergehen. Ich krieg immer nur mit, wie *ein* Tag vergeht.

Ich seh immer nur einen Tag zurück.

Ich seh immer nur einen Tag nach vorn.

Die Mutti sagt: Siehst du den kleinen Zeiger an der Uhr, wenn der ganz unten ist, kommt der Vati von der Arbeit.

Und ich hab immer geschaut, wo die Zeiger auf der Uhr sind, wenn ich auf etwas gewartet habe.

Ich kenne die Uhr jeden Tag besser. Da brauch ich gar keine Schule. Die Oma und die Mutti haben mir beigebracht, wie die Zeiger stehen müssen, wenn es Mittag ist oder Abend und wann es sieben ist – da muss ich nämlich ins Bett.

In der Zeit vor Weihnachten ist es nicht mehr so einfach – da muss ich mir einen Tag denken, der noch ganz weit weg ist. Auch beim Geburtstag. Da sagt die Mutti: Noch siebenmal schlafen! Und ich lerne mit den Fingern zählen. Zuerst darf ich die Finger von meiner Mutti zählen, dann die vom Vati. Danach zähl ich meine Finger und geb dabei jedem den Namen von einem Wochentag.

– Montag, Dienstag, Mittwoch …

Der Vati nimmt meine Hand und hilft mir weiter.

– Donnerstag, Freitag, Samstag, Sonntag.

Ich kann die Tage zählen, aber ich krieg trotzdem nicht richtig mit, wie sie vergehen.

Ich bin sowieso da. Und der Tag auch. Und die Nacht kommt später. Ich hab viel Zeit den ganzen Tag, den ganzen Tag hab ich viel Zeit …
Sie haben mich zur Schwester Margarete in den Antonius-Kindergarten schicken wollen.
– Nein, hab ich gesagt, da geh ich nicht hin.
Und dann hab ich nicht hingehen müssen.
Manchmal fragen mich Leute jetzt, ob ich traurig bin, weil ich noch nicht in die Schule gehen darf.
– Weiß nicht, antworte ich.
Manchmal fragen mich Leute, ob ich mich schon auf die Schule freue.
– Weiß nicht, antworte ich.
Aber ich weiß es doch: Ich bin nicht traurig. Ich freue mich nicht. Ich hab Angst vor der Schule. Mir graust vor der Schule.
– Wer groß werden will und stark, der muss erst einmal in die Schule, sagt die Tante Friedl.
Ich will aber nicht groß und stark werden.
Was will ich dann?
Ich will, dass sie mich in Ruhe lassen. Ich will, dass sie mich den ganzen Tag machen lassen, was ich will.
Und was will ich?
Irgendwo herumrennen will ich.
Irgendwo ein Loch in die Erde graben, das will ich.

Die Sonne scheint so schön. Ich darf heuer zum ersten Mal draußen barfuß laufen. Ich nehme meinen grünen Schubkarren mit und die blaue Schaufel, die mit dem langen Stiel.

Dann grab ich ein tiefes Loch in den erstbesten Erdhaufen hinter unserm Wohnblock.
Da ist auf einmal was Hartes. Ganz was Großes! Ich drück. Ich schieb. Ich hau mit der Schaufel drauf. Das Ding rührt sich nicht. Vielleicht ein Stein, ein Felsen. Ich putz den Dreck mit den Händen weg. Da glänzt was. Es glänzt silbern.
– Ein Schatz! Ein Räuberschatz!, denk ich.
Also grab ich weiter und mach das Loch breiter.
Das ist vielleicht ein komisches Trumm! Das bring ich nie auf meinen Schubkarren! Das ist viel zu groß und zu schwer. Ich kann es nicht einmal schieben oder rollen.
Da kommt ein Mann aus unserem Haus. Der rennt auf mich zu und schimpft. Kann ja sein, dass der den Schatz vergraben hat. Nix wie weg! Ich lass alles stehen und liegen.
Daheim versteck ich mich unterm Bett.
Ich hör eine Sirene.
– Das ist die Feuerwehr!, ruft meine Mutti.
Ich will rausschauen. Aber sie lässt das Rollo runter.
– Wir müssen schnell alle in den Keller, sagt sie.
– Das braucht es nicht, sagt der Vati, es reicht, wenn wir ins Bad gehen.
Abends in der Badewanne wäscht mir die Mutti den Schatzdreck ab und sagt, dass ich eine Bombe ausgegraben habe. Und der Vati kommt auch herein und sagt: Du darfst so eine Bombe nie wieder anfassen, die kann ja explodieren!
Ich glaub, ich hab was ganz Schlimmes gemacht, und der Mann, der mich geschimpft hat, wird uns mit der Feuerwehr verjagen. Ich hab Angst, dass wir wieder wegziehen müssen.

Ein Freund

Einen Tag später reden alle Kinder mit mir.
Der Günter fragt mich: Bist du der mit der Bombe?
Und bevor ich antworten kann, sagt der Peter: Ja, genau, das ist er.
Und der Günter haut mir auf den Buckel.
– Du bist der Bombenfinder, stimmt's!
Dann nicke ich nur noch.
Und der Peter meint: Schade, dass sie dich erwischt haben! Wenn die Feuerwehr nicht gekommen wäre, hätten wir die Bombe selber sprengen können.
– Hier im Hof?, frag ich.
– Blödsinn, meint der Günter, hinten auf dem Sportclub, da hätt uns keiner gesehen.
– Und wenn was passiert wär?, frag ich.
Da tut der Peter so, wie wenn er einen Hustenanfall kriegen tät vor lauter Lachen. Und dazwischen macht er meine Stimme nach und schreit über den ganzen Hof: Und wenn was passiert wär! Passiert wär! Passiert wär!
Aber keiner fragt mich, wie die Bombe überhaupt ausgeschaut hat. Keiner will wissen, wie ich sie gefunden hab. Und keiner fragt mich, ob ich Angst gehabt hab.
Das hätt ich alles erzählen können.
Ich hab nämlich überhaupt keine Angst gehabt.

Zum Günter sagen alle anderen Kinder *Knacker.* Niemand weiß warum. Der Günter auch nicht.

Knacker ist ein blöder Name, finde ich. Knacker heißen die Knackwürste beim Metzger, aber doch keine Kinder.
Ich sag lieber Günter.
– Der Günter ist wohl jetzt dein Freund?, fragt meine Mutti.
– Kann schon sein, sag ich, den kann ich gut leiden.
Einmal hockt er hinter dem Haus auf einem Erdhaufen und gräbt mit einem Messer in der Erde herum. Zuerst hab ich ihn gar nicht gesehen, weil das Unkraut und die Blumen so hoch sind. Ein richtiger kleiner Urwald ist das.
– Was machst du denn da, frag ich ihn.
– I grab an Bunker.
– Bunker? Was soll denn das sein?
– Ein ganz ein tiefes Loch, wo man reinkriechen kann.
– Ich helf dir, dann kriechen wir zu zweit rein.
– Hast ein Messer oder was?
– Mit so einem Messer kann man doch nicht gescheit graben, ich renn schnell heim und hol meine Sandschaufel, sag ich.
Aber der Boden ist so hart, dass meine Schaufel schnell kaputt ist. Zuerst geht der Stiel dauernd ab und dann wird auf einmal das rote Blech an einer Stelle ganz silbern. Gleich drauf bricht es auseinander. Da renn ich heim und will von meiner Mutti auch ein Messer zum Graben. Die gibt mir keins. Bin richtig sauer. Wie stehe ich denn jetzt da vor dem Günter.
Der Günter sagt bloß, dass er nie fragt, wenn er daheim was braucht. Der nimmt es sich einfach.
Das tät ich mich nie trauen.
Ich bin froh, dass ich einen Freund hab, der sich was traut.
Der hilft mir bestimmt, wenn ich mich selber nichts traue.

Aber vielleicht ist er sauer, wenn ich ihm nicht helfe. Dann wird er sagen: Ich will einen anderen Freund!
Ich nehme mir fest vor, dass ich mich bald mehr traue. Das nehm ich mir für mich allein vor. Dem Günter sag ich es nicht. Und der Mutti und dem Vati auch nicht. Ich werd es ihnen bald einmal beweisen.
Leider wird unser Bunkerloch grad einmal so tief, dass wir bis zu den Knöcheln drin verschwinden.

Red anständig

Am Tag drauf wollen wir weitergraben.
Ich sag zu meiner Mutti: Derf i außegeh zum Günter?
– Wie heißt das?
– Derf i bitte außegeh zum Günter?
– Du sollst anständig reden!
Ich darf nicht so sprechen wie der Günter.
Ich darf nicht so sprechen wie die Kinder auf der Straße.
Ich soll so sprechen wie die Mutti.
– Darf ich bitte hinausgehen zum Günter?
– Siehst du! Geht doch! Du kannst es doch!
Wenn ich dann draußen beim Günter so rede, lacht er mich aus. Das ist gefährlich für mich, weil ich aufpassen muss, dass ich nicht durcheinanderkomm.
Wie könnt ich bloß anfangen mit dem Mich-was-trauen?
Beim Günter trau ich mich nicht, weil er sonst lacht.

Bei der Mutti trau ich mich nicht, weil sie sonst schimpft.
Dabei könnt ich es einfach wie der Günter machen und zur Mutti *Mama* sagen und Vati *Papa*.
Das kommt mir blöd vor.
Wenn ich mich was trau, hab ich dauernd Schwierigkeiten.
Sich nichts trauen ist einfacher – nein, stimmt ja nicht, da reden sie einen auch blöd an.
– Warum sagst nix?, fragt der Günter.
Dauernd fragt er mich was. Ich weiß nicht so recht, wie ich antworten soll. Also sag ich gar nix.
Erst einmal wollen wir doch an unserem Bunker weitergraben.
Ich hab jetzt eine bessere Schaufel, einen kleinen Spaten, wie er hinten an den Jeeps dranhängt. Der Vati hat ihn auf der Straße liegen sehen und mitgenommen.
– Hej, sauber, ein echter Amispaten!, ruft der Günter.
Ich hau meine Schaufel in die harte Erde und will anfangen.
Da schreit er mich an: Pratzen weg vo meim Amispaten!
– Was?
– Bist du doarat?
– Was bin ich?
– Hörst du schlecht?
– Das ist doch mein Spaten!
– Seit wann des?
Ich schmeiß ihm die Schaufel vor die Füße und renn weg.

Ein Bett ganz für mich allein

Wenn wir Leute treffen, die wir noch nicht kennen und die uns noch nicht kennen, erzählen der Vati und die Mutti immer von unserer Zwei-Zimmer-Wohnung mit Küche und Bad. Aber so oft ich unsere Zimmer zähle – ich komme auf drei. Wir haben ein großes Schlafzimmer und ein kleineres Zimmer als Wohnzimmer und eine große Küche und ein Bad gibt es noch.

– Wir haben doch alles, was wir brauchen, meint der Vati nur.

– Ja, wir haben eine Wohnküche, sagt die Mutti, die ist auch ein Zimmer, in dem man wohnen kann.

Im Bad haben wir einen Badeofen, gleich daneben steht das Klo und neben dem hängt das Waschbecken. Quer unterm Fenster ist eine Badewanne eingemauert. Dort hängt an einem Wasserschlauch eine richtige Duschbrause. Mit der spiel ich beim Baden Telefonieren. Und ich schau auch gern zu, wenn das Wasser durch das Loch rausläuft und gurgelt, wie der Vati, wenn er sich die Zähne putzt. Über dem Waschbecken hängt ein Spiegel. In dem kann ich mich nur sehen, wenn ich mir einen Küchenstuhl hol und draufsteig.

Im Wohnzimmer sind wir nicht oft. Dort schlaf ich.

Im Schlafzimmer schlafen die Mutti und der Vati.

Meistens sind wir in der Küche. Dort, auf dem Kanapee, schläft die Oma, wenn sie auf Besuch da ist.

Manchmal darf ich mit meinen Eltern in die Stadt. Die Häuser dort sind ganz schwarz. Bei vielen gibt es Risse in den

Wänden und der Putz bröckelt herunter. In den engen Gassen ist es feucht und es stinkt. Viele Autos fahren herum.
Wir stehen vor dem Dom.
– Wie hoch die Domtürme sind! Und so spitzig! Die stechen Löcher in die Wolken.
Neben den beiden hohen Türmen steht ein kleiner. Das bin ich und die hohen Türme sind der Vati und die Mutti. Und gar nicht weit, da fließt die Donau und eine große, steinerne Brücke geht drüber. Der Vati deutet mit der Krücke zum Wasser.
– Dort, gleich neben den Brückenbogen, ist es ganz gefährlich, da gibt es Strudel.
Ich muss lachen, weil ich mir einen Apfelstrudel vorstelle.
– Dir geb ich gleich einen Apfelstrudel, sagt er, es gibt doch auch andere Strudel, die sind nichts zum Essen, die drehen sich genauso nach unten wie das Wasser in der Badewanne, wenn es zum Abfluss hinausläuft, nur viel stärker, und sie ziehen jeden hinunter, der in die Nähe kommt, und lassen ihn nicht mehr aus und behalten ihn in der Hölle.
Bei *Hölle* verdreht er ganz wild die Augen, will mich am Genick packen und nicht mehr auslassen, aber ich wind mich raus, duck mich weg und breite meine Arme aus und drehe mich, drehe mich, drehe mich, bis ich nicht mehr kann. Aber es dreht sich alles um mich herum weiter und mir wird schwindlig, muss mich schnell am Vati festhalten, damit's mich nicht umhaut.
Die Donau mit ihrem dreckigen Gluckerwasser schaut wirklich gefährlich aus. Da tät jeder untergehen, der reinfällt!

Gott sei Dank gehen wir jetzt weg vom Ufer.
Nicht weit von der Donau gibt es ein riesengroßes Möbelgeschäft. Das ist ein ganzes Haus voller Möbel. Eine riesengroße Wohnung. Es könnten alle Leute aus unserem Haus drin wohnen. Da stehen zehn Kanapees nebeneinander. Und lauter Sessel und Esstische und Stühle. Und Küchenbüffets.
Ein Mann zeigt uns einen Schrank, der ist gar kein Schrank. Er kippt ihn einfach um. Da kommen unten ganz von selber zwei Beine heraus und es steht ein Bett vor uns. Dann gehen wir zu einer Couch. Der Mann zieht die Polster nach vorn, einmal, zweimal und schon stehen zwei Betten vor uns.
– Das ist ja Zauberei, sagt die Mutti.
– Ganz schön praktisch, sagt der Vati.
Ich weiß nicht, was ich sagen soll.
Ich krieg den Mund nicht zu und nicht richtig auf.
Ich steh nur da und schau.

Eine Woche später komm ich grad vom Spielen heim, da steht ein großes Möbelauto vor dem Haus. Vor unserem Wohnzimmerfenster stehen zwei Möbelmänner und zu unserem Fenster schaut auch einer raus.
Die haben so praktische Möbel dabei, wie wir sie neulich im Möbelgeschäft angeschaut haben. Aber durch unseren Gang passen sie nicht durch. Sie müssen sie durchs Fenster hineinheben.
Die alten Möbel vom Schlafzimmer kommen jetzt in das kleine Zimmer, das vorher unser Wohnzimmer gewesen ist.
Da sagen wir jetzt Kinderzimmer dazu.

Das Schlafzimmer vom Vati und von der Mutti wird jetzt gleichzeitig unser Wohnzimmer. Jeden Abend, wenn sie ins Bett gehen, bauen sie es wieder um in ein Schlafzimmer. Da steht nämlich jetzt das Schrankbett und ein Kanapee, da kann man daran ziehen und es wird doppelt so breit.
– Das ist eine Ausziehcouch, sagt die Mutti und ich muss schon wieder lachen.
– Weil man sich ausziehen muss, wenn man sich drauflegt, stimmt's?
– Du Kaschper, sagt der Vati und grinst.
Schade ist nur, dass nicht mehr alle Sachen Platz haben im Schlafzimmer. Die Frisierkommode kommt in den Keller.
– Die hau ich mit dem Hackel zusammen, dann können wir sie einheizen, sagt der Vati.
Die drei Spiegel sind zu groß, die kann er nicht im Keller zusammenhauen. Der größte ist in der Mitte und zwei schmale auf jeder Seite. Die schmalen kann man auf- und zuklappen. Im mittleren Spiegel hat sich die Mutti beim Frisieren von vorn gesehen. Wenn die Seitenspiegel schräg gestellt waren, hat sie in einem von den Spiegeln immer auch die anderen beiden gesehen. So hat sie erkennen können, wie sie hinten ausschaut und ob sie da auch schön frisiert ist.
Und einmal hab ich noch was herausbekommen: Wenn ich die zwei Seitenspiegel genau gegenüberstell, dann seh ich in einem Seitenspiegel den anderen Seitenspiegel, aber der spiegelt den anderen auch noch und er spiegelt sich selber im anderen Spiegel und der andere Spiegel spiegelt alles zusammen und immer so weiter und so weiter und so zu. Da hab ich nicht

nur alles doppelt gesehen, sondern viele Male doppelt. Das hat mir gefallen, das war auch wie Zauberei …
Damit ist es jetzt vorbei. Der Vati hackt das Holz ganz klein und heizt damit am Samstag unseren Badeofen ein. Da bekommen wir schönes heißes Badewasser. Ich freu mich schon drauf, dass ich den Stopsel rausziehen kann. Wegen dem Strudel. Will sehen, wie er den Dreck hinunterzieht in die Hölle.

Der neue Radio

Jetzt haben wir es endlich: Unser neues großes Radiogerät!
Wir sagen aber nicht das Radiogerät.
Wir sagen auch nicht: *Das* Radio.
Wir sagen: *Der* neue Radio!
Neben dem schaut der kleine Radiokasten, der uns bis jetzt ganz gut getaugt hat, nur noch alt aus. Ehrlich! Unser alter Radio hat ein runzliges Gesicht. Eigentlich hat er gar kein Gesicht. Mir kommt er eher vor wie der verschrumpelte Apfel vom letzten Jahr, den wir unter dem Küchenbüfett gefunden haben. Der Kalender zeigt den 10. Januar 1957.
Ich kann das noch nicht lesen.
Meine Mutti kann es. Und die liest es mir vor.
– Damit du endlich Ruh gibst, sagt sie.
Ich muss jetzt eh bald in die Schule. Dann lern ich auch lesen. Zuerst kommt noch der Sommer. Erst wenn der vorbei ist, geht es los. Bis dahin ist der Radio mein Lehrer. Er

redet einmal mit einer Frauen- und ein anderes Mal mit einer Männerstimme. Und die sagen nicht das Radiogerät und auch nicht das Radio – sie sagen: *Rundfunkempfänger.*

Also: Mit unserem neuen *Rundfunkempfänger* fängt noch vor dem ersten Schultag eine neue Zeit an. Er ist für die ganze Familie das Allerwertvollste im Haus. Der ist vielleicht sogar noch wertvoller als unser Auto. Wir gehören nämlich zu den wenigen im Wohnblock, die ein Auto haben. Unser mausgrauer Käfer VW-Standard ist natürlich auch wertvoll, der darf keinen Kratzer kriegen. Den müssen wir jeden Samstag so lange putzen und polieren, bis er wie neu ausschaut.

– Ich brauch das Auto. Ich kann ja nicht überall mit meinen Krücken hingehen. Und mit dem Rollstuhl will ich auch nicht rumkurven, sagt der Vati.

Das stimmt schon: Das Auto brauchen wir.

Aber der Radio ist für mich sowas wie eine Schatzkiste. Da steckt so viel drin. Wir brauchen nicht unbedingt alles, was drin steckt. Aber es ist trotzdem pfundig. Damit kann ich angeben! Der Radio macht unsere Zweizimmerwohnung im Regensburger Kasernenviertel zu einem Königsschloss.

Der riesige, dunkle, glänzende Holzkasten steht brav auf seinem Platz auf einer Kommode in der Ecke der Küche.

– Das ist Nussbaumholz, sagt der Vati.

– Das ist wertvoll, sagt die Mutti.

Sie liest dem Vati und mir die Beschreibung aus dem Neckermannkatalog vor: *Neckermann 3-D-Super III, die Luxusausführung des Standard-Supers schon mit dem Komfort eines Empfängers der höheren Klasse. Der volle Klang wird Sie be-*

geistern: Drei Lautsprecher. Sieben Röhren. Siebzehn Kreise. Sechs Drucktasten: UKaWe, KaWe, eMWe, eLWe, PHONO und AUS. Tastenwahl zweier Sender. Getrennte Abstimmung. Schwungradantrieb. Getrennte Regler für Höhen und Tiefen mit optischer Anzeige. Drehbare Ferritantenne für eMWe. Eingebaute UKaWe-Antenne. Skala mit Selbstbeschriftungsstreifen. Hochglanzpoliertes Edelholzgehäuse. 258,– De-Mark.

– Ganz schön teuer, sagt der Vati.

– Da haben wir ganz lange drauf gespart, sagt die Mutti.

Soweit kann ich noch lange nicht rechnen, aber ich habe ihnen lange zugeschaut, wie sie sich auf den Radio gefreut haben.

Interessante Wörter: *Lu-xus-aus-füh-rung – Stan-dard-Su-per – mit Kom-fort – Kreis-zahl – sie-ben – Röh-ren!*

Meine Mutti liest gerne laut vor: *Röhren und Kreiszahl sind maßgebend für die Empfangsleistung in den einzelnen Wellenbereichen. Sehr wichtig ist dabei die Zahl der Röhrenfunktionen, da in modernen Supern Verbundröhren Verwendung finden, bei denen in einem Glaskolben mehrere Röhrensysteme arbeiten …*

So was Blödes!

Verbund-röhren – Glas-kolben – Röhren-systeme!

Ich will jetzt hören, wie er geht!

Ich will jetzt endlich einschalten!

– Darf ich?

Da lacht auf einen Schlag einer wie verrückt und mit dem Lachen zuckt auf einmal ein grünes Auge in der Glasscheibe neben den Tasten, geht auf und zu und zuckt und lacht einfach mit: Hahahahahahahaha!

– Der lachende Vagabund!, rufe ich.
– Das magische grüne Auge!, ruft der Vati.
– Fred Bertelmann!, ruft meine Mutti.
Ich kenn das Lied schon und wart immer nur auf die Stelle mit der Lacherei.
Wenn die Oma auf Besuch ist und das Lied hört, sagt sie: Das Gelache is mir zu blöde!
Der lachende Vagabund ist mir eigentlich wurscht-egal.
Weiß eh nicht, was ein Vagabund ist.
Die Lacherei gefällt mir trotzdem.
Von heut ab begleitet mich das Radioprogramm hinaus zu fernen Ländern. Den Namen Italien kenne ich bis jetzt nur, weil die Familie Dieterle aus dem zweiten Stock dorthin in den Urlaub fährt. Als sie nur Mann und Frau gewesen sind und noch keine Kinder gehabt haben, sind sie zu zweit auf dem Vespa-Roller nach Italien gereist.
Italien – das muss ewig weit sein. Und dann das ganze Gepäck! Die Kochtöpfe! Das Zelt! Bald brechen sie wieder auf. Aber dann fahren sie mit ihren Kindern Angelika und Armin in ihrem Goggomobil, mit Dachständer und mit einem kleinen Anhänger.
Ihhh-talien, Ahhh-talien, Ohhh-talien, Uhhh-talien …
Dort muss die Sonne ganz schön runterbrennen. Alle kommen sie braungebrannt zurück. Der Bauer Peter vom Nachbarhausgang läuft nach dem Urlaub an schönen Tagen nur noch mit der Badehose herum. Er ist der erste, der eine Tarzan-Badehose hat in unserem Viertel.
Manche Italienurlauber haben bunte Aufkleber auf der Auto-

scheibe: ein großes rotes ‚G' mit einer pfundigen Berglandschaft. Die beneide ich am meisten. So ein Aufkleber kommt mir vor wie eine Auszeichnung, die unsere Familie nie kriegen wird, weil wir uns nicht trauen, so weit zu fahren.

Komm ein bisschen mit nach Italien – Ciao, ciao, Bambina – Im Hafen von Adano – Lago Maggiore – Wenn bei Capri die rote Sonne im Meer versinkt …

Durch den Radiolautsprecher platzen die Schlagertexte aus allen Nähten von der Stoffbespannung, so vollgestopft ist der Kasten mit italienischen Liedern und Wörtern. Das interessiert mich aber nur so nebenbei. Alles, was ich mitkrieg, ist: der *Peter* Alexander, der singt von Italien, und der *Peter* Bauer, der reist nach Italien.

Naja, der geht ja schon in die zweite Klasse.

Übers Radio ist unsere Familie verbunden mit der ganzen Welt. Nur hier, so kommt es mir vor, sind wir einmal nicht hintendran: *Jambalaya – Am weißen Strand von Surabaya – Wenn die Sonne scheint in Texas – Tipitipitipso – Hula Baby …*

Irgendwie kommen mir die ganzen Wörter so affig vor wie *Dampfnudel* oder *Heiliger Bimbam*. Trotzdem machen sie mich neugierig darauf, was das ist: *Urlaub*. Und wie die Länder ausschauen, die so ganz weit weg sind: *Italien* und *Hawaii, Arizona, Wilder Westen, Nordsee* und *Mexiko, Spanien*. Alles Namen, die ich zum ersten Mal im Radio hör. Die Bilder, die zu den Wörtern passen, find ich in den Illustrierten vom Lesezirkel, die beim Friseur herumliegen. Hinter diesen Bildern trällern die Leute auf der ganzen Welt Schlager vor sich hin: *Tiritomba, Tiritomba, Tiritomba!*

– Jetzt geht es uns gut, sagt die Tante Friedl.
– Wir sind wieder wer, sagt der Onkel Julius.

Der schwierigste Teil vom Radioprogramm kommt nach dem *Echo der Zeit*, fünf Minuten vor sieben. Die Betthupferl-Musik soll nämlich für mich ein Signal fürs Bettgehen sein.
– Das ist der Zapfenstreich!, ruft der Vati.
– Was ist das, ein Zapfenstreich?
– Die Betthupferl-Geschichte noch, und dann geht's ab ins Bett, sagt die Mutti.
Kinder müssen immer viel zu früh ins Bett.
– Also dann: Gute Nacht, sagt der Vati.
– Nicht so schnell, nicht so schnell!
– *Ohren auf, Augen zu, denn jetzt kommt euer Betthupferl!*
Ich hör gar nicht zu bei der Geschichte. Ich überlege und überlege, wie ich es anstellen kann, dass ich aufbleiben darf.
Und schon ist das Betthupferl aus.
– Ab ins Bett, hab ich gesagt!
Die Mutti ist manchmal unmöglich!
Immer wenn ich ins Bett gehen soll, wird meine Kraft wach!
Die Hände, die sich mir entgegenstrecken, wehr ich ab. Ich lass mich auch nicht an den Schultern aus der Küche schieben. Die Beine stemmen sich in den Boden. Vor lauter Kraft komm ich kaum zum Überlegen.
– Sei doch nicht so trotzig, sagt die Mutti.
Eine List, schnell ein Trick …
– Ich hab noch Hunger!
– Dann wenigstens trinken!

Ein Aufschub, ein Glas Wasser, ein paar Fragen stelle ich zu der Geschichte vom Betthupferl. Und dann der Schluckauf. Und noch ein Glas Wasser.
Zeit schinden! Noch eine halbe Stunde durchhalten.
– Heute kommt doch noch …
– Ab ins Bett, hab ich gesagt.
Noch ein letztes, großes Aufbäumen: Bitte-bitte-bitte! Jetzt kommt doch noch Dicky Dickdickens !
Das Dann-hast-du-wieder-Angst-und-kannst-nicht-einschlafen kommt jetzt schon eher zögernd. So leicht bringen sie es nicht übers Herz, nein zu sagen. Und sitzen wir erst einmal vor dem Kasten, ist es zu spät. Das ist wie so ein Strudel in der Donau. Der dreht sich und dreht sich in der Mitte nach unten, zieht und zieht alles hinunter.
Genauso zieht es einen hinein in eine Geschichte, wenn sie richtig spannend ist. Und dann warten wir auf die nächste Folge und die nächste und die nächste, bis eines Tages Schluss ist. Wie sagt der Sprecher immer am Ende?
– Und doch sollte alles ganz anders kommen …
Vielleicht kommen doch noch ein paar Folgen.
Die sind einmalig, diese Geschichten. Irgendwie so gruslig, dass ich manchmal Angst krieg. Und so freche, pfiffige Sprüche kommen drin vor, wie sie mir nie einfallen täten.
Der schlimmste Feind vom Dicky Dickdickens, der Jim Cooper, jagt mich mit Pistolen und Handgranaten durch die Nacht. Wenn ich dann einschlaf, bleiben die Träume einfach wach. Manchmal sind die Träume so laut wie der Radio und man muss aufpassen, dass man in der Nacht die Nachbarn

nicht wachträumt. Aber Träume kann man nicht leiser drehen. So viele Stimmen und Geräusche. Ich weiß nicht, wo ich sie in meinem Kopf aufräumen soll. Ich such Bilder, zu denen sie dazupassen. Ich renne. Ich renn so schnell wie ich kann, hinaus auf die Straße. Ich bin der Dicky Dickdickens. Nur nicht aufregen! Mir wird schon was einfallen. Gott sei Dank, Effi ist da! Und sie schaut aus wie die Dieterle Angelika.
– Nehmen Sie sich in Acht, Dickens!
Ist es da ein Wunder, wenn ein Kind im Schlaf aus dem Bett fällt und seinen Teddybär abwechselnd mit Effi und Angelika anredet.
Kri-mi-nal-tan-go – in der – Ta-verne – dunk-le Ge-stalten …
Die Gestalten, die durch so einen Radio geistern, können ganz schön gefährlich werden. Die lassen sich nicht einsperren. Und sie lassen sich nicht verjagen. Man kann sie nicht mit einem Druckknopf ausschalten. Die bleiben einfach im Kopf, wenn der Apparat aus ist.

Brüderchen und Schwesterchen

Die Oma schält mir einen Apfel ab. Niemand kann das Apfelabschälen so gut wie sie. Da bleiben nur ganz dünne Schalen übrig. Endlich schneidet sie den Apfel auseinander und legt die Teile für mich auf den Teller. Den Gripsch mit den Kernen isst sie selber und sagt: So, jetz is da Appel alle!
Danach liest sie mir das Märchen von Brüderchen und

Schwesterchen vor. Da geht dieses Brüderchen mit seinem Schwesterchen in den Wald und trinkt von einer verzauberten Quelle, obwohl das Schwesterchen ihm dauernd sagt: Trink nicht! Trink nicht!

Darf es sich nicht wundern, das Brüderchen, wenn es in ein Reh verzaubert wird. Selber schuld, wenn es nicht folgt, das Brüderchen.

Die Oma sagt mir ganz nebenbei, dass mir der Storch ein Schwesterchen bringen wird. Das glaub ich nicht so recht. Ich hab ja schon einmal ein Bild von einem Storch gesehen. Er ist in einem Nest gestanden, das war auf dem Kamin über dem Hausdach. Nein, dass der Storch das Schwesterchen anschleppt, kann ich mir nicht vorstellen. Wie soll dort oben auf dem Hausdach ein Schwesterchen Platz haben.

Eigentlich denk ich wenig über den Storch nach und auch nicht da drüber, wie schwer das Schwesterchen ist und wie er es sonst bringen könnte.

Gut, von mir aus, dann wird eben ein Schwesterchen zu uns ziehen. Ich werd mit dem Vati und der Mutti nicht mehr allein sein in der Wohnung. Ich werd mit dem Schwesterchen in den Wald gehen und Indianer spielen. Und niemand wird mich verzaubern können. Ich habe auf jeden Fall daheim jemanden zum Spielen. Und beschützen darf ich es dann, das Schwesterchen.

Ein paar Tage später geht die Mutti ins Krankenhaus. Nicht, weil sie krank ist. Sie will das Schwesterchen holen. Das dauert anscheinend länger. Weiß nicht warum. Vielleicht muss sie dort auf den Storch warten oder sowas. Die Oma bleibt

einstweilen bei mir. An den Nachmittagen liest sie mir Märchen vor. Und wenn ich mit meinen Bausteinen was gebaut hab, muss ich es abends nicht einreißen.
Das gefällt mir.
Am Sonntag darf ich mit dem Vati die Mutti besuchen.
Das Schwesterchen ist angekommen. Ich darf es anschauen.
Und ich darf ausprobieren, seinen Namen zu sagen: *Sabine.*
Mein Schwesterchen heißt *Sabine.*
Aber die Sabine ist ein winzig kleines Baby. Es kann nichts von selber, nicht einmal seinen Namen kann es sagen und meinen schon gleich gar nicht. Nur schauen kann es und schreien.
Meine Mutti nimmt die Sabine auf den Arm und zeigt sie allen, die zu Besuch kommen
– Ach, ist die putzig, sagt die Tante Lenchen.
– Dutzi, Dutzi, Dutzi, sagt der Vati.
Ich bin enttäuscht. So klein hab ich mir das Schwesterchen nicht vorgestellt. Sooo klein!
Daheim schreit das Butzerl auch jedes Mal, wenn ich mit ihm spielen will. Und die Mutti schimpft. Und der Vati auch. Weil ich es schlafen lassen soll. Weil ich warten soll. Es kann angeblich erst mit mir spielen, wenn es größer ist. Das ärgert mich. Wann wird es größer sein? Das dauert und dauert. Irgendwie finde ich kleine Schwestern langweilig. Die haben mich reingelegt. Wozu brauche ich ein Schwesterchen? Die sind wohl mit mir allein nicht mehr so zufrieden. Ist mir doch wurscht! Ich komme sowieso bald in die Schule. Dann brauche ich kein Schwesterchen mehr. Dort gibt es genug Buben. Mit denen kann ich reden und spielen.

Ich erzähl dem Peter, dass ich eine kleine Schwester bekommen hab. Er sagt nur: Wir haben schon lang gesehen, dass deine Mutter einen dicken Bauch hat.
Ich versteh nicht, was er meint.
Aber der redet ja oft so blöd daher.

In die Schule gehen

Ich geh mit meinem Vati in die Safferlingstraße zum Frisör Bäuml. Ich hab Angst vor dem Frisör Bäuml. Der Frisör Bäuml hat einmal über mich gesagt: Der kann se net staadhaltn, dem miaßert ma an Kopf festnageln!
Dabei ist der Frisör Bäuml selber schuld. Der setzt mich immer in einen Drehstuhl, dann packt er mich an den Ohren und dreht mich hin und her, wenn er mir die Haare schneidet.
Und das tut weh.
Endlich bin ich fertig und darf mich im Spiegel anschauen.
Ich hab einen Stiftelkopf.
– Eine Igelfrisur, sagt meine Mutti.
– Eine Amifrisur, sagt mein Vati.
Einen Tag später steh ich mit meiner Mutti vor der Pestalozzischule.
Ein Mann fotografiert mich.
Der sagt mindestens zehn Mal: Schau aufs Vogerl!
Und wenn ich dann hinaufschau zum Baum, wo die Vögel sind, dann schimpft er: Zu mir her sollst schaun!

Die Mutti lacht. Sie hilft mir.
– Woher soll er denn wissen, dass Sie ein Vogerl haben?
Die Schule hab ich mir anders vorgestellt. Eher so wie das Hallenbad. An dem spazieren wir im Park manchmal vorbei. Durch die großen Scheiben sieht man einen Haufen Kinder. Und überall Kacheln: an den Wänden, an der Decke, auf dem Boden, auf den Treppen. Alles glänzt vor lauter Sauberkeit und alles ist ganz schön geheimnisvoll.
Die Mauern von der Pestalozzischule sind fast schwarz. Innen ist es auch dunkel. Das Klo findet man ohne Licht, nur weil es so nach Soacherlwasser riecht. Am liebsten tät ich mir die Nase zuhalten. Mir graust es so, dass ich mir denk: Ich biesel lieber in die Hose, als dass ich da hineingeh.
Ist man weiter weg vom Klo, stinkt alles nach dem Zeug, mit dem sie in den Ferien immer die schwarzen Fußböden einschmieren.
Mein Lehrer heißt Herr Hollweck. Lesen und Schreiben dürfen wir lernen, sagt er und rollt ein Papierbild auf und hängt es an die Tafel.
Ich seh ein Haus auf dem Bild.
– Das ist das Haus, in dem die Buchstaben wohnen, sagt der Lehrer Hollweck. Es hat vierundundzwanzig Wohnungen, einen Dachboden und einen Keller. Immer wenn wir einen neuen Buchstaben lesen und schreiben können, kriegt er bei uns eine Wohnung.
Überall im Klassenzimmer hängen kleine Bilder mit Buchstaben drauf. Ich lerne schnell. Man braucht nicht viele Buchstaben und schon gibt es Wörter: OTTO, DORA, ELSE.

Und über der Tür steht: TÜRE ZU.
Und an der Wand: DORA HAT EINEN REIFEN.
Ich weiß nicht, ob ich das wissen will.
Otto hat auch einen Reifen, aber der ist zerbrochen.
Das kann ich schon verstehen, dass da der Otto weint.
Ich kenne kein Kind, das einen Reifen hat. Fahrräder, Roller, Heuwagen und Autos haben Reifen. Dora und Otto kenne ich auch nicht. Das sind irgendwelche Kinder. Die gibt es nur im Lesebuch. Die meisten Kinder in meiner Klasse kenne ich auch nicht. Obwohl sie auch keine Reifen haben, so wie ich, rede ich mit manchen ein ganzes Jahr lang kein einziges Wort.
Schade, dass der Herr Hollweck nicht in unserem Haus wohnt. Ich kann ihn gut leiden. Bei uns im Haus hätte der Lehrer leicht Platz, weil die Frau Hannemann und der Herr Hannemann bald ausziehen werden.
Jeder von den drei Hausgängen in unserem Wohnblock in der Admiral-Hipper-Straße hat acht Wohnungen. Ich lerne in den nächsten Wochen gleich bis vierundzwanzig zählen. Und ich sag dem Lehrer Hollweck, dass wir in einem Buchstabenhaus wohnen mit vierundzwanzig Wohnungen.
– Das reicht ja fürs ganze **ABC**, meint er. Wir brauchen bloß noch den Keller und den Dachboden für zwei Buchstaben, die wir nicht so oft hernehmen.
Also kann jetzt das **ABC** in unseren Wohnblock einziehen. Das beruhigt mich. Immer, wenn ich das Bild vom Buchstabenhaus im Klassenzimmer seh, stell ich mir vor, dass das unser Haus ist. Unser Haus ist das Buchstabenhaus.
Ich stelle mir vor: Wir alle sind Buchstaben. Jede Wohnung

muss ich einmal besuchen und den Keller und den Dachboden, dann kann ich lesen.
Manche Buchstaben riechen nach Bratkartoffeln und Zwiebeln, andere nach Bohnerwachs oder nach Kaffeebohnen oder nach Siebenundvierzigelf.
Unterm Jahr wird mir auf einmal Angst, dass die sechsundzwanzig Buchstaben nicht für alle reichen. Wir sind ja 37 Buben und ich bin nicht stark. Bin kein guter Kämpfer, krieg meistens bloß das, was übrig bleibt. Gott sei Dank sind wir schon in das Haus eingezogen, bevor ich in die Schule gekommen bin.

Buchstaben sind Nägel

In der Schule lernen wir einen Buchstaben nach dem anderen. Der Lehrer malt sie an die Tafel und wir dürfen sie abmalen. Komisch, wie die Buchstaben ausschauen. Das kleine **n**, **m**, **u** und das **i** sind aus Stöcken gebaut.
– Spazierstöcke sind das, sagt der Lehrer Hollweck.
Aber es sind Stöcke, wie sie mein Vater zum Gehen braucht, wenn er sich seine Beinprothese angezogen hat.
Der Vati sagt nie Spazierstock zu denen. Nur Stock oder Stöcke. Wenn er ohne Prothese geht, braucht er Krücken. Das sind längere Stöcke mit Armstützen dran. Sie schauen fast aus wie die zwei **ff** bei Kaffee oder Affe oder Waffel.
– Alle Buchstaben erzählen Geschichten, sagt der Lehrer.

– Die Buchstaben sind Nägel, gerade oder krumme, denke ich. Nägel, so wie die, die auf der Baustelle hinter unserem Haus rumliegen. Nigelnagelneue Nägel oder rostige.
Mit sechsundzwanzig Buchstaben kann man alle Wörter und Sätze von der Welt festnageln an der Wand. Manchmal träum ich mit offenen Augen und stelle mir Geschichten vor. Farbige Geschichten. Farbige Bilder mit einem bunten Vater, mit einem Vater, der immer lacht, mit einem starken Vater, auf den ich stolz sein kann, weil er so ein Held ist wie der Cowboy auf dem Plakat vom Film-Casino. Einer, der alles kann.
Ich hau überall Nägel hinein und hänge meine Geschichten dran wie Bilder. Alle Bilder in Reih und Glied. Eins, zwei. Eins, zwei. Eins, zwei.
Und darüber Jesus am Kreuz. Eins, zwei. Eins, zwei.
Festgenagelt. In Reih und Glied festgenagelt an der Wand. Wie beim Frisör! Und wie beim Turnen! Eins, zwei. Eins, zwei. Eins …
Die Wörter wollen nicht stillhalten!
Ich nagle die Wörter fest, wie der Frisör Bäuml die Köpfe festnageln will, wenn sich die Kinder nicht stillhalten.
Meine Mutti schimpft, weil ich Nägel in die Wand hau, und sie schimpft noch mehr, als sie sieht, dass ich Nägel in das neue Küchenbuffet geschlagen hab. Sie schimpft, weil ich ihr einfach nicht folg.
Ich versteck mich unterm Bett. Ich stell mir vor: Ich bin ein Wort und lieg unter der Zunge von meiner Mutti und sie findet mich nicht mehr. Und sie kann mich nicht mehr rufen.

Mein Kopf ist ein Buchstabenhaus. Und die Ohren sind die Eingänge, da gehen die Wörter rein, und der Mund ist mein Ausgang, da kommen die Wörter wieder raus. In der Schule müssen wir meistens still sein. Wir dürfen nur reden, wenn uns der Lehrer Hollweck was fragt.

– Ihr müsst den Mund zusperren, sagt er.

Und wir dürfen so tun, wie wenn wir einen Schlüssel im Schlüsselloch vom Mund umdrehen. Die Ohren müssen wir Gott sei Dank nicht zusperren. Manchmal dürfen wir eine ganze Stunde lang malen.

– Malt einmal ein Bild mit eurem Vater!, sagt der Lehrer.

Ich male meinen Vati, wie er vor unserem Haus steht.

Und ich nehm alle Farben her, die ich hab.

Und ich lass die Sonne scheinen.

Und ich lass meinen Vater lachen auf dem Bild.

Und ich lass ihn zwei Beine haben.

Daheim zeig ich das Bild meiner Mutti.

Dem Vati zeig ich es nicht, weil er dann vielleicht nicht lacht.

Dicky Dickdickens

Alle Sachen in den Schulbüchern haben einen kleinen Pecker. Der Onkel Julius findet das auch. Er sagt aber nicht Pecker, er sagt: Die Leute in deinem Lesebuch haben alle einen kleinen Haschmich.
Kann mir schon vorstellen, wie das ist, wenn man einen kleinen Haschmich hat. Da wird dieser depperte Hans im Glück vorgestellt und der dreckerte Struwwelpeter. Seht einmal, da steht er, der unhöfliche Stoffel, der! Und dann die fleißigen Zwerge, die sie Heinzelmännchen nennen, haufenweise jammernde Bratäpfel, grinsende Kuchen und sprechende Kirchenglocken, ein Tischgebet und ein Abendgebet und seitenweise fromme Sprüche finde ich in meiner Lesefibel.

Mit Gott fang an, mit Gott hör auf
das ist der schönste Lebenslauf.

Ich bin klein, mein Wunsch ist klein,
liebe Mutti, du sollst glücklich sein.

Im Frühling fangen auf einen Schlag auch noch die Tulpen im Gartenbeet zu reden an. Ja, die reden glatt wie Menschen! Und beim Waschen sagt das Wasser: Nur nicht schreien! Und der Schwamm: Halt dich schön still! Ich hab mich im Leben noch nie mit einem Schwamm gewaschen. Ich stelle mir einen sprechenden Tafelschwamm in der Schule vor und überlege, ob die Erwachsenen die Kinder für blöd halten.

Radios kommen in meinen Lesebüchern überhaupt nicht vor. Und Gangster oder wenigstens Räuber werden dort nicht einmal erwähnt. Wo die Bremer Stadtmusikanten auftauchen, da heißt es bloß:

Der Esel schreit.
Der Hund bellt.
Die Katze miaut
und der Hahn kräht.
Dann stürzen sie durch das Fenster
in die Stube hinein, dass die Scheiben klirren.

Ein Dicky Dickdickens kommt mit kleinen Schwestern noch schlechter zurecht als ein kleiner Bruder. Kleine Schwestern schreien viel und das Sprechen lernen sie nur äußerst mühsam. Ganz anders als Tulpen, Schwämme und Bratäpfel.
Ein gerissener Gauner wie der Dicky Dickdickens – was soll der schon anfangen mit einer solchen Lesebuchgeschichte:

Bruder und Schwesterlein
Der Bruder ist groß und geht schon in die Schule. Schwesterlein ist noch klein. Beide haben sich sehr lieb. Wenn der große Bruder von der Schule kommt, nimmt er sein Schwesterlein an der Hand und führt es in den Hof hinunter und spielt mit ihm im Sand. Wenn sich das Schwesterlein vor dem großen schwarzen Hund fürchtet, stellt sich der Bruder schnell vor das Kind, dass ihm der Hund nichts zuleide tun kann. Wenn das Schwesterlein hinfällt, hebt er es schnell wieder auf und putzt es ab.

Wenn das Schwesterlein Langeweile hat, erzählt er ihm eine schöne Geschichte. Wenn das Schwesterlein weint, nimmt er sein großes Taschentuch und trocknet ihm die Tränen ab. Bist du auch so ein lieber Bruder?

Also ehrlich, vor solchen Geschichten graust mir mehr als vor Jim Cooper!
Bist du auch so ein lieber Bruder?
Natürlich nicht. Ich bin Dicky Dickdickens.
Gleichzeitig schäme ich mich wegen meiner Schlechtigkeit. Es tut mir weh in solchen Augenblicken, dass ich ein Verbrecher und ein Ausgestoßener sein muss. Wie der Dicky Dickdickens, so habe ich natürlich auch meine Träume: Nicht mehr von Jim Cooper oder von der Polizei gejagt werden. Immer genug Geld in der Tasche. Aber noch mehr: Ich will einer sein, der alles richtig macht, einer, der allen aus der Patsche hilft, einer, den alle lieb haben, ein ganz anderer Dicky Dickdickens, der es leichter hat im Leben, einer, der nicht so vom Schicksal gebeutelt wird.
Ich stelle mir ein kleines Haus am Waldrand vor, ein kleines Haus ganz für mich allein, ein kleines Haus mit vielen Spielsachen, wo ich mich bei Regenwetter verstecken kann. Ein kleines altes Haus mit einem nigelnagelneuen Radio drin. Mit einem *3-D-Raumklang-Super der Luxusklasse.*
Nicht umsonst ist mein Lieblingslied im Radio zur Zeit *Das alte Haus von Rocky Docky.* Wenn das kommt, drehe ich sofort lauter.
Ach, der Radio! Nach dem Mittagessen, nach dem Abendbrot

blinzelt und zwinkert sein grünes Auge. Radiohören ist etwas Gemütliches. Wir rücken näher zusammen und hören zu. Es kommt Musik oder es wird erzählt und vorgelesen. Wir starren auf den Lautsprecher, auf die Stelle, wo die Stimmen und die Musik herauskommen.

Wenn ich die Augen zumach, kommen trotzdem Bilder in den Kopf. Und wenn ich einmal irgendwoanders die Erkennungsmelodien meiner Lieblingssendungen höre, sehe ich automatisch den Stoff von unserem Radiolautsprecher vor mir. Da ist die Sendung *Sport und Musik*, da ist das *Wunschkonzert* von Fred Rauch, die Kinderstunde mit Klaus Havenstein und den Geschichten vom *Jeremias Schrumpelhut* und *König Eierbatz*. Wenn der Sprecher im Radio sagt: *Liebe Kinder, heute erzählt euch Klaus Havenstein wieder eine Geschichte von Jeremias Schrumpelhut*, dann geh ich mit dem Kopf ganz nah an den beige-braunen Stoff vom Lautsprecher. Ich kann die senkrechten Rippen erkennen, die ich einmal mit dem Kugelschreiber verbunden habe: schöne Kugelschreiberstrickleitern, auf denen ich mitten im Hörspiel ins Schiff von Käptn Flint klettere und mit ihm zur Schatzinsel reise.

Die Autofahrersendung *Gute Fahrt* mit dem *Garagen-Hupferl* können wir nie im Auto hören. Ein Autoradio haben wir nämlich nicht. Das tät viel zu viel Geld kosten. Wenn wir am Sonntag heimfahren, muss sich mein Vater oft beeilen und aufs Gas treten, damit wir daheim den Fritz Benscher mit seinem *Garagenhupferl* und der Sendung *Nimm's Gas weg* nicht verpassen.

Wörter ausprobieren

Ich komm dran zum Lesen: *Die Kirchenglocke und die Hausglocke, die Schulglocke und die Feuerglocke, die Pferdeschelle und die Kuhglocke*... So viele neue Wörter! Als Hausaufgabe sollen wir die Buchstaben im Setzkasten suchen und daraus die Wörter zusammenbauen. Die Wörter sind irgendwie sowas wie Bausteckerl. Ich kann damit einen Turm bauen oder eine Brücke oder eine Mauer. Ich kann neue Wörter bauen, Wörter mit zwei Scharniergelenken:

Schul-Feuer-Pferd, Kirchen-Kuh-Haus, Glocken-Kuh-Kirche.

In der Früh geh ich mit meinem Setzkasten zum Lehrer und zeig ihm meine Wörter. Er freut sich aber nicht besonders.

Er sagt nur: Was soll denn das für ein Blödsinn sein? Mach das nur gleich wieder weg!

Später schaut der Lehrer die Wörter, die wir als Hausaufgabe aufgehabt haben, bei den anderen Kindern an und sagt: Nur Wörter, die was bedeuten, kann man brauchen.

Dann dürfen wir sie wieder zerlegen und die Buchstaben zurückstecken in den Setzkasten.

Wörter, Wörter, Wörter. Die tauchen auf und verschwinden. Die Wörter-Familien ziehen ein und aus in meinem Kopf-Haus. Manche bleiben lange oder gar für immer. Andere hauen ab, so schnell sie können.

– Die einen sind eben anhänglich und die anderen suchen das Weite, sagt der Lehrer.

Das Weite. Das hört sich gut an. Ich denke an meine Hose.

– Die ist zu weit, hat die Mutti zum Herrn Kreinhöfer gesagt.

Dann hat er sie enger gemacht. Und ich hab sie wieder probiert und jetzt ist sie zu eng.
Genauso ist es, wenn ich die Wörter ausprobier. Manche sind mir zu eng. Andere sind mir zu weit. Nein, nicht die Wörter aus meinem roten Lesebuch. Ich probier andere Wörter aus, Wörter, die ich irgendwo aufschnapp: Geheimnisvolle Wörter. Glänzende Wörter, Wörter, die rutschig sind wie nasse Seife, Wörter wie kratzige Wolle, Wörter, scharf wie Brotmesser, Wörter wie Gummibälle, Wörter, leicht wie Federn, Wörter stachlig wie Kastanienschalen, Wörter so schwer und kantig wie Steine, Wörter, dass die Fetzen fliegen, Wörter, die brennen. Die kann ich aufschichten wie Holzscheiter fürs Lagerfeuer.
Hinter unserem Haus wird ein neues Haus gebaut. Da liegt viel Holz rum. Wenn die Bauarbeiter weg sind, treffen wir uns dort.
– Mach ma a Fankerl!, ruft der Ralf. Er hat Zündhölzer dabei. Schnell fangen die Scheiter Feuer. Erst eins, dann zwei, dann drei, dann gießt er noch Feuerzeugbenzin in eine Konservendose und schüttet es drüber und alle freuen wir uns, weil die Flammen so hoch schlagen.
Es gibt schlimme schlechte Wörter und weniger schlimme schlechte Wörter. *Scheißdreck* ist ein schlimmes Wort. Wenn ich das hernehme, haut mich die Mutti auf den Mund. *Dreeghauffa* ist ein weniger schlimmes Wort. Bei den weniger schlimmen schlechten Wörtern heißt es bloß wieder: Red anständig! Ohne weiteres Schimpfen: Red anständig!
Das ist keine Watschen, höchstens eine leichte Kopfnuss.

Ich soll nicht reden, wie man auf der Straße spricht.
Ich soll nicht die Wörter von den Straßenkindern hernehmen.
Ich soll reden wie meine Mutti und so, wie es der Vati probiert. Ich soll reden, wie der Lehrer spricht und wie es im Lesebuch steht. Nur Wörter, die man aufschreiben kann, sind gute Wörter.

Unsere Bücher

Der Vati wollte schon einmal ein Bücherregal kaufen.
– Ein Bücherregal rentiert sich doch nicht für uns, hat die Mutti gesagt.
Und das stimmt schon. Wir haben nicht besonders viele Bücher, die wir in ein Regal stellen könnten. Das größte heißt *Bayerisches Kochbuch.* Da steht drin, wie man Reiberdatschi macht und Pfannenkuchen und Leberknödelsuppe und Schweinsbraten. Ist mir eigentlich ziemlich wurscht-egal, was noch alles. Ich ess sowieso nur, wenn es unbedingt sein muss. Die Mutti schimpft, weil ich nicht richtig esse und ich soll nicht so rumgratschen und nichts auf dem Teller lassen.
Und ich sag immer: Tu mir halt nicht so viel drauf!
Im Kochbuch sind auch ein paar interessante Bilder. Da gibt es Zeichnungen, die schauen aus wie Baupläne. Dort sieht man, aus wie vielen Teilen ein Schwein oder ein Kalb zusammengebaut ist und wie die Teile heißen: *Vordere Haxe, hintere Haxe …*

Dann haben wir noch zwei Gebetbücher: ein evangelisches von der Mutti und das katholische vom Vati.

Wenn ich im Sommer von der Kirche heimgeh, such ich oft vierblättrige Kleeblätter, Glücksklee-Blätter, die kann man wunderbar im Gebetbuch vom Vati pressen, dann halten sie länger. Ich muss bloß aufpassen, dass die Seiten vom Gebetbuch nicht grün werden, drum leg ich die Blätter immer zwischen zwei Heiligenbilder, solche, wie sie der Vati bei der Osterbeichte kriegt.

Wenn die Heiligen grün werden, das ist nicht so schlimm. Solche Bilder kann man sich wieder neu besorgen.

Ein Abenteuerbuch vom Karl May haben wir auch. Schade, dass ich es nicht richtig lesen kann.

– Das ist die alte deutsche Schrift, sagt die Mutti, so haben früher alle Bücher ausgeschaut.

Eigentlich gehört das Buch nicht uns. Der Vati hat es vor dem Krieg bei der Pfarrbücherei in Hengersberg ausgeliehen.

– Ja, und dann hab ich zu den Soldaten müssen. Und nach dem Krieg, wie ich es zurückgeben hab wollen, ist die Pfarrbücherei ausgebrannt gewesen.

Wir haben auch Bilderbücher. Das eine ist das Struwwelpeter-Buch, das andere der Quellekatalog. Der ist mein liebstes Bilderbuch, ja, eigentlich überhaupt mein liebstes Buch. Mir kommt es immer so vor, da ist alles drin, was es gibt auf der Welt: Werkzeug und Spielzeug, alle Anziehsachen, Schreibsachen, Badesachen, Ferngläser, Fotoapparate, Schuhe, einfach alles. Ich schau mit der Sabine den Quelle-Katalog an und bring ihr neue Wörter bei.

Einmal ist es besonders lustig gewesen – da hat sie erst Mutti und Vati und Hamham für Essen sagen können, da hab ich ihr das Wort *Fernglasfutteral* beigebracht. Und sie hat gedacht, der Quellekatalog heißt so.
Und immer wenn sie jetzt den Quellekatalog anschauen will, sagt sie zur Mutti *Bernbasbubbaba! Bernbasbubbaba!*
Da wird die Mutti immer ganz ungeduldig.
– Was will sie denn nur, die macht mich noch ganz verrückt!

Jetzt hätte ich beinah ein wichtiges Buch vergessen: Das Wörterbuch. Das hat der Vati immer zum Lernen gebraucht für seine Prüfungen bei der Post.
Wenn ich meine Hausaufgaben mache und bei einem Wort nicht weiß, wie ich es schreiben muss, dann sag ich es der Mutti. Ohne sie könnte ich mit dem Wörterbuch nichts anfangen. Es ist nämlich auch mit so altmodischen Buchstaben geschrieben. Das **ABC** kann ich auch noch nicht ganz, das ist nicht so einfach. Ich bring immer durcheinander, welcher Buchstabe auf den anderen folgt: Zuerst das **S** und dann das **R**? Wo steht das **Ö** und wo das **L**? Ab und zu findet die Mutti das Wort auch nicht.
Das Wörterbuch ist in Zeitungspapier eingebunden und schmutzig und ringsherum an den Kanten eingerissen. Und dauernd fallen Seiten heraus: Die erste Seite mit **M** und eine mit dem **E**. Und beim **K** fehlen ein paar Seiten. Es stehen aber immer noch ganz schön viele Wörter drin. Nur manchmal hab ich Angst, dass ich einmal ein Wort mit **K** nicht weiß und dann fehlt beim Nachschauen die Seite, wo es draufgestanden

wäre. Mögen tu ich das Wörterbuch nicht. Aber ab und zu bin ich froh, dass wir es haben.
Im Quelle-Katalog stehen hinten die Namen von allen Sachen nach dem **ABC** drin. Mit dem Quelle-Katalog kann ich das **ABC** am besten üben.

Radlfahren

Heut ist es schon den ganzen Tag furchtbar laut. So viele Arbeiter stehen vor unserem Haus und so viele Maschinen! Ich sehe alles vom Fenster aus. Aber dann geh ich doch hinaus, weil ich da näher dran bin.
– Die wollen unsere Straße teeren, sagt der Knacker.
Zuerst schieben sie mit der Planierraupe die Erde weg. Eine Maschine wie ein Panzer – laut und stark und mit Ketten statt Rädern. Aber rot, nicht dunkelgrün. Und so viele Gräben werden ausgehoben, da kommen neue Rohre rein, die liegen schon aufgestapelt vor unserem Haus, und zu den Kabeln, die eh schon in der Erde liegen, kommen noch einmal neue von den Kabelrollen, die gestern ein Lastwagen abgeladen hat. Zuerst betonieren die Arbeiter große Granit-Randsteine rechts und links, wo dazwischen die Straße reinkommen soll.
Dann laden sie nur grobe weißbraune Schottersteine ab. Da kann ja keiner mehr gehen! Aber schon kommen feinere Schottersteine drauf und Männer mit einer Rüttelmaschine bläwern drüber, dass alles grad so zu zittern anfängt. Ich

stell mich mit anderen Kindern hin und wir zittern und bibbern mit. Um die Wette! Wer bibbert am besten! Wir müssen furchtbar lachen dabei. Endlich kommt der schwarze, stinkige Lastwagen und lädt den Teer ab. Die Arbeiter verteilen ihn auf dem Schotter. Eine schwere Dampfwalze fährt drauf hin und her und macht unsere Teerstraße glatt, damit wir mit dem Auto bis vor die Haustür fahren können.

Die Welt wird schön langsam überall glatt und eben. Dorthin, wo sie holprig ist, soll ich nicht mehr gehen. Da mach ich mich schmutzig. Das kenn ich schon von den Wörtern …
– Red anständig!
– Mach deine Hausaufgaben anständig!
ANSTÄNDIG ist ein Wiewort.
Wie soll ich meine Hausaufgaben machen? *ANSTÄNDIG!*

Namenwort oder Wiewort?
Lies die Beispiele! Schreibe die unterstrichenen Wörter!
Wer FAUL ist, wird abends fleißig.
Der FAULE Arbeiter wird abends fleißig.
Der FAULE wird abends fleißig.
Wer HUNGRIG ist, dem schmeckt jede Mahlzeit.
Dem HUNGRIGEN Wanderer schmeckt jede Mahlzeit.
Dem HUNGRIGEN schmeckt jede Mahlzeit.
Wer KLUG ist, der lernt durch Schaden.
Der KLUGE Mensch lernt durch Schaden.
Der KLUGE lernt durch Schaden.

Jetzt reicht's! Ich will meine Schulsachen einpacken, ich will raus! Seit Weihnachten habe ich ein blaues Kinderfahrrad, genauso eines, wie ich es immer wieder im Quellekatalog angeschaut gehabt habe.
RADL ist ein Namenwort. Obwohl ein Radl keinen Namen hat. Ich könnt ihm leicht einen geben. Ich könnte zu meinem Radl auch Onkel August sagen. Den mag ich nämlich. Der ist gescheit. Manchmal macht er Blödsinn mit mir. Mitten auf der Straße! Dann bewundern mich die anderen Kinder, weil ich einen Onkel habe, der mitten auf der Straße Blödsinn mit mir macht. Ich bin stolz auf den Onkel August und auf mein Radl. Naja, einmal bin ich stolz drauf, ein anderes Mal schäme ich mich fast deswegen, weil es was Besonderes ist. Die meisten Kinder haben nur Roller, die einen Holzroller mit Vollgummirädern, die anderen Luxusroller mit Gummirädern zum Aufpumpen. Ich bin der Einzige, der ein richtiges Fahrrad hat. Aber genauso wie ich beim Schwimmen immer untergeh, verlier ich beim Radlfahren das Gleichgewicht und es haut mich hin. Vor lauter Angst, dass ich mir weh tu, fahr ich ganz ganz langsam und dann haut es mich erst recht hin. Das ist wie Untergehen beim Schwimmen. Man kriegt keine Luft! Deswegen hat mir mein Vati Stützräder ans Fahrrad geschraubt. Onkel August mit Stützrädern …
Immerhin, auf der Straße könnte ich jetzt Radlfahren.
Und auf der Straße darf ich nicht allein fahren.
– Da kommen Autos und die können manchmal nicht bremsen!, sagt die Mutti.
Was nützt dann eine ebene Straße!

Durch eine Holperwiese geht das nicht. Überall bleibt man hängen. Drum steht das Radl dauernd im Keller. Manchmal setz ich mich drauf – einfach so – und spiel Radlfahren, ich fahr weg und bremse und mache Geräusche dazu. Aber das ist langweilig.

Und mit der Mutti will ich auch nicht hinaus. Da müsst ich immer neben ihr herfahren, wenn sie die Sabine mit dem Kinderwagen spazieren schiebt.

Ich mag auch nicht allein fahren. Die anderen lachen mich immer aus, weil ich Stützräder dran hab. Weiter weg in der Safferlingstraße wohnt auch einer, der ein Fahrrad mit Stützrädern hat. Der ist viel älter als ich. Der hat, wie er klein war, Kinderlähmung gehabt und kann überhaupt nicht gehen. Den lachen die anderen Kinder auch aus.

Einmal soll ich meinem Vater eine Schachtel *Zuban-Filter* im Wirtshaus vom Sport-Club holen. Ich radle quer durch die Wiese hinter unserem Haus und dann über den schmalen Trampelpfad zum Sportclub.

Da hebt plötzlich jemand mein Fahrrad am Gepäckträger hoch, grad so hoch, dass das Hinterrad leer durchdreht. Mein Herz pumpert bis in den Hals hinein. Ich tret wie ein Verrückter in die Pedale. Es hilft nichts. Ich kann nicht mehr! Soll ich schreien, soll ich das Radl hinwerfen und wegrennen? Ich dreh mich um – keiner da!

Die beiden Stützräder sitzen rechts und links auf. Die Radspur ist zu tief. Der Reifen dreht leer durch.

Gerettet! Nix wie heim …

Die Zigaretten für meinen Vati? Oje! Vergessen.

Ein paar Tage später fahren wir am Samstagnachmittag zum Messerschmittgelände. Da ist früher eine Flugzeugfabrik gewesen und ein Flugplatz und es gibt ein paar betonierte Wege. Der Vati hat das Radl ins Auto geladen. Das hab ich zuerst gar nicht gesehen, erst beim Aussteigen seh ich es. Aber es sind gar keine Stützräder mehr dran. Wie soll ich denn da fahren?
– Das wirst du halt jetzt lernen, sagt der Vati.
– Ich geh hinter dir her und pass auf, sagt die Mutti.
Radlfahren geht furchtbar schwer. Ich lass mich schon fallen, bevor ich wegfahr, so viel Angst hab ich. Aber meine Mutti fängt mich immer wieder auf und schiebt mich ein bisschen an. Und wenn ich erst einmal fahre, dann haut es prima hin. An diesem Tag darf ich abends ein paarmal ganz allein auf der Admiral-Hipper-Straße hin und her fahren. Der Vati und die Mutti haben es erlaubt und sie schauen zu, und die Frau Dieterle und der Herr Dieterle und die Frau Sinner und die Frau Leversson schauen auch zu. Und alle rufen: Ja, Harald wo hast du denn so schnell Radlfahren gelernt! Bravo Harald. Als mich dann sogar meine kleine Schwester lobt – *Hallad, Lallel, Hallad, Lallel!* – kommt mir das Lachen aus und es haut mich doch noch hin. Das ist nicht schlimm, ich kann es ja jetzt. Ich freue mich schon auf den nächsten Tag, da darf ich allein fahren, nicht auf die Straße, nur hinter dem Haus, wo wir zusammen immer Urwald spielen. Dort gibt es Trampelwege durchs hohe Gras. Da kann ich mit meinem Radl herumräubern. Und da, wo die Büsche anfangen, kann ich mich zur Gaudi hinfallen lassen und Unfall spielen, da sieht mich ja die Mutti nicht.

– Rock-rock, dubi dudi, rock-rock …
Wer singt da? Der Ralf taucht neben mir auf. Den kenn ich nur vom Sehen, der wohnt beim Knacker im Haus. Parterre links. Und der Knacker und der Peter kommen auch noch hinter ihm her. Die Drei schauen mir zu.
– Toll, wie du das kannst!, ruft der Ralf.
– Sauber, Harald!, schreit der Knacker.
– Mensch, allerhand!, meint der Peter.
Der Ralf rennt mir nach und hebt das Radl einfach am Gepäckträger hoch, so dass ich nur in der Luft radeln kann. Nicht einmal abspringen kann ich.
Alle lachen.
– Spinnst du!, schimpf ich.
– Frech werdn, ha?
Und ich sag: Drei Meter vom Leib oder ich speib!
Das sagen wir beim Fußball immer, wenn wir Einwurf machen, und die anderen kommen zu nah her.
Aber der Ralf lässt das Radl aus und schubst mich einfach in die Wiese. Dann packt er es und fährt weg damit. Es ist aber viel zu klein für ihn. Der kann gar nicht richtig fahren damit.
– Der hockt drauf wia da Aff am Schleifstoa, spottet der Knacker.
– Gib das Radl her!, schrei ich und renn hinterher. Du gemeiner Kerl, du gemeiner!
Der Ralf lacht nur. Und der Peter und der Knacker genauso. Die sind bestimmt nur neidisch.
Ich hab an dem Tag keine richtige Lust mehr zum Radlfahren. Kann doch nicht heimrennen und sagen: Mutti, der Ralf hat

mir das Radl weggenommen! Wenn der Vati das hört, dann rennt er gleich zu den Eltern vom Ralf und macht einen Krach. Das möchte ich nicht, weil dann lachen sie nicht nur mich aus, sondern auch meinen Vati.

Fräulein! Fräulein! Fräulein!

In der zweiten Klasse bekommen wir die Frau Hornung als Lehrerin. Da muss ich mich ganz schön umstellen, weil ich nicht mehr *Herr Lehrer* sagen darf, sondern *Fräulein* sagen muss.

– Fräulein, darf ich das Fenster aufmachen?

– Fräulein, darf ich die Tafel putzen?

– Fräulein, darf ich, Fräulein, darf ich, Fräulein, darf ich …?

Das sagen aber nur die anderen.

Ich ruf nie: Fräulein, darf ich?

Ich kann das Fräulein nämlich nicht leiden. Den Schaller Eginhard, der hinter mir sitzt, den kann ich auch nicht leiden, der zwickt mich dauernd und gluckst vor Lachen, wenn ich *aua* schrei.

Mein Banknachbar, der Karl Peter, mag ihn und das Fräulein genauso wenig. Drum sind wir Freunde. Er schaut lustig aus, weil er so geschneckelte Haare hat. Wegen den Haaren hat er auch einen Spitznamen. Alle sagen *Schneckel* zu ihm. *Spitzname* ist auch ein witziges Wort. Immer, wenn das jemand sagt, denke ich an den weißen Spitz von der Frau Wankerl

im ersten Stock vom vorderen Hausgang. Der Spitz hat selber auch einen Namen. Der heißt *Fiffi*.
Fiffi ist ein richtiger *Spitz*-Name.
Es gibt Kinder in der Klasse, die mögen wir alle nicht so besonders. Denen geben wir blöde Spitznamen, vor allem den Lieblingskindern vom Fräulein. Die mögen der Karl Peter und ich schon gleich gar nicht. Zu denen sagen wir *Herzipopperl*. Zusammen mit den *Gscheiterln* und *Gschaftlhubern* sitzen sie alle ganz vorn beim Fräulein.
In unserer Klasse sind vier ganz schlimme *Ober-Herzipopperln*: der Schuster Ewald, der Pokorny Leo, der Bachtaler Ulli und der Schaller Reinhold. Von denen darf jeden Tag ein anderer dem Fräulein die Hefte heimtragen – bis hinter zum Sportclub. Das ist für den affigen Reinhold der doppelte Schulweg. Der ist das *Ober-Ober-Herzipopperl*, der ist die ganze Zeit angezogen wie die anderen Kinder am Sonntag, wenn sie in die Kirche gehen. Dann gibt es noch so halberte Herzipopperln wie den Pradl Willi, den *Obergschaftlhuber*, und den Seibold Bernd, zu dem sagt der Karl Peter *Streberbatzen*. Weil der immer alles weiß und weil er sich dauernd meldet. Der sitzt auch ganz vorn. Aber der trägt dem Fräulein keine Hefte heim, weil er in einer ganz anderen Richtung wohnt.
– Eine Pritschwasch ist er trotzdem, sagt der Karl Peter.
Der verpritscht uns jedes Mal beim Fräulein, wenn wir irgendwie was nicht ganz richtig gemacht haben.
Der Karl Peter und ich wollen gar nicht ganz vorn sitzen. Da sieht sie alles, was wir machen. Und dann haut sie uns wieder mit ihrem Lineal auf die Hand.

Wenn die ganze Klasse laut ist, haut sie die Kerbe noch tiefer, die sie bis dahin schon in die Pultleiste gedroschen hat.

Einmal hab ich den Verschluss vom Vati seiner leeren Rasierwasserflasche dabei. Der ist kugelrund und ich kann ihn auf der Bank hin und her rollen lassen. Ich spiel mit dem Karl Peter Fußball. Das Fräulein sieht, dass wir was spielen, sie rumpelt vom Pult auf. Schnell steck ich meine Kugel in die Hosentasche.

– Steh auf und gib mir, was du grad eingesteckt hast!

Ich krieg einen heißen Kopf.

Ich sag nichts.

Ich steh nur da.

Die anderen kichern.

– Leer deine Hosentaschen aus!

Ich sag nichts. Ich tu nichts. Ich schau ein Loch in den Boden hinein und tät am liebsten drin verschwinden.

– Ja, wird's bald!

Langsam leer ich meine Taschen aus: ein gelbes Gummimanntschgerl, drei Nägel von der Baustelle, meinen Lieblingskieselstein – den schwarzen mit dem weißen Streifen, ein verrostetes Zehnerl, das ich auf dem Schulweg gefunden hab, und endlich auch den Verschluss von der Rasierwasserflasche.

Die anderen lachen.

Die lachen sonst auch immer über mich. Immer, wenn ich was sag, lachen sie. Weil ich anders red als sie.

Beim Fußballspielen schreien sie: Tua umma!

Und ich ruf: Spiel mal rüber!

Da fangen sie sich gar nicht mehr vor lauter Lachen.

Sowie ich den Mund aufmach, wenn ich im Unterricht aufgerufen werd, lachen sie.
Wenn das Fräulein mich was fragt, trau ich mich nicht mehr laut sondern nur noch ganz leise zu sprechen.
Und das Fräulein tut dann auch so blöd.
– Ach, unser Zeiserl spricht wieder!
Und die anderen lachen noch lauter als sonst. Und ich weiß nicht, was ein *Zeiserl* ist, ich weiß nur, dass es ein Wort ist, mit dem mich die anderen jetzt ausspotten werden.
Nur manchmal, nur einmal in der Woche, am Samstag in der letzten Stunde, mag ich das Fräulein. Da holt sie ein rotes Bilderbuch aus der Tasche und liest uns daraus vor, wenn wir brav sind. Das Buch heißt: *Der glückliche Löwe*. Und es gibt auch eine Fortsetzung. Das reicht für viele Samstage. Ja, da mag ich das Fräulein schon, aber noch mehr ihren glücklichen Löwen.

Der Schulweg

– Was bist denn du für ein Dreckler?, ruft der Vati, wenn ich beim Spazierengehen ab und zu stehen bleib.
– Was bist du nur für ein Trödler, sagt die Mutti.
Auf dem Schulweg bin ich meistens allein. Ich brauch keine Mutti mehr, die mitgeht. Es ist ja nicht weit. Die anderen Kinder, der Günter, der Peter, der Ralf und der Manfred nehmen meistens einen anderen Weg. Sie gehen auch viel schneller, da mag ich nicht hinterherrennen.

Wenn ich auf dem Weg bin, vergess ich immer, dass es der Schulweg ist. Es gibt ja dauernd so viel zum Sehen. Manchmal komm ich zu spät und es dauert auch ganz schön lang, bis ich nach der Schule heimkomm. Wenn ich auf unser Haus zugeh, schaut die Mutti meistens zum Fenster raus. Da wartet sie schon auf mich.

Ich geh immer den gleichen Weg. In der Zeppelinstraße hat der Bürgersteig schöne große Bodenplatten. Meine Füße haben leicht Platz drin. Aber nicht in allen. Manche sind gesprungen. Da muss ich aufpassen. Ich mach mit mir selber aus, dass ich nie dort drauf tret, wo die Pflastersteine zusammenstoßen. Und auf Platten, die einen Sprung haben, darf ich auch nicht treten. An manchen Stellen ist das ganz schön schwierig. Oft muss ich springen wie ein Känguru.

Ich stell mir vor, wenn ich den Schulweg schaffe, ohne dass ich auf einen Riss oder eine Fuge trete, dann wird es ein schöner Tag oder ein Tag, an dem ich ein ganz großes Glück hab.

Einmal hab ich sogar ein Markstück gefunden. Hab nur nicht gewusst, ob ich es mitnehmen darf, weil man doch alles abgeben muss, was man findet. Dann hab ich es einfach am Wegrand vergraben. Vielleicht grab ich's einmal aus, wenn ich mich mehr trau …

Manchmal überholen mich der Knacker, der Peter, der Ralf und der Manfred auf dem Schulweg und lachen mich aus, weil ich so langsam gehe oder weil ich grad wieder zu einer ganzen Platte hingesprungen bin.

– Du bist ganz schön blöd!, sagen sie.

Freilich, ich könnt es mir auch so leicht machen wie die. Dann käm ich nicht zu spät in die Schule und alles wär einfacher. Ich will das aber nicht. Mein Vati hat es auch nicht leicht und er schafft doch auch alles.

Eigentlich hab ich gedacht: Wenn ich in die Schule gehe, dann wird alles anders. Dann sagen meine Freunde nicht mehr, dass ich blöd bin und dass ich zu langsam schau und dass ich keine Ahnung hab und dass ich heimgehen und mir von meiner Mama den Bauch waschen lassen soll. Da kann ich nichts dagegen tun. Die sind eben schon in der dritten Klasse. Der Ralf sogar in der vierten.

Zum Ralf sagen sie jetzt alle Rack. Weil er immer vor sich hin bläwert: *Rock-rock, dubi dudi, rock-rock …*

Und sein Bläwern hört sich für mich so ähnlich an wie das Moped von seinem Bruder – das ist der mit den verpickten, fettigen Haaren. Wenn der vom Hausgang nebenan wegfährt gibt er immer ein paarmal Vollgas, einfach so zur Gaudi: *Räng-räng!* Und: *Räng-aräng-räng-räng!* Und noch einmal: *Aräng-aräng-räng-räng-rääääääng!* Und endlich fährt er auf und davon.

Mit dem Rack hab ich mich noch nie richtig unterhalten, der ist ja schon viel zu groß. Der nimmt mich nicht für voll, glaub ich. Seine Eltern haben einen Fernseher, da darf er sogar die Kriminaler von *Stahlnetz* anschauen, obwohl die erst um neun in der Nacht kommen. Zum Beweis, dass das stimmt, bläwert er für uns andere Kinder die Melodie, mit der die Sendungen vom Stahlnetzfilm immer anfangen: Waa–wa–wa – wamm! Waa–wa–wa–wamm – waaa!

Das macht er manchmal so oft, dass er mir damit auf die Nerven geht. Das sag ich ihm natürlich nicht. Da tät er mir bestimmt eine runterhauen.
Der Rack ist unser Häuptling. Der hat immer recht, ganz wurscht, was er sagt. Ich komm mir oft vor wie ein Depp neben ihm, dem Knacker und dem Peter.
Ich pass nicht zu denen. Ich kann nicht so richtig mithalten mit denen. Ihre Cowboyhosen schauen immer schon gebraucht aus, wenn sie noch nagelneu sind.
– Du bist blöd!, sagen sie. Dauernd sagen sie das.
Weiß ich schon. Bin immer irgendwie zu sauber. Trau mich immer zu wenig. Hab ja nicht einmal Cowboyhosen.
Die Tante Ilse fragt: Warum willst du denn Nietenhosen, die sind doch nicht schön!
Sie sagt Nietenhosen, aber sie meint nichts anderes wie Cowboyhosen. Meine Hosen näht der Herr Kreinhöfer. Der wohnt in Deggendorf, in der Altstraße, im gleichen Haus wie meine Oma. Meine Eltern bringen dem alten Mann eine alte Hose von meinem Vati und er näht daraus fast umsonst eine neue Hose für mich.
– Die ist dann aus einem guten Stoff und trotzdem billiger als eine billige Hose im Geschäft, sagt meine Mutti.
Und da ist sogar ein Tascherl für eine Taschenuhr drin. Ich habe zwar keine Taschenuhr, aber ich kann meine Zehnerln drin aufheben. Ein Geldtascherl über dem rechten Hosensack. Das macht überhaupt keinen Eindruck auf die anderen. Meine Hose ist zu weit, der Stoff zu fein und sie ist ganz anders als die Hosen, die die anderen alle haben.

– Du schaust zu langsam, sagen sie beim Fußballspielen, weil meine Turnhose zu sauber ist!
Meine Mutti will eben eine gute Mutti sein.
– Ja, genau, weil ich mir nichts nachsagen lassen will!, murmelt sie.
Ja, genau! Und deswegen muss ich so langsam schauen, wenn wir nachmittags beim Sportclub Fußball spielen, ja, da schau ich so langsam, wenn mir der Ball vor die Füße fällt, und spiel einen Deppen, damit die anderen mich anschauen und nicht meine Hose. Damit sie mich nicht wegen meiner Hose ausspotten. Da ist es doch kein Wunder, dass ich so langsam wachse.

Der Rack hat uns gestern erzählt, dass sein Bruder im Josefskrankenhaus liegt und dass er wahrscheinlich sterben muss.
– Er hat vor zwei Jahren mit seinem Moped einmal scharf bremsen müssen. Da hat's ihm die Säule vom Lenker genau ins Sackl gestoßen. Er hat niemand was gesagt, aber das ist immer mehr geschwollen und jetzt ist es Krebs.
Meine Mutti sagt, das hat sie auch schon gehört und dass die Mutter vom Rack ganz durcheinander ist.
– So junge Kerle stecken ja noch im Wachstum, da wächst der Krebs viel schneller und niemand kann ihn aufhalten.
Ja, ich weiß schon: Das tut verdammt weh, wenn man sich da unten wehtut.

Menschentier

Einmal in den Pfingstferien fahren wir am Nachmittag in den Straubinger Tierpark.
Dort gibt es einen großen Affen, der heißt Jimmy. So ein Affe ist ein Tier wie ein Mensch, das geht auf zwei Beinen und es hat richtige Hände – wie ein Mensch.
– Ist eben ein Menschenaff, sagt der Vati.
Der Wärter gibt dem Jimmy eine Zigarette und der steckt sie in den Mund. Der Wärter zündet ein Zündholz an und hält es dem Jimmy hin. Und der fängt richtig an zu rauchen. Genau wie es der Vati sonst immer macht.
Gleich danach kommen wir zu einem Löwen. Der schaut ganz traurig aus in seinem Käfig.
– Der hat ja gar keine Zähne mehr, sagt die Mutti.
– Der ist eben schon steinalt, brummt der Vati.
– Vielleicht träumt er von der Wüste, sag ich.
– Ich glaub, in Afrika könnte der nicht mehr leben, der kann ja nichts mehr beißen, keinen Knochen, kein Fleisch, nix, der müsst verhungern.
Wahrscheinlich hat der Vati recht. Der Löwe kann froh sein, dass er im Tierpark ist. Er kann bestimmt nicht einmal mehr richtig rennen. Aber da ist auch eine Löwenmutter. Die hat Junge. Die turnen herum wie die Wilden. Sie raufen miteinander. Sie schlagen Purzelbäume. Dann kommt der Wärter und will auch mit ihnen spielen. Und grad wie er die Tür aufsperrt, wollten sie zwischen seinen Füßen durch und davonrennen. Der Wärter schimpft sie. Jetzt trauen sie sich nicht

mehr. Jetzt sind sie ganz brav und warten drauf, dass er ihnen was zu fressen gibt.

Heute regnet es und ich kann nicht hinters Haus zum Spielen. Ich setze nicht mehr einen Fuß vor den anderen. Ich mache keine Schritte mehr. Ich mach mich klein. Ich fang an zu krabbeln. Ich bin ein junger Löwe und krabbel unter den Tisch. Der Tisch ist mein Tierparkkäfig. Ich bin ein Menschentier.
Am Nachmittag kommt die Dieterle Angelika aus dem zweiten Stock. Die spielt den Wärter und sperrt mich ein. Dann will sie der Löwe sein und ich sperr sie ein. Wenn sie redet wie ein Mensch, dann sag ich: Red anständig! Löwen müssen knurren und brüllen. Ich dressier sie so lange, bis sie mir folgt.
– Brav, Löwe, braver Löwe!
Am Tag drauf wird Löwespielen langweilig. Da spielen wir Pferd. Zuerst spiel ich die Elli vom Onkel Sepp und danach tauschen wir und die Angelika ist das Pferd. Aber nur so lange Regenwetter ist.
Draußen verrat ich keinem, dass ich ein Tier gewesen bin. Da spiel ich auch nicht mit Mädchen. Da spielen Buben und Mädchen extra, weil wenn ein Bub mit einem Mädchen spielt, dann lachen ihn die anderen Buben aus.
Wir Buben spielen miteinander Fanggei. Ich setze einen Fuß vor den anderen, schneller, immer schneller. Ich laufe, ich bin ein Löwe, der aus dem Tierpark davonläuft, aber keiner spannt es. Ich lauf trotzdem so schnell, dass mich keiner von den Freunden erwischen kann. Und wenn einer meint, er hat mich, dann bin ich ein Feldhase, schlag einen Haken, renn

in die andere Richtung und der andere kann nicht so schnell bremsen und läuft gradaus weiter …
– Ha, jetzt hat er den Dreck im Schachterl, tät der Onkel Sepp sagen.

Mag da Burschi a Wurschti?

– Mag da Burschi a Wurschti?
Die Verkäuferin hat eine Schürze an, die ist voller Blutspritzer. Sie schaut mich an. Sie lacht. Sie hat einen glänzenden, goldenen Zahn im Mund. Den sieht man nur, wenn sie lacht. Und sie lacht und sie fragt noch einmal.
– Mag da Burschi a Wurschti?
– Nein, sag ich und rück ganz nah zu meiner Mutti hin.
– Mei is der schüchtern, sagt die Verkäuferin.
Ich seh die Blutspritzer auf ihrer Schürze. Ich seh die vielen silbernen Haken an der Wand. Da hängen rote Fleischstücke dran. Die sind auch blutig, aber sie bluten doch nicht.
Ich will weg. Ich dreh mich um. Hinter mir in der Auslage liegt ein Schweinskopf. Der blutet nicht einmal am Hals, dort, wo sie ihn abgeschnitten haben. Direkt weiß ist er, der Schweinskopf.
– Darfst sie schon nehmen, sagt die Mutti.
Neben dem Schweinskopf liegen zwei dicke lange dunkelrotlila Zungen.
– Bäh! Wer die essen will, denk ich mir.

Viele Würste hinter der Glasscheibe von der Ladentheke sind in der Mitte durchgeschnitten und man sieht, wie sie innen ausschauen. Die meisten sind rotscheckig und rosa. Die Hartwurst ist dunkelrot und hat lauter kleine weiße Punkte.
Und eine Wurst ist fast schwarz mit kleinen weißen Punkten drin, wie der Fußboden von unserem Hausgang daheim.
Die Verkäuferin hat ein weißes Häubchen auf ihrem roten Kopf. Nein, ich nehm die Wienerwurst nicht, die sie mir hinhält. Ich will meine Ruh haben. Sie soll nicht mehr reden mit mir.
Meine Mutti nimmt die Wiener und gibt sie mir. Jetzt nehm ich sie. Und meine Mutti bestellt Fleisch für Rouladen und Speck dazu. Es sind keine anderen Leute in der Metzgerei Zellner. So kann ich meine Wiener mampfen und im Laden herumgehen. Ich probier die Schilder zu lesen.
BITTE NICHT AUF DEN BODEN SPUCKEN!
Ich tät die Wiener gern auf den Boden spucken, nur weil es das Schild verbietet. Aber die Wiener schmeckt gut. Außen an der Tür hängt auch ein Schild. Man kann es nur von der Safferlingstraße aus lesen. Oder spiegelverkehrt. Das geht schwer. Nur das Wort ICH erkenne ich. Und ein Hund an der Leine ist drauf. Meine Mutti nimmt mich an der Hand und wir gehen hinaus. Vor der Ladentür reiß ich mich los und lese, was der Hund angeblich sagt: ICH MUSS DRAUSSEN BLEIBEN!
– Mutti, warum muss der Hund draußen bleiben, frag ich.
Aber da stehen wir schon auf dem Bürgersteig an der Landshuter Straße und sie sagt: Jetzt müssen wir aber aufpassen, die Autos sind noch gefährlicher als Hunde.

Die Mutti weiß das. Sie geht nämlich jetzt in die Fahrschule, weil der Vati manchmal solche Schmerzen hat, dass er nicht fahren kann. Wenn sie einmal den Führerschein hat, kann sie ihn fahren.
Wenn sie in die Fahrschule geht, muss ich mit der Sabine allein daheim bleiben.
– Wenn die Türglocke läutet, darfst du nicht aufmachen, hat die Mutti gesagt. Drum halt ich mich immer ganz still, wenn es läutet. Und ich denk mir, ich könnt vielleicht ein Schild schreiben, wo draufsteht: ICH MUSS DRAUSSEN BLEIBEN!

Scharlach

– Es will einfach nicht richtig Sommer werden, sagt die Frau Sinner vom ersten Stock. Und die Mutti gibt ihr recht. Sie gibt ihr recht und sagt: Ich muss jetzt weiter. Hab so viel zu tun, die Sabine muss gewickelt werden und der Harald ist grad von der Schule gekommen und meinen Mann muss ich von der Arbeit abholen.
Es will wirklich nicht Sommer werden. Wir haben jeden Tag Dreckwetter. Mir ist das erst einmal wurscht-egal. Ich kann ja daheim genauso spielen.
Ein paar Tage später freut mich der blaue Himmel doch. Der Sommer riecht ganz anders als der Winter. Und die Straße ist trocken und das Gras auch, und ich brauch keinen Anorak mehr auf dem Schulweg. Endlich!

Die Mutti freut sich auch und sagt: Jetzt können wir mit dem Kinderwagen spazieren gehen.
Ich hab keine Lust. Da soll ich dann dauernd den Duzi von der Sabine aufheben, wenn sie ihn aus dem Wagen schmeißt. Und alle Augenblicke stehenbleiben müssen wir, weil jemand kommt und ins Wagerl schauen will.
– Na, wo isses denn, das Kleine?
Blöde Frage. Sieht man doch, dass sie drin liegt.
Aber das Gerede geht weiter und weiter.
– A Bubi oder a Mädi?
Die Mutti gibt immer freundlich Antwort.
– Ein Mädchen, es heißt Sabine.
– Dä-dädä-dädä-dä-dädä, sieht man doch am rosaroten Strampelanzug, was es ist! Dabei schau die Leute wild an, so wild wie der wildeste Löwe, den ich mir vorstellen kann.

Nach den Pfingstferien krieg ich auf einmal Halsweh. Und einen heißen Kopf hab ich. Und mir ist die ganze Zeit schlecht. Und schwindlig auch.
– Scharlach, sagt der Dr. Höcht.
Er schaut ganz ernst und erklärt der Mutti, dass sie mich nicht aus dem Bett lassen darf.
Bin eigentlich ganz froh, dann muss ich nicht mehr in die Schule gehen zum Fräulein Hornung.
Nur der heiße Kopf und der dicke Hals sind blöd. Und dass ich nicht aufstehen darf. Und dass das Schlucken so weh tut.
Ein paarmal am Tag kommt die Mutti und schiebt mir den kalten Fiebermesser in den Hintern.

Nicht einmal in den Sommerferien bin ich gesund. Da kann ich mich richtig ärgern! Ich muss vom Wohnzimmerfenster aus zuschauen, wie sie die Garagen bauen. Und ich seh den Knacker und den Peter, wie sie abends, wenn die Bauarbeiter weg sind, in die Baustelle hineinklettern.
Gerade rechtzeitig für die Schule bin ich wieder gesund. Da sind die Garagen schon fertig.
– Wir kriegen auch eine für unser Auto, sagt der Vati, damit es nicht rostet.

Betreten verboten

Gott sei Dank fangen sie jetzt hinter unserem Haus an zu bauen. Da werden wir jeden Tag spielen, wenn die Bauarbeiter aufhören zu arbeiten.
– Ein Mordstrumm Wohnblock wird das, sagt der Vati.
Rundherum werden gelbe Schilder aufgestellt.
Betreten verboten! Eltern haften für ihre Kinder.
Die Mutti und der Vati sagen es mir jeden Tag mindestens dreimal: Du siehst doch das Schild, da darfst du nicht hineingehen, das ist verboten!
– Schon recht, sag ich und denk an ganz was anderes.
Vor dem Haus wird jetzt auch noch gearbeitet. Da kommt so ein Mann mit einem kleinen Bulldog, wo man nicht einmal drauf sitzen kann. Der hält ihn am Lenker und schiebt. Das ist ganz schön anstrengend. Da ist nämlich vorn ein Pflug dran.

Mit dem ackert er die ganze schöne Wiese um. Zuerst grob, dann immer feiner. Und dann schmeißt er Sägespäne drauf.
– Nein, das ist Grassamen, erklärt mir der Vati.
– Wieso haben sie dann das andere Gras erst weggeackert. Bloß damit sie wieder neues ansäen können?
– Das wird jetzt viel schöner und ganz ohne Unkraut, sagt die Mutti.
Ich seh das trotzdem nicht ein. Die Blumen sind doch auch schön gewesen: Tulpen und Ringelblumen und Stiefmütterchen und Sonnenblumen und danach kommen noch Astern. Früher, bevor die Häuser auf unserer Straßenseite gebaut worden sind, haben die Leuten vom Roten Hof hier richtige Gärten gehabt. Das hat die Frau Krug erzählt. Sie hat nämlich vorher im Roten Hof gewohnt. Und dann haben die Leute vom Hitler ihren Mann abgeholt, weil er nie mit *Heil Hitler* gegrüßt hat. Alle haben doch beim Hitler so grüßen müssen, nur er hat das einfach nicht gemacht. Da haben sie ihn abgeholt und im Gefängnis ist er gestorben.
– Die haben ihn doch umbracht, sagt der Vati.
Aber die Mutti ist sich nicht sicher.
– Das weißt du doch nicht, du bist nicht dabei gewesen.
Ich pflücke der Frau Krug einen Strauß mit Ringelblumen.
– Die stinken, sagt die Mutti.
Die Frau Krug freut sich aber trotzdem und schenkt mir gleich ein Zehnerl. Und ich versprech, dass ich ihr im Winter immer die vollen Brikettträger und Kohlenkübel aus dem Keller herauftragen werde.

Der Hausmeister hat sich kleine Bretter an die Schuhe genagelt und hat mit den Bretterschuhen alles glattgetrampelt. Und jeden Tag muss er jetzt gießen.
Am nächsten Tag steht auf der Wiese so ein Schild, wo nur draufsteht: BETRETEN VERBOTEN ohne *Eltern haften für ihre Kinder.* Dem Knacker, dem Peter und mir ist das wurscht, wir werden das Schild einfach nicht anschauen und trotzdem reingehen.
– Wir sind da immer reingegangen, warum sollen wir auf einmal nicht in die Wiese gehen, sagt der Peter und lacht.
Da kommt der Hausmeister ums Eck und schreit wie ein Wilder. Er will den Peter packen und rennt auch in die schöne Wiese und vergisst ganz, dass man das nicht darf. Der Peter ist viel schneller …
Zum Hausmeister sagen alle *Apfel*, weil er so rote Backen hat. Aber der Peter, der traut sich was, der dreht sich um und ruft ihm zu: Pferdeapfel, galopp, galopp! Und wir rennen weg und schauen zurück und spotten den Herrn Apfel auch aus. Und der fuchtelt mit den Armen herum und schimpft: Warts nur, das sag ich euern Eltern, warts nur, Bürscherl!
Vielleicht dürfen wir ihm jetzt nie mehr ein Bier holen, wenn er mit dem Gartenschlauch die Wiese gießt. Und vielleicht schenkt er uns jetzt nie mehr ein Zehnerl für ein Eis. Aber wenn er so schreit, spotten wir ihn eben aus. Da ist er selber schuld.
Eigentlich ist es jetzt hier im Viertel wie im Tierpark, nur Zäune gibt es noch keine. Doch, im Park am Hallenbad darf man auch nicht in die Wiese, dort stehen sogar kleine Zäune.

Ganz niedrige Pflöcke, auf denen ist ein Draht angenagelt. Die reichen mir nur bis zu den Knien. Da könnte jeder drübersteigen, wenn der Alleemann nicht wäre. Der hat eine Uniform wie ein Polizist. Der schreit schon von Weitem, wenn er einen in der Wiese sieht, der rennt jedem nach und hält ihn fest und schreibt ihn auf.

Wie das mit den Mädchen ist

Mädchen gibt es in unserer Klasse nicht. Die sind alle in der Mädchenschule. Die ist im gleichen Schulhaus und hat einen viel kleineren Schulhof. Dort können die Mädchen gar nicht richtig rennen, ohne dass sie sich anrempeln. Aber vielleicht wollen die gar nicht rennen. Sie kämpfen und raufen nicht und hauen selten zu. Außer man ärgert sie.

Mädchen sind anders als Buben. Sie spielen mit Puppen. Sie haben Kleider und bunte Schuhe. Seit diesem Frühjahr rennen sie mit so komischen Reifen herum, die lassen sie immer um sich herum kreisen und drücken dabei den Bauch nach vor und dann den Hintern nach hinten. Es sind so Reifen wie im Erstklasslesebuch. Die sind aus rotem, grünem oder gelbem Plastik. Sie sagen *Hula-Hupp*-Reifen dazu.

Im Schaufenster in der Stadt ist das Wort ganz anders geschrieben: *Hula-Hoop*-Reifen. Ich find sie blöd. Vielleicht, weil ich weiß, dass mir meine Eltern nie so einen Reifen kaufen täten.

Der Peter hat von seinen Eltern schon einen gekriegt und damit hula-hoopt er mit den Mädchen Wettkämpfe, lässt den Reifen an den Armen kreisen und vom Bauch an den Beinen hinunter bis zu den Wadeln. Er kann es schon ganz gut.
Aber der Knacker und der Rack spotten ihn aus, weil er mit den Mädchen spielt.
– Weiberheld! Weiberheld!
Am nächsten Tag zerbricht er seinen Reifen absichtlich.

Meine Eltern kaufen nie das Neueste, keine Hula-Hoop-Reifen, keine Cowboyhosen, keine Slipper, obwohl der Lurchi selber solche Schuhe ohne Schuhbänder anzieht.
– Die leiern sich bloß aus und dann verlierst du sie dauernd, sagt der Vati.
Da hat er schon recht, weil mir die Schuhe am Anfang immer zu groß sind.
– Weil du hineinwachsen sollst, sagt die Mutti.
Das ärgert mich oft. Aber den *Hula-Hoop*-Reifen vom Peter hätte ich nicht einmal geschenkt haben wollen.

Bei uns im Hausgang gibt es vier Mädchen: die Angelika, die Bärbel, ihre kleine Schwester Sigrid und meine kleine Schwester. Unsere Sabine ist noch nicht ganz drei Jahre alt, da liegt unterm Christbaum für sie das Struwwelliese-Buch. Die Struwwelliese ist ein Struwwelpeter für Mädchen.
Die Sabine soll so ein sauberes, braves Mädchen sein wie die Struwwelliese ganz hinten im Buch. Am Anfang schaut sie ja wirklich grauenhaft aus, wie eine vom Pulverturm.

– Aus unserem Glasscherbenviertel!, sagt der Vati. Ungewaschen und mit zerrissenen Kleidern – *bähhh, da steht sie!* Und am Ende hat sie zur Strafe einen schlimmen Unfall. Geschieht ihr ganz recht! Sie sieht das auch selber ein: *Ja, sie haben recht! Ich bin manchmal wirklich schlecht!*

Schön langsam, Seite für Seite, wird die *Struwwelliese* ein nettes, sauberes, braves Mädchen. Auf dem letzten Bild im Buch schaut sie aus wie die Iris aus der Mackensenstraße: wie eine Schaufensterpuppe oder wie ein Mädchen im Quellekatalog. Obwohl es eigentlich kein Buch für Buben ist, schaue ich es mir trotzdem an. Am besten gefällt mir die Seite, auf der *das liebe Radio* ein Gesicht hat und richtig bös wird, weil die *Struwwelliese* an ihm herum spielt.

Friedlich steht das Radio,
Liese plagt die Neugier so;
„Vater hat's zwar nicht erlaubt,
doch nun wird dran rumgeschraubt."
Liese halt! Lass dir doch raten,
Böse kann der Strom dir schaden!
Aber Lies macht sich nichts draus.
Schaltet ein und schaltet aus,
Dreht mal hier, probiert mal da.
Aber dann, ihr seht es ja:
Funken zischen! Und es kracht!
Da hat Liese nicht gelacht.
Eiligst ist sie fortgerannt,
Doch die Haare sind verbrannt!

Herumspielen und herumschalten am Radiogerät kann ich nur, wenn meine Eltern nicht daheim sind. Aber dann! Dann beschäftige ich mich mit den Namen auf der Sender-Skala. Leise fange ich an sie zu buchstabieren, zwischendrin bleib ich ein paarmal stecken wie ein Erstklassler bei einer Leseübung: BERO-MÜNSTER * ITA-LIA * GÖTE-BORG * ÖSTER-REICH * LEIP-ZIG * PRAHA * BU-DA-PEST * ROMA * MONTE CAR-LO * LYON * MÜN-CHEN * FRANK-FURT * STUTT-GART * BER-LIN * HEL-SIN-KI
Auf einmal kapier ich es: Das sind Orte, wo die Sender stehen, und sie meinen das, was in der Zigarettenreklame vom Peter Stuyvesant gemeint ist mit: *Das ist der Duft der großen weiten Welt*! Ich buchstabiere die Welt! Ich bewege mich fort von daheim, ich fahr mit einem Segelschiff auf und davon übers Meer. Ich entdecke die Langwelle, die Kurzwelle. Ich horch hinein, hör wie die Wellen rauschen, so viele verschiedene Sprachen. Wie könnte ich die komischen Botschaften enträtseln?
Auf einmal sagt eine Frauenstimme ununterbrochen Zahlen ziemlich langweilig auf. Zu was soll denn das gut sein?
Ich denke mir Helden aus, die versuchen ins Innere, in den Maschinenraum von dem geheimnisvollen Kasten zu klettern. Eine Reise tief hinein in eine Welt, die ich noch nie vorher betreten habe. Ich bereite mich gut vor. Diesmal klettere ich nicht über die Kugelschreiberstrickleitern durch den Lautsprecher hinein. Ich warte ab, bis meine Eltern fort sind und hole das Werkzeug. Zuerst entziffere ich die Schrift auf der Rückwand. *Wechselstrom. Eingestellte Netzspannung 220V. Das Gerät ist störstrahlungssicher entsprechend der Richtlinien*

der Deutschen Bundespost. Vor Abnahme der Rückwand Netzstecker ziehen.

Also gut, der Stecker muss raus. Dann schraub ich die Rückplatte vom Apparat ab. Die hat Löcher wie ein großes Sieb. Was wird da bloß drin sein?

Der Blick in eine Staubflocken-Landschaft tut sich auf.

Ich probier aus, was sich innen rührt, wenn ich außen am Lautstärkerad drehe – und dann am Sendersuchrad. Nichts zu sehen. Ich blas hinein. Das wirbelt so viel Staub auf, dass ich husten muss.

Die Drähte und Kabel lassen sich nicht bewegen. Manche Teile kommen mir vor wie Raketen, andere wie Pilze aus Glas und Draht oder wie die Zementbehälter auf den Baustellen draußen. Eines von den Geräteteilen schaut aus wie ein Maschinengewehr auf den amerikanischen Panzern, die jede Woche in langen Kolonnen über die Landshuter Straße scheppern, nur viel kleiner.

Aber da sind keine Menschen im Radio, keine Schlagersänger, keine Blaskapellen, keine Familie Brandl, nicht einmal ganz winzige Zwergerl sind zu sehen.

Ich muss den Stecker wieder reinstecken. Vielleicht dann!

Tatsächlich, jetzt leuchten in manchen von den geheimnisvollen Behältern schwache Lichter auf. So schwach wie Glut im Ofen. Vor lauter Aufregung sind meine Hände schon ganz schwitzig. Ich wisch sie am Hemd ab.

Als ich auf die Taste UKW drücke, schmettert der *River-Kwai-Marsch* los. Ich versuche mitzupfeifen. Die Melodie habe ich ja schon oft im Wunschkonzert von Fred Rauch gehört. Ich höre mich aber kaum pfeifen. Die Musik ist so laut, dass der Holzkasten vibriert. Schnell ziehe ich die Hand zurück. Dann dreh ich vorn am Antennen-Drehknopf. Das Teil, das ausschaut wie ein kleines Maschinengewehr, schwenkt im Maschinenraum hin und her.

Ich muss den Staub da rauskriegen und hol einen Lappen. Das haut nicht richtig hin. Ich komm nicht richtig hin.

Ich staub bloß noch ein paar Drähte ab. Auf einen Schlag zuck ich zusammen, reiß die Hand zurück, zittere am ganzen Körper. Da ist was wie ein Blitz von oben bis unten durch mich durchgefetzt. Vielleicht der elektrische Strom! Vielleicht ein Stromschlag! Funken hab ich keine gesehen. Schwindlig ist mir, richtig schlecht. Ich kann grad noch den Apparat zuschrauben und an die Wand rücken. Da kommen schon die Eltern heim. Gott sei Dank, sie spannen nichts.

Fanggei und Versteckei

Wenn uns nichts anderes einfällt, spielen wir Fanggei. Einer wird ausgezählt. Der muss die anderen fangen. Wenn er einen erwischt und ihm eine draufhaut, ist der dran mit Fangen.

Oans, zwoa, drei, bigga, bagga, bei,
bigga, bagga, Pfannastiel, alte Weiber fressen viel,
junge miaßn fasten, iii – aaa – uuu:
Und draußt bist du!

Wenn uns Fanggei langweilig wird, spielen wir Versteckei. Schnell wird wieder einer ausgezählt, die anderen rennen weg, verstecken sich und er muss sie suchen.

Ene, bene, subtrahene,
divi, davi, domine,
ecker, brocker, kaser, nocker,
zinker, zanker – draußt!

Unser Versteckei-Spiel heißt *Scheiteln*. Drei Holzscheiter werden so zusammengestellt wie die Stangen bei einem Indianerzelt. Das muss der Sucher machen. So lange er sie zusammenstellt, darf er nicht schauen, wo wir uns verstecken. Aber dann: Jeden, den er sieht, ruft er mit Namen, der ist gefunden und erledigt. Einen nach dem anderen muss er finden. Damit er am Anfang ganz lang braucht, bis er die Holzscheiter zusammengestellt hat, schmeißen wir sie in drei Richtungen davon, dass er sie zuerst wieder holen muss.
Er darf beim Suchen nicht zu weit weggehen, weil sonst einer von uns aus dem Versteck kommt und die Scheiter mit dem Fuß auseinanderhaut. Dann dürfen alle, die schon gefunden worden sind, wieder abhauen.
Der Trick ist der, dass man sich so nah wie möglich bei den Scheiteln versteckt. Wenn der Sucher ein paar Meter weggeht, kann man schnell hinrennen, die Scheiteln mit dem Fuß auseinanderhauen und schreien: Frei! Und alle anderen können sich auch wieder verdünnisieren.
Es ist aber auch gefährlich, wenn man sich zu nah bei den

Scheiteln versteckt, weil man da viel leichter gesehen werden kann.
Einmal hab ich mich so gut unter der Bauhütte versteckt, dass mich der Christoph nicht gefunden hat. Ich habe von meiner Höhle aus alle sehen können. Aber mich hat keiner gesehen. Und die anderen haben sich schon gefreut, dass ich auf einmal hinrenn und die Scheiteln auseinanderhau. Dann hätten sie ja auch wieder weglaufen dürfen. Leider bin ich zu weit weg gewesen, ich habe gewartet und gewartet. Auf eine gute Gelegenheit hab ich gewartet. Und die anderen haben auch gewartet und gewartet. Dabei ist es ihnen mit der Zeit zu langweilig geworden. Sie haben einfach aufgehört mit dem Versteckeispielen und sind weggegangen. Drum bin ich auch aus meinem Versteck herausgeklettert. Aber keiner hat mich bewundert, dass ich mich so gut versteckt gehabt hab. Sie haben nur zu mir gesagt: Du bist ein Spielverderber!

Wörter können sich auch verstecken. Und ich kann mich hinter den Wörtern verstecken. Oder ich versteck die Wörter.
Bei meiner Oma verstecken sich die Wörter irgendwo im Mund. Sie sagt: Das liegt mir auf der Zunge. Ihre Zähne kann sie herausnehmen. In der Nacht legt sie sie in ein Glas mit Wasser, damit sie wieder sauber werden. Damit sie am nächsten Tag wieder Wörter aussprechen kann.
Aber die meisten Leute verstehen sie eh nicht gescheit, sie redet ja schlesisch.
Ich verstehe sie schon, wenn sie sagt: Kumm ocke, wott ocke, hör ma ock uff mit dem Gelumpe!

Wenn sie sagt: *Der Weisler geht schun uff Zwelfe*, dann steht der Uhrzeiger kurz vor Zwölf.
Wenn sie sagt: *Gib ma amul dos Portmanee dutte uffm Dobrat!* Dann soll ich ihr den Geldbeutel von der Kommode rüberholen.
Wenn sie sagt: *Ich leg mich uffs Schesslong,* dann legt sie sich auf die Couch.
Der Vati legt sich auch auf die Couch, aber er sagt: Ich leg mich aufs Kanapee! Und zum Lappen sagt er Hadern. Und wenn er schneller redet, heißt der Hadern bei ihm *Hoodan.*
Dann sagt die Mutti, dass er sich zusammenreißen soll. Weil wenn er in der Post am Schalter sitzt, muss er auch so reden, dass ihn die Leute alle verstehen. Das kenne ich schon, da heißt es dann: anständig reden!
Die Oma schert sich nicht drum, wie man anständig redet.
– Ich rede wie ma da Schnobl gewochsn is!, sagt sie.
Und wenn sie den Lappen will, dann sagt sie: Gib ma ucke den *Lumpe.*
– Drei verschiedene Wörter für ein und dasselbe Trumm, sagt der Vati. Und wir verstehen uns trotzdem.
Ist ja praktisch, wenn man für ein Dingstrumm mehrere Wörter hat. Ist doch praktisch, wie bei einem Baukasten – je mehr Bausteckerl, umso besser.

Chikago

Eltern und Lehrer mögen es nicht, wenn man den Namen ändert. Das ist mir schon klar, deshalb behalte ich vorerst zumindest nach außen meinen alten Namen. Hauptsache, ich weiß, wie ich heiße: Dicky Dickdickens.

Auch meine Freunde wissen nicht, wer ich wirklich bin. Sie wissen aber auch nicht, wer sie für mich sind: Der Knacker ist der Bonko, der Rack ist Opa Kräckel.

Sie wissen auch nicht, dass ich mit ihnen in Chikago bin, wenn wir am Nachmittag durch unser Bauvereinsviertel streunen – zwischen Kasernen, Luftberg, Pulverturm, Antoniuskirche und Pestalozzischule. Dort darf ich, nein, dort muss ich wieder der Gangster Dicky Dickdickens sein. Und an vielen langweiligen Schulvormittagen baue ich mein Gebiet aus.

Viel Arbeit!

Wie sagt Dicky Dickdickens?

– Da muss einer sein Handwerk von der Pike auf gelernt haben!

In der dritten Klasse haben wir einen neuen Lehrer bekommen. Höllriegl heißt der. Der ist viel kleiner als der Lehrer Hollweck. Und älter ist er. Und er hat nicht mehr viele Haare und ganz winzige Augen, mit denen blinzelt er mich immer so gefährlich an, dass ich jedes Mal gleich ein schlechtes Gewissen hab.

Manchmal habe ich das Gefühl, der Herr Höllriegl durchschaut mich. Er erkennt den Dicky Dickdickens in mir. Vielleicht habe ich zu Hause am Spiegel zu lange meinen verwegenen Blick eingeübt. Und ich bekomme allmählich heraus, dass

der kleine dicke Mann im Nadelstreifenanzug Jim Cooper ist. Ich muss vorsichtig sein, denn ich weiß ja, der Cooper, der ist ganz schön gerissen. Schon höre ich ihn sprechen: *Aber das sind ja nur Vermutungen, wie steht's denn mit den Beweisen?*
Er muss es sein! Ist er nicht schwer bewaffnet? Schlägt er nicht gnadenlos auf seine Gegner ein? Hat er nicht sechs verschieden dicke Tatzenstecken in seinem Wandschrank? Ab und zu habe ich den Verdacht, er pflegt diese Stecken sorgfältig, er fettet sie sorgsam ein wie Gewehrläufe. Ja! Knarren sind das! Jede für sich steckt fein säuberlich in einem Pappendeckel-Futteral. Und sogar die Stimme vom Lehrer Höllriegl ist genau die gleiche wie die vom Jim Cooper, finde ich. *Aber das sind ja nur Vermutungen, wie steht's denn mit den Beweisen, mit den Beweisen, mit den Beweisen, den Beweisen …?*
Der Rack ist Zeuge, der war schon vor mir in der Klasse beim Höllriegl.
– Sechs Tatzenstecken! Drei hat er schon an mir kaputtgedroschen, immer drauf, immer drauf, auf die Finger, auf die offene Hand, auf den Arsch.
Die meisten von uns haben Angst vor den Tatzenstecken. Ich auch. Nur der Rack nicht, der ist noch stolz drauf, wenn ihm einer wie der Höllriegl eine überbrennt.
– Da hab ich bloß laut gelacht, von mir hat der keine Tränen gesehen, sagt er.
Der Rack ist ein harter Bursche, fast so hart wie der Dicky Dickdickens. Jetzt, wo sein Bruder gestorben ist, erst recht.

Horch, die Panzer!

In den Kasernen, die hinter unseren Häusern anfangen, wohnen Soldaten. An meinem Schulweg entlang, in der Graf-Zeppelin-Straße, in der Graf-Spee-Straße, in der Admiral-Scheer-Straße oder bei uns in der Admiral-Hipper wohnen die normalen Leute.

Trotzdem heißt das ganze Viertel um unsere Wohnblocks Kasernenviertel. Die größte Straße hier ist die Landshuter Straße, da ist Tag und Nacht was los. Autos. Lastwägen. Sanitätsautos, die zum Josefskrankenhaus fahren, in aller Herrgottsfrüh, wenn es noch dunkel ist, fahren die Müllautos aus ihren Garagen gleich nebenan bei den alten Kasernen-Pferdeställen. Und –

– Horch!

Man hört sie schon lange, bevor sie durch die Landshuter Straße donnern. Wir rennen vor zum Bäcker Butz und sehen sie schon von Weitem.

– Ja, eine ganze Kolonne!

Wir warten auf sie und winken wie die Verrückten, wenn sie an uns vorbeifahren, weil die Soldaten uns manchmal kleine rote Kaugummipackeln rausschmeißen.

Wenn die Ami-Panzer so daherdonnern, kann man Zahnweh kriegen – pah – die wummern mir durchs Bürgersteigpflaster in die Zehenspitzen, in die Beine, in den Bauch und, endlich, wenn das Bibbern im Kopf ankommt, dann fang ich an zu rufen: Tscheee-wing-gumm!

Die Panzer antworten. Sie brüllen wie riesige Tiere, ihre Ketten klirren und sie schnauben, zischen und quietschen – alles gleichzeitig. Sie wirbeln den Straßenstaub auf, dicke Wolken Staub, Auspuffrauch, Benzingestank – dazwischen sprühen die Funken aus den Panzerketten. Die Kolonne hört überhaupt nicht mehr auf.

– Schau, wie de voller Baaz san!

– De kumman direkt ausm Burgweintinger Wald!

– Schmarrn, do derfan de gar net eine! Vo Oberhinkofen kumman de, do is doch da Truppenübungsplootz!

Manchmal halten sie kurz an, weil es irgendwo nicht weitergeht in der Kolonne. Da sieht man die Soldaten ganz genau. Ich tät gern so ein Panzerfahrer sein. Von manchen Soldaten schaut nur der Kopf aus dem Panzer heraus. Manche haben Stahlhelme auf. Andere stehen und schauen halb aus dem Panzer heraus. Sie winken. Viele schauen auch grantig drein. Und auf einmal schau ich nicht nur einfach zu, wie sie vorbeifahren, nein, ich stell mir jetzt vor, ich sitz im Panzer, fahr als Soldat an mir vorbei, bis zum Bauch steh ich im Panzer drin und werf mir rote Kaugummipackeln hin. Aber ich schau mich gar nicht lange an, ich rücke meinen Helm zurecht, halt mich mit einer Hand am Maschinengewehr fest und deute mit der anderen Hand zum Sportclub hinüber. Und dabei kommt mir kein Lacherl aus, weil Soldaten, die lachen, find ich blöd, die tun ja nur so, wie wenn sie Soldaten wären. Oder es sind Soldaten, die Angst haben und ihre Angst verstecken wollen. Die find ich auch blöd.

Der Peter schreit wieder: Tscheee-wing-gumm!

Und wir anderen genauso: Tscheee-wing-gumm!

Dann noch einmal, so laut es geht: Tscheee-wing-gumm!
Leider sind die Panzer noch lauter. Die Soldaten hören uns überhaupt nicht. Aber sehen müssen sie uns doch.
– Gemeine Dracken, de Ami! Gscherte Hundt!, meint der Rack.
Und der Mane gibt an, was sie ihm schon einmal alles herausgeschmissen haben aus den Panzern.
– Do hab i drei Tag lang pausenlos Kaugummibladern blasen kinna damit.
Der Herr Bertold aus der Mackensenstraße kommt aus der Bäckerei und schimpft: Alles müssen die kaputt machen. Wir haben doch keinen Krieg!
Er schimpft und schimpft. Niemand versteht was.

Manchmal muss man lang auf die Panzer warten und dann kommen sie doch nicht. Meistens kommen sie, wenn man nicht auf sie wartet. Aber wie macht man das: nicht warten.
Im Winter ist es eh zu kalt zum Warten. Da können wir uns höchstens auf den Safferlingsteg stellen. Da müssen wir nicht lang warten, bis eine Dampflok drunter vorbeischnauft und uns verschwinden lässt in einer Dampfnebelrauchwolke. In so einer Wolke verschwinden ist wie Nicht-Dasein oder wie Nicht-Warten.
Im Sommer spielen wir wieder mit unseren Wiking-Autos und mit den Spielzeugpanzern auf den Erdhaufen hinter unserem Haus. Es werden immer mehr. Immer, wenn irgendwo ein Haus gebaut und ausgebaggert wird, kommt die Erde, die übrig ist, hierher.

Jeder von uns sucht sich einen Platz. Jeder baut Straßen und eine Stadt und Tunells in die Hügel. Eine ganze Welt bauen wir da. Jedem gehört ein Teil davon. Jeder holt seine Schachtel und baut seine Sachen auf. Das ist dann der schönste Moment, wenn alles fertig ist.
Da ist es mir ganz wurscht, ob die anderen mehr Autos haben oder Panzer. Das ist einfach schön, wenn alle zufrieden sind und jeder die Stadt vom andern bewundert.
Wir spielen eine Zeitlang, fahren auf den Straßen auf und ab. Das wird uns bald langweilig und der Peter schlägt vor, dass wir einen Krieg machen könnten.
– Ich bin Amerika, sagt er, ich hab die meisten Panzer.
– Ich bin da Russ, ruft der Knacker.
– Und ich bin England, sagt der Mane.
– Dann gehörst du zu mir, sagt der Peter.
Deutschland will keiner sein. Die Deutschen haben ja den Krieg verloren. Am liebsten täten sie mich immer zwingen, dass ich Deutschland mach. Ich will aber nicht und sag: Ich geh heim, wenn ich Deutschland sein soll.
Spielverderber, sagen sie dann, oder Feigling, oder: Zupf dich doch, du blöder Uhu, brauchst gar nimmer mitspielen!
Auf einmal macht der Peter freiwillig Deutschland und sagt: Die Deutschen gehören ja jetzt zu Amerika! Haha! Pech ghabt!
Und dann geht endlich der Krieg los. Ein Panzer verfolgt den anderen. Den Krach und das Ballern machen wir mit dem Mund. Dadadadadada – und wumm! Tschäng! Bäng! Da-da-da-da-da-da! Wumm!
Bomben-Explosionen machen wir mit den Füßen. Wir treten

auf die Straßen und springen auf den Erdhaufen, dass die Tunells einkrachen. Einer fängt an, die anderen geben mit den Füßen Antwort: Und wummmm! Und peng! Zack!
So hauen wir bis zum Abend alles zusammen, was wir den ganzen Tag über aufgebaut haben. Ruckzuck liegt unsere ganze Welt mit ihren Städten und Dörfern in Trümmern.
Es ist immer ziemlich schwer zum Sagen, wer am Ende gewonnen hat. Jeder will gewonnen haben. Leider können wir das nicht mehr auskämpfen. Es ist ja dann eh schon alles hin, nur die Spielsachen nicht. Die sind zu teuer, drum wird es auch kein richtiger Krieg. In einem richtigen Krieg darf nichts ganz bleiben.
Der Peter weiß sogar, was die Panzer für Namen haben. Er ruft sie so, dass man denkt, die sind seine Freunde: *Sherman, Pershing, Panther*…
Einen Sherman-Panzer hab ich mir von ihm eingetauscht gegen ein silbernes Geldstück mit einem Hakenkreuz und einem Kopf drauf, das hab ich bei uns daheim im Wohnzimmerschrank gefunden. Es war schmutzig, grün und grau und braun. Ich freue mich über meinen Tausch. Der Mutti und dem Vati erzähle ich natürlich nichts davon.
Der Rack sagt, dass ihm das Wikingauto-Spielen jetzt zu blöd ist, dass die bloß was für kleine Kinder sind.
– Kannst sie mir ja abkaufen, meine Sammlung, sagt er.
Will ich aber nicht.
Erstens bin ich kein kleines Kind, zweitens hab ich nicht so viel Geld und drittens wüsste ich gar nicht, wo ich seine vielen Panzer daheim verstecken könnte.

– Meine Eltern erlauben es nicht, ich darf keine Panzer haben.
– Kannst sie ja bei mir im Keller lassen und immer holen, wenn du damit spielen willst, meint er.
Ich bin doch nicht blöd, dann sind sie eines Tages weg …
– Ist doch eh wurscht, wenn du kein Geld hast.
– Ist es auch!

Bilder von weit her

Die Frau Birr und der Herr Birr sind die ersten bei uns im Haus gewesen, die einen Fernseher gehabt haben. Er schaut ein bisschen anders aus als der vom Onkel Wolfgang, auf jeden Fall ist so ein Fernsehkasten größer als der größte Radio. Die Mutti, der Vati und ich haben die Birrs sogar einmal abends besuchen dürfen. Da hat die Sabine schon geschlafen und wir sind alle auf der Wohnzimmercouch gesessen und haben uns den Film *Corky und der Zirkus* geschaut. Die Elefanten mit ihren Kunststücken und die dressierten Löwen und den traurigen Clown. Und die Frau Birr hat was zum Trinken auf den Tisch gestellt und kleine Salzbrezen dazu. Und danach haben wir uns bedankt und sind wieder heimgegangen.
Mit der Zeit sind dann auf den Dächern immer mehr Fernsehantennen aufgetaucht.
Das sind schöne Sitzplätze für Vögel.
Und immer mehr Leute haben jetzt einen Fernseher. Die Eltern vom Neutz Mane im Nachbarhaus auch. Der Mane

nimmt mich mit heim und ich darf beim Neutz am Abendbrottisch sitzen und auch mit zuschauen.
Mitten im Film läutet es. Meine Mutti kommt.
– Ich komm unseren Zaungast heimholen, sagt sie.
Daheim schimpft sie mich.
– Das kommt nicht in Frage. Gegessen wird daheim! Und überhaupt will ich das nicht, wenn du mit anderen Kindern in die Wohnung gehst.
Das ist irgendwie blöd für mich. Wenn mich der Manfred nächstes Mal fragt, ob ich mit ihm mitkomme, muss ich dauernd eine andere Ausrede finden. Ich kann doch nicht sagen: Meine Mutti erlaubt nicht, dass ich mit anderen Kindern in die Wohnung gehe.
Dabei wäre ich gerne Zaungast beim Neutz.
– Wir könnten ein Loch durch die Wand bohren, nebenan ist das Wohnzimmer vom Neutz, da könnten wir heimlich mit fernsehen, sag ich zur Sabine.
Die Sabine erzählt es der Mutti.
Die meint, das ist ein Witz. Sie weiß nicht, dass wir schon angefangen haben. Aber wir kommen nur langsam voran. Die Ziegelsteine sind einfach viel zu hart.
Zaungast ist ein schönes Wort. Das passt zu dem Vogel, der *Zaunkönig* heißt. Den hat uns der Herr Höllriegl auf einem Bild gezeigt …

Bis wir daheim selber einen Fernseher haben, das kann noch lange dauern. Einstweilen bleibt mir halt nur das Fernsehen beim Onkel Wolfgang.

Ab und zu darf ich auch ins Filmcasino, wo die Frau Holle und die Goldmarie und die Pechmarie ganz bunt daherkommen, so bunt wie in echt, und wo die Indianer zehnmal so groß sind wie wirkliche Menschen. Ein Kino sollte man daheim haben. Leider gibt es so große Wohnungen überhaupt nicht. Und ganz dunkel müsste es sein.
Wenn ich Geschichten im Radio anhöre oder wenn ich in einem Buch lese, wo keine Bilder drin sind, dann sehe ich trotzdem alles wie in echt.
Da gibt es in meinem Kopf Filme – nicht schwarzweiß wie im Fernsehen, sondern so bunte wie im Kino.
Mein Kopf ist eine Höhle mit zwei kleinen Fenstern. Wie von einem hohen Berg aus kann ich von hier aus die ganze Welt sehen. Wenn ich will. Aber nur sehen.
Eingreifen kann ich nicht, wenn einer was kaputt macht.
Und ganz machen kann ich dort auch nichts.
Trotzdem, manchmal glaub ich, ich bin schon in echt dort draußen gewesen.
Die Leute im Radio, im Fernseher oder im Kino sehen mich nicht. Aber ich seh sie und ich hör sie. Manchmal kann ich sie sogar riechen. Da komm ich mir vor wie der liebe Gott. Der sieht uns, aber wir nicht ihn. Kann ja sein, dass der auch keine kaputten Sachen ganz machen kann. Aber dann bräuchten wir ihn eigentlich gar nicht.

Salamander lebe hoch!

– Pass uck uff, geh ma nich so in die Luusche!, hat meine Oma gestern gesagt, hoste mich vastondn?
Freilich hab ich sie verstanden. Ich soll aufpassen und nicht in den Dreck steigen.
Trotzdem bau ich auf dem Schulweg einen Drecklacken-Kanal, vom Randstein bis zum Gulli, damit das Wasser besser ablaufen kann.
Wenn es zu schnell abhaut, bau ich einen Damm. Wenn es zu lange steht, stoß ich den Damm wieder durch. Aber es will auf einmal nicht mehr rinnen, dauernd schoppt sich alles.
Ich muss ganz schön schuften, damit das Wasser wieder ablaufen kann. Und von oben, von vorn, von der Seite, überall quatschelt mir das Wasser in meine Halbschuhe.
– Morgen gehen wir beide zusammen in die Stadt. Du brauchst neue Schuhe, sagt meine Mutti, gefütterte Winterstiefel brauchst du.
Und wenn ich brav bin und mitgeh und im Geschäft meine Füße zum Schuheanprobieren hergeb, wenn ich sie in den dunklen Kasten steck, damit die Verkäuferin oben reinschauen kann und sehen, ob die Schuhe zu klein oder zu groß sind, wenn ich alles brav mitmach, was sie von mir verlangen, ohne dass ich grantig werd, dann krieg ich hinterher wieder so ein grünes Lurchi-Heft. Und Schuhe auch, aber die schau ich daheim gar nicht mehr an, da interessieren mich nur noch die Bilder im Lurchi-Heft.
Der Feuersalamander Lurchi ist schwarz und hat große,

gelbe Flecken. Er hat einen grünen Trachtenhut auf mit einem Gamsbart. Der gefällt meinem Vati. Der Lurchi ist der Anführer von einer ganzen Bande.
Zu der gehört der dicke Krötenpolizist Unkerich. Seine Haut ist gelb mit roten Punkten drauf. Um seinen Bauch trägt er einen breiten schwarzen Gürtel. Und eine blaue Polizeimütze mit einem schwarzen Schild hat er.
Dann gibt es noch den Laubfrosch Hopps, die Maus Mäusepiep, den kleinen Igelmann und den Zwerg Piping. Der schaut aus wie meine Oma.
Und wenn meine Oma zu Besuch kommt, sagt sie: Wott ucke, ich kumme schunn!
Dann setzt sie sich mit mir an den Tisch, holt ihre Brille aus dem Etui und liest mir alles vor. Dauernd probiert sie andere Stimmen aus und redet doch immer nur wie die Oma.
– Die redet so komisch, weil sie aus Schlesien kommt, sagt der Vati.
Ich finde überhaupt nicht, dass sie komisch redet.
– Wott ucke, ich kumme schun!, sagt durch den Mund von der Oma auch der Lurchi.
Ich glaub, ich red auch manchmal so.
– Ach nee, aber nee doch, sagt durch meinen Mund der Lurchi und löst mit Hilfe der wunderbaren Salamander-Schuhe die schwierigsten Aufgaben. Er besiegt die Dachse, die die Weintrauben klauen, er rettet die Freunde aus höchster Not. Und alles immer nur mit Hilfe der hervorragenden Salamander-Schuhe. Am Schluss kommt bei jeder Geschichte immer der Spruch:

Lange schallt's im Walde noch,
Salamander lebe hoch!

Und wenn das Abenteuer auf einer Burg gespielt hat:

Von der Burg hallt's lange noch,
Salamander lebe hoch!

Oder im Weltraum, dann heißt es eben:

Lang vom Weltraum grüßt es noch,
Salamander lebe hoch!

Ich hab schon vier solche Hefte. Jetzt will ich auch solche Schuhe. Ich will keine anderen. Nicht einmal Elefanten-Schuhe, obwohl man im Elefantenschuh-Geschäft immer so kleine Orden aus Bakelit kriegt, so einen mit einem roten Elefanten drauf. Der ist irgendwie verwandt mit den weißen Bakelit-Elefanten, die an den Flaschen mit dem Danziger Goldwasser vom Onkel Wolfgang dranhängen.

Ich brauche keine Orden. Mein Vati sagt auch immer, dass er keine Orden braucht.

Wir können anders genauso beweisen, dass wir was taugen.

Und so ein Elefantenorden ist nix, rein gar nix, gegen die hervorragenden Salamanderschuhe.

Salamander-Schuhe, das sind braune Schnürstiefel, die bis über die Knöchel reichen, genau solche, wie sie der Vater an seinem Stützapparat und an der Prothese trägt. Ich versteh nicht, warum er immer so jammert über seine Schuhe. Er wünscht sich leichtere.

– Einmal will ich im Sommer wieder Sandalen anziehen können, sagt er.

Aber die kriegt er nicht.
Ich will Lurchi-Stiefel und ich krieg auch keine.
Das ist irgendwie komisch. Da komm ich nicht mit!
Ich probier einen Lurchi-Stiefel von meinem Vater an. Der riecht schwer. Der Geruch füllt die ganze Nase aus und kriecht bis hinter die Augen und geht nicht mehr raus aus dem Kopf. Ein Geruch ist das, nach Leder und Prothese und nach dem Fuß vom Vater. Ich steck drin bis zum Knie.

Reise zum Mond

Jetzt ist schon gleich Winter. Das weiß ich auf einen Schlag, wenn ich in der Früh vors Haus geh und dann weiter, die Admiral-Hipper-Straße entlang, rechts abbiegen in die Graf-Spee-Straße und links durch die Graf-Zeppelin-Straße in Richtung Pestalozzischule. Es riecht nämlich nicht nur nach Zuckerfabrik und nach Kohle – vor allem anderen riecht es heut nach Schnee.
Die Mauern von der Pestalozzischule sind fast schwarz. Finster steht sie da, wie eine Burg, meine Schule. Sie ist eine Welt für sich. Sie hat eine Hölle und einen Himmel. Die Hölle ist im Keller. Dort schaufelt der Herr Gmeiner die Kohlen in den Schulofen. Ich glaub, der darf überhaupt nie herauf, der wohnt da unten, so wie der Teufel in der Hölle. Er schaufelt und schaufelt Kohlen so lang, bis sein weißes Unterhemd schwarz ist. Auch sein Gesicht ist so schwarz, dass er ausschaut wie

der Krampus. Da muss er sich am Nikolaustag gar nicht mehr verkleiden. Seine Stimme ist kratzig, mit der bellt er, dass man manchmal meint, er ist ein Höllenhund.
Im Himmel ist es heller. Der Himmel ist im zweiten Stock, er hat vier Fenster und heißt Klassenzimmer. An einem der Fenster sitze ich und schaue hinaus. Der Himmel draußen ist dunkelgrau. Viel dunkler als die Haare vom Herrn Höllriegl. Die Haare vom Herrn Höllriegl sind fast so weiß wie die Kreide, mit der er die ganze Tafel vollschreibt.
Vor der Hölle hab ich Angst. Aber der Himmel zieht mich auch nicht besonders an. Die Langeweile ist furchtbar anstrengend.
Der Lehrer Höllriegl erzählt uns in *Heimatkunde*, dass immer hauptsächlich die Juden in Regensburg reich gewesen sind.
– Sie haben so viel Geld gehabt, dass sie es hergeliehen und Banken gegründet haben.
Ich glaub, das ist ihm nicht ganz recht, dass die Juden so reich gewesen sind, weil er die Stirn so in Falten zieht.
– Der Neupfarrplatz in Regensburg ist früher das Judenviertel gewesen, drum sind da heute noch so viele Sparkassen und Banken!, sagt er.
Beim Rechnen beweist uns der Lehrer Höllriegl, dass es ein Blödsinn ist, wenn manche Leute sagen, dass die Russen oder die Amerikaner bald mit einer Rakete auf den Mond hinauf fliegen werden.
Noch nie hat der Herr Höllriegl so lange Zahlen an die Tafel geschrieben und noch nie hab ich ihn so laut schimpfen gehört.

– Der Russe glaubt, er kann in den Weltraum fliegen und hinterher behaupten, es gibt keinen Gott. Bloß, weil er mit einer Rakete in die Luft hinaufgeschossen wird, sagt er, da oben gibt es keinen Gott. Bloß, weil der Russe nichts gesehen hat! Dabei hat der Russe überhaupt keine Ahnung, wie groß der Weltraum überhaupt ist.
Zum Satzende hin spricht er immer langsamer, stiert uns an und hebt drohend seinen Zeigefinger.
– Der Mond ist dreihundertvierundachtzigtausend Kilometer von der Erde entfernt!
Jetzt breitet er seine Arme aus wie ein Fischer, der zeigen will, wie groß der Fisch ist, den er gefangen hat.
– Drei-hundert-vier-und-achtzig-tausend Kilometer!
Ich hör die Zahl wie ein Echo in meinem Kopf:
Drei-hundert-vier-und-achtzig-tausend …
Drei-hundert-vier-und-taram-tamtam …
Tam-taram-tam-tam taram tamtam …
Ich schau zum Fenster hinaus und denk mir: Der Höllriegl ist ganz schön gescheit, dass er so eine lange Zahl hinschreiben kann. Hoffentlich will er nicht, dass wir mit der Mordstrumm Zahl auch noch zum Rechnen anfangen. So große Zahlen haben wir ja überhaupt noch nicht gehabt.
Dreihundertvierundachtzigtausend Kilometer!
Wie weit wird dann Amerika weg sein.
Amerika ist auf jeden Fall nicht so hoch oben.
Die Antoniuskirche ist viel näher da als der Mond.
Mein Mond ist die Kirchturmuhr.
– Die Menschen werden nie zum Mond hinauf kommen!

Ein Blödsinn ist das, schreit der Höllriegl, ein Blödsinn! Das glaubt doch kein Mensch!
Länger als eine Stunde haben wir noch Schule.
– Wir können ja einmal ausrechnen, wie lang das dauern würde und wie viel sie da zum Essen mitnehmen müssten!
– Um Himmelswillen!, denk ich. Die Zeiger rühren sich nicht mehr. Vielleicht steht die Uhr.
– Kinder, stellts euch einmal vor, da fahren wir mit einem Zug, mit einem Schnellzug, hundert Kilometer in einer Stunde!
Ich hab keine Lust mehr zum Rechnen und auf den Mond will ich sowieso nicht.
– Kinder, ich sag euch was, da fährt man nicht einen Tag, nicht eine Woche oder einen Monat, nein, da fährt man ein ganzes Jahr. Wie soll denn das gehen?
– Ist mir doch wurscht, wie das geht, mir ist die Zahl sowieso zu lang.
Gestern, wie ich in die Schule gegangen bin, hab ich die Platten vom Bürgersteig gezählt, bis mir die Zahl zu groß geworden ist. Dann bin ich noch einmal zurück und hab bloß noch die Platten gezählt, die keinen Sprung gehabt haben. Und wie ich dann in der Schule gewesen bin, hab ich die Zahl vergessen gehabt.
– Omei, Kinder!, ruft der Höllriegl und zeigt mit beiden Händen zur Klassenzimmerlampe. Omei, Kinder! Und dann kann man doch nicht auf dem Mond bleiben! Zurückfliegen müsste man ja auch noch!
– Ist mir doch wurscht, das Kasernenviertel liegt doch sowieso hinterm Mond, denk ich.

Und ich frag mich: Wie wär jetzt das, wenn ich in die Schule gehen tät und nach der Schule nicht wieder zurück in unser Haus, und dafür den gleichen Weg in die andere Richtung? Da wär ich am Nachmittag schon am Domplatz und am nächsten Nachmittag schon in Eilsbrunn und am Tag drauf schon in Laaber und an Weihnachten dann in Nürnberg. Aber das wär blöd. Dort tät mich vielleicht das Christkind nicht finden und ich könnt keine Geschenke kriegen.

Die meisten in der Klasse bewundern den Höllriegl, weil er mit so langen Zahlen rechnen kann.
Ich bewundere ihn nicht.
Ich bewundere nur seine langen Zahlen

Advent, Advent …

Jetzt müssen wir unsere Gräber aus der Bastelecke und von den Fensterbänken im Klassenzimmer wegräumen. Die haben wir zu Allerheiligen basteln dürfen.
Ich hab beim Zigarren-Wolf in der Landshuter Straße ein leeres Zigarrenkistel derbettelt.
Ich hab schön *bitte* gesagt und dann hat er mir gleich eines geschenkt.
Ich hab Erde hineingeschüttet und Moos draufgelegt. Auf einer Seite hab ich einen Grabstein aus Pappendeckel dran gepickt. Da hab ich ein Kreuz drauf gemalt und drauf ge-

schrieben, wie ich heiß und meinen Geburtstag und wann ich gestorben bin.
– Mach das sofort weg, hat meine Mutti gerufen, das ist kein Spiel, mit so was scherzt man nicht, das bringt Unglück.
– Ich scherz aber nicht, hab ich gesagt, ist doch für die Schule.
– Kommt nicht in Frage, mach das weg, hat die Mutti geschimpft.
Gott sei Dank ist mir der Hansi eingefallen.
Mein Kanarienvogel singt schon lang nicht mehr.
– Der ist krank, hat der Vati einmal gesagt, der lebt bestimmt nicht mehr lang.
Da hab ich den Hansi auf meinen Grabstein geschrieben.
Und jetzt darf ich das Grab nicht aufheben. Nicht in meinem Zimmer und nicht einmal im Keller. Die Mutti will das nicht.
– Die Erde stinkt, da kriegen wir Ungeziefer ins Haus, sagt sie.
Was hilft's – ich muss mein schönes Grab zusammenhauen und in die Aschentonne schmeißen.
Aber vor Weihnachten gibt es eh andere Sachen zu tun. Zum Beispiel Sterne basteln. Aus Goldpapier oder aus Stroh.
– Naja, die Sterne-Bastelei reißt dich wohl nicht so vom Hocker, sagt der Onkel August und zwinkert mir so komisch zu.
Aber die Mutti und der Vati sind begeistert.
– Die Sterne sind aber schön, haben sie voriges Jahr gesagt, die können wir gut brauchen für unseren Christbaum!

Am Sonntagabend zündet die Mutti die erste Kerze an unserem Adventskranz an und bringt mir einen Spruch bei:

Advent, Advent, ein Lichtlein brennt,
erst eins, dann zwei, dann drei, dann vier,
dann steht das Christkind vor der Tür.

Und der Vati schaltet das Licht aus und wir schauen zu viert der einen Kerze beim Brennen zu: meine Schwester Sabine, meine Mutti, mein Vati und ich.

Am Montag in der Früh hängt auf einmal auch im Treppenhaus in der Schule ein Adventskranz, ein riesengroßer mit riesengroßen Kerzen. Schade, keine einzige brennt. Dafür riecht es nach Tannenzweigen. Ich kann mir überhaupt nicht vorstellen, wer den aufgehängt hat. So hoch oben!

Im Klassenzimmer hat der Herr Höllriegl auch noch einen Adventskranz aufgestellt. Auf dem Pult. Und er zündet eine Kerze an und wir beten alle zusammen.

Es ist aber noch lange nicht Weihnachten. Zuerst kommt noch der Nikolaustag. Vor dem Nikolaus hab ich voriges Jahr gescheit Angst gehabt. Heuer ist mir eigentlich auch nicht recht gut.

– Wenn du nicht brav bist, bringt er dir nur eine Rute, hat nämlich meine Mutti immer gesagt, wenn ich ihr nicht gefolgt hab. Anscheinend bin ich bös und brav in einem gewesen, weil der Nikolaus bringt eine Rute aus dünnen Ästen, an der hängen lauter Süßigkeiten. Zuerst hab ich mir gedacht, dass der Nikolaus die Schuhe vom Herrn Dieterle anhat.

Dann waren es auch die Schuhe vom Herrn Dieterle und der Nikolaus war auch der Herr Dieterle. Ich hab die Stimme sofort erkannt und hab gesagt, dass ich jetzt nur noch brav sein

will. Wenn's doch der Herr Dieterle ist, da kann ich ja alles versprechen, ist doch eh wurscht, der ist doch nett, der Herr Dieterle. Der arbeitet nicht nur als Nikolaus, der hat noch einen zweiten Beruf als Briefträger. Ich hab ihn schon oft mit der Postbotenuniform auf seinem gelben Postradl heimkommen sehen.
Eigentlich bin ich froh, dass zu uns nicht der richtige Nikolaus kommt. Vor dem Herrn Dieterle muss sich niemand fürchten. Und er spielt den Nikolaus, wie wenn er es in echt wär.

Das Heilige Land

In der Kirche haben sie eine Krippe aufgebaut, einen Stall, das Dorf Bethlehem mit einer Straße nach Jerusalem, die geht durch einen Wald und weiter mit Kurven durch eine Landschaft mit Schafherden und Hirten und oben drüber schwebt ein großer Stern. Und der Stern hat einen Schwanz wie ein Pferd, wenn es ganz schnell rennt.
Schade, dass man das alles nur anschauen darf. Dort könnt ich schön spielen. Mit solchen Ländern kenn ich mich ja aus, weil wir doch im Sommer oft selber Dörfer und Städte und Straßen und Flüsse in die Erdhaufen bauen. Ich hab eine ganze Schachtel voll mit Indianer- und Rittermantschgerln und mit den Wiking-Panzern und den Matchbox-Autos. Und kleine Panzer mit Kanonen und Maschinengewehren sind dabei, sogar Flieger, mit denen wir alles, was wir gebaut haben, bom-

bardieren können. Auf die Spielsachen, die Autos, die Panzer, die Soldaten und die Flieger, auf die müssen wir aufpassen, die sind teuer. Da versteht keiner von uns einen Spaß.
Vorsichtig schlicht ich sie jedes Mal nach dem Spielen in meinen Schuhkarton. Die Panzer und die Soldaten ganz unten, die darf der Vati nicht sehen, die versteck ich unter den normalen Autos. Normale Autos sind blaue, gelbe oder rote Lastwagen. Oder Personenautos. Auch Taxis. Solche Autos darf ich haben, weil die nicht für den Krieg sind. Aber sonst darf ich überhaupt nichts haben, was für den Krieg ist.
Wenn mein Vati so Sachen bei mir finden tät! Oje! Da gäb's was. Fuchsteufelswild kann er da werden. Der tät mir alles zum Fenster rausschmeißen. Oder mit seinen Krücken draufhauen, bis alles kaputt ist.
Das Krippenland in der Kirche gefällt ihm. Weiß auch nicht warum. Vielleicht, weil dort keine Panzer herumkurven und weil da alle Mantschgerln so friedlich ausschauen, die Hirten und die Schafe und die Heiligen Drei Könige.
Aber sie sind nicht wegen uns friedlich, nur wegen der Maria und dem Josef und dem Jesulein. Und weil Weihnachten das Fest des Friedens sein muss.
Ich denk mir, das wär pfundig, wenn ich abends, wenn keiner mehr in der Kirche ist, meine Sommerspielsachen auspacken tät und die ganzen Panzer reinstellen tät und meine Soldaten. Da täten sie schauen, der Prälat Rauch und der Kooperator Schöttel. Aber ich glaub, dann bekäm ich meine Sachen bestimmt nie mehr zurück.
Der Vati ist gegen alle Waffen. Obwohl er manchmal mit der

Krücke auf mich schießt, kann er Waffen nicht leiden. Nicht einmal im Fasching darf ich einen Revolver haben.
Hab aber trotzdem einen!
Den versteck ich im Bett unter meiner Matratze.

Soweit die Füße tragen

Wenn wir am Wochenende nicht nach Altenufer fahren, dann besuchen wir die Tante Ilse und den Onkel Wolfgang.
Der Onkel Wolfgang hat einen Fernseher und da schaut er sich immer die Nachrichten an.
Er meint: Mit dem Russen ist nicht zu spaßen. Das sagen alle. Früher habe ich immer gemeint, der Russe, das ist ein einziger, ein ganz ein mächtiger, großer Kerl. Da hab ich mich aber getäuscht. An einem Sonntagnachmittag hab ich mir nämlich mit den Großen sogar die neue Folge von *Soweit die Füße tragen* anschauen dürfen. In dem Film hab ich gesehen, dass es in echt ganz viele Russen sind, vor denen wir uns fürchten müssen. Und sie tarnen sich als ganz normale Menschen.
Der Film ist so spannend, dass ich manchmal Angst krieg und mich unterm Tisch versteck. Dann heb ich ab und zu die Tischdecke hoch und schau nach, ob es noch gefährlich ist. Die Russen jagen einen deutschen Soldaten, der aus ihrem Gefangenenlager abgehauen ist. Der geht jetzt zu Fuß aus Sibirien heim. Das ist zwar nicht so weit wie vom Mond bis zur Erde, trotzdem dauert es ganz schön lang. Und er weiß

nicht, wo er gehen muss, weil er sich ja in Sibirien nicht auskennt. Und aufpassen muss er dauernd, dass ihn die russische Polizei nicht erwischt. Da heb ich die Tischdecke wieder kurz in die Höhe und schau, wie der Film weitergeht.
Und auf einmal denk ich mir: Ich muss doch keine Angst haben vor dem Fernseher. Die können ja nicht heraus. Hier bin ich doch sicher. Ich schau aus meiner Höhle hinaus in die Welt und die da draußen sehen mich nicht. Aber ich sehe sie.

Heut Nacht hat es geschneit. Wenn ich jetzt von der Schule heimgeh, bin ich ein deutscher Soldat, der den Russen aus der Pestalozzischule abgehauen ist. Die Schule, die Antoniuskirche, die Pfarrbücherei und die Landshuter Unterführung, das ist alles Sibirien. Es reicht bis zum Josefskrankenhaus.
Die Zuckerfabrik und der Safferlingsteg liegen im Norden, sagt der Herr Höllriegl. Dort ist also mein Nordpol.
Der Friedhof und alle Wohnblocks vom Kasernenviertel sind Deutschland.
Der Pulverturm, der Sportclub und die Ami-Kaserne Squaw-Valley – das ist mein Amerika.
Ich muss mich nach Deutschland in die Admiral-Hipper-Straße durchkämpfen. Das ist verdammt gefährlich, aber dort bin ich sicher. Ich lass Steine in den großen Drecklackensee bei der Baustelle platschen. Tschack! Und pflopp! Und wosch! Ich spring von einem zum andern. Und weiter! Weiter! Und wäng! Mordsprackel Inselsteine, auf denen geh ich quer durch den sumpfigen See hinterm Haus.
Jeder Wassertropfen ein Tag. Ein See aus Tagen … Ein paar-

mal schau ich zurück und seh die Steine, auf denen ich gegangen bin. Dazwischen die Wochen, die Monate und ab und zu meine Fußspuren im Dreck, in der *Lusche* …
– Letten, sagt der Knacker.
– Letten-Trompetten, sagt der Rack.
Und der Winter verrinnt in einer breiten schlammigen Weiherlandschaft und alles um mich herum heißt auf einmal Sibirien. Und alles um mich herum wird ein Film, der echt wahr ist. Der Höllriegl ist ein russischer General. Und ich geh jeden Tag in der Früh in die Schule in russische Gefangenschaft und hau jeden Tag nach der Schule wieder ab. Da musst du große Umwege machen, damit sie dich nicht erwischen. Ich kämpfe mich durch Schneewehen und Tauschnee-Seen, wate durch den Tiefschnee.
– Oje, bist du wieder durch die Pampe gelatscht, ruft die Mutti.
– Über und über voller Baaz bist du, sagt der Vati.
Aber das macht ja nichts, die Familie wird froh sein, wenn ich pünktlich zu Weihnachten von der Gefangenschaft heimkomme.
Noch ist es nicht geschafft. Dort, der Spitz von der Frau Wankerl – ein weißer Wolf. Vorsicht, wo einer lauert, ist das ganze Rudel nicht fern. Und der Schutzmann – ein russischer Wachposten. Ich weich ihm aus, will durch den Roten Hof, da dreht er sich um und sieht mich.
Schnell über die Mauer. Ich rutsch aus. Ich fall runter. Meine neue Schulhose ist am Knie zerrissen. Ich weine. Ich weiß nicht, ob ich heimgehen soll. Aber wo soll ich denn sonst hin.

Vielleicht sagt mein Vati bloß wieder: Ein Indianer kennt keinen Schmerz! Das könnt ich schon aushalten. Ich bin ja kein Indianer. Mein Vati ist auch kein Indianer. Indianer mit einem Bein gibt es ja nicht. Nein, diesmal schimpft er bestimmt. Jetzt ist ja bald Weihnachten, da wird er sagen: Brauchst dich gar nicht zu freuen, dir bringt das Christkind nix. Kinder, die sich die schöne Hose zerreißen …
Vielleicht sagt er auch gar nichts.
Manchmal, wenn mein Vati seine Prothese anzieht oder den Schuh mit dem Stützapparat, denk ich mir: Genauso muss es sein, wenn Engel ihre Flügel anziehen. Dann macht es mir auf einmal gar nichts aus, ihm zu helfen. Und ich zieh die langen Schuhbänder durch die Löcher in den Leder-Manschetten und denk: Er soll ja nicht abstürzen, wenn er wegfliegt.

Dem Christkind auf der Spur

Bei dem Dreckwetter darf ich nicht draußen spielen. Dafür darf ich mit meiner Mutti in die Stadt. Dort stehen viele große Christbäume, überall brennen Lichter und im Kaufhaus werden Weihnachtslieder gespielt. Wir schauen Schaufenster an. Da gibt es massenhaft Spielsachen und Anziehsachen. So viele Sachen, die mir gefallen täten. Einkaufen wär schön.
– Da braucht man viel Geld, sagt die Mutti, und das haben wir nicht.
– Von mir aus. Müssen wir eben aufs Christkind warten.

Einmal hat der Postbote einen dicken Umschlag gebracht mit einem bunten Heft drin. Das ist der Quellekatalog gewesen: Da drin gibt es genauso viele Spielsachen und Anziehsachen wie in der Stadt.
Ein richtiges Schaufensterbuch!
Ich such mir aus, was ich gern haben tät, und schreib alle Wünsche auf einen Zettel.
Abends leg ich meinen Wunschzettel aufs Fensterbrett.
Die Mutti hat gesagt, dass ich schön schreiben muss, weil es das Christkind sonst nicht lesen kann. Ich kann das nicht glauben. Das Christkind kann bestimmt besser lesen als ich.

Heute fahren die Mutti und der Vati mit der Sabine in die Stadt zum Einkaufen. Ich bleib allein daheim und schau mir das Fotoalbum an. Da ist der Christbaum vom letzten Jahr zu sehen und der vom vorletzten und der vom vorvorletzten auch.
Wenn der Vati und die Mutti da sind, darf ich das Album nicht in die Hand nehmen.
– Du hast pappige Finger, du machst es schmutzig, du zerknitterst das Papier, tatata, mähmähmäh und jajaja.
Auf einmal erschreck ich. Auf einem Foto ist ja das Christkind drauf! Pausbackig! Schaut lieb aus. Logisch ein Christkind muss ja lieb ausschauen.
Ganz glänzende Augen hat es!
Am Abend erzähle ich es der Mutti. Zuerst sagt sie: Du sollst doch nicht das Album –
Aber dann holt sie es und will das Christkind auch anschau-

en. Ich zeig es ihr. Sie muss lachen und lachen und lachen, und ich will wissen warum.
– Das Christkind bin doch ich, in Breslau in der dritten Klasse! Da war ich so alt wie du jetzt bist!
– Schad, denk ich, wenn es nicht so ausschaut, wie wird denn das Christkind dann ausschauen?
Vielleicht gibt es das Christkind wirklich. Auch wenn es nicht auf einem Foto drauf ist. Aber ich glaub, der Vati und die Mutti helfen ihm. So ein Christkind kann ja unmöglich zu allen Kindern auf der Welt gleichzeitig kommen. Noch dazu wohnt es im Himmel. Wenn man sich vorstellt, wie weit es schon von uns bis zum Mond ist!
Ob es sich manchmal schmutzig macht?
Wenn es ein Kind ist, geht es doch gar nicht anders …
So ganz kann ich mir das Christkind eh nicht vorstellen. Es muss ja Flügel haben, damit es die Wunschzettel überall abholen kann.
– Flügel sind was Praktisches, denk ich mir, nur beim Anziehen stören sie! Wie soll man da einen Anorak drüberziehen? Und überhaupt: Als kleines Jesulein kann das Christkind noch gar keine Flügel gehabt haben. In der Krippe ist es ja immer auf dem Rücken gelegen. Wie soll man auf dem Rücken liegen, wenn man Flügel hat?

Die Nährbierfrau

In der Küche riecht es nach Weihnachten.
Und wie riecht Weihnachten?
Nach Kerzenwachs und nach frischen Plätzchen.
Das ist der allerschönste Geruch von der Welt.
Heut dürfen die Sabine und ich beim Plätzchenbacken helfen.
Zuerst mit dem Nudelwalker den Teig glatt rollen, dann mit den Formerln die Glocken, Sterne und Monde ausstechen.
Die Sabine kann das noch nicht richtig. Drum hilft ihr die Mutti und passt nicht auf mich auf.
Da kann ich heimlich den Teig probieren. Ich glaub, der schmeckt nur gut, wenn man ihn heimlich probiert.
Die frischen Plätzchen darf niemand probieren. Nicht einmal heimlich.
– Da kriegt man Bauchweh und es zerreißt einem die Därme, sagt meine Mutti.
Ich stell mir vor, wie das ist, wenn es einem die Därme zerreißt, weil ich nämlich vielleicht zu viel probiert hab vom Teig. Vorhin.
Wie schauen überhaupt Därme aus? Ich schleich mich zum Kleiderschrank und hol das Doktorbuch. Das versteckt die Mutti immer unter den Betttüchern, weil ich es nicht anschauen soll. Nur sie und der Vati dürfen da hineinschaun.
– Da sind Bilder drin, wie Masern ausschauen und Windpocken, hat die Mutti gesagt, und wo der Blinddarm ist, das kann man auch nachschauen. Und alle Knochen kann man sehen.

Wenn die Sabine oder ich krank sind, schauen sie hinein wie in ein Zauberbuch, damit sie uns gesund machen können und keinen Doktor holen müssen.
– Das ist nix für Kinder, hat der Vati gesagt.
Ich schau das Buch aber schon öfter an, weil es interessant ist. Manchmal, wenn schlechtes Wetter ist, kommt die Dieterle Angelika und wir schauen es gemeinsam an. Da gibt es nämlich Bilder, so farbig, dass sie einer allein gar nicht aushalten kann: ein eitriger Hautausschlag, ein gebrochenes Schienbein, da steht der Knochen aus der Haut heraus und alles ist voller Blut – oder ein rot-lila aufgeschwollenes Auge, da steckt ein schwarzer Holzsplitter drin. Wenn wir solche Bilder sehen, bäh, da wird es uns fast schlecht und wir schlagen das Buch gleich wieder zu. Aber ein Finger bleibt drin, und dann heißt es: Heij! Zeig noch einmal! Und wir schauen das Bild noch einmal an, bäh, und schlagen das Buch gleich wieder zu. Immer wieder: Zeig noch einmal! So lange, bis wir uns an das Bild oder an das Gruseln gewöhnt haben.
Heute will ich aber nicht das Gruseln lernen. Heute will ich sehen, wie es im Bauch drinnen ausschaut. Wegen den Gedärmen! Wenn sie platzen, muss ich mir das ja vorstellen können. Darf mich bloß nicht erwischen lassen. Schnell unter mein Bett. Ich such den Mann, dem sie den Bauch aufgeschnitten haben. Bei dem kann man die Därme schön sehen. Und ich stelle mir vor, wie bei mir die Därme ausschauen: bäh, wie die Weißwürste und die Bratwürste im Schaufenster von der Metzgerei Zellner. Und ich stelle mir vor, wie es meine Gedärme aufbläst – wie lange weiße Luftballons, uh, da will ich gar

nicht dran denken, weil ich doch zu viel vom Teig gegessen hab. Schlimm, dann kann ich nie mehr was essen. Alles, was ich hineinmampf, fällt durch die zerplatzten Gedärme gleich wieder heraus. Und dann muss ich vielleicht verhungern.
– Stell den Adventskranz aufs Radio!, ruft die Mutti aus der Küche herüber.
Schnell lass ich das Doktorbuch unterm Bett liegen, da sieht es niemand. Dann helf ich den Tisch decken zum Abendbrot. Ich krieg heute ein Nährbier! Weil es mir gut tut. Weil ich so dünn bin und so blass. Weil ich nicht so ein Grischperl werden soll wie der Suppenkasper im Struwwelpeter-Buch. Und, weil mir so ein Nährbier einfach besser schmeckt als der stinkige Lebertran! Drum krieg ich heut eine ganze Flasche Nährbier: HACKER-NÄHRBIER. Das ist dunkel und süß und es bekommt eine Schaumkrone, wenn man es ins Glas gießt. Und wenn man was vergießt, ist hinterher die Stelle ganz pappig, wo man es hingeschüttet hat.
Und ich denk mir auf einmal, wie das wär, wenn es mir jetzt die Därme zerreißen tät.
– Alles pappig, denk ich, aber ich sag es nicht.
Und dann rutscht es mir doch heraus, weil mir das keine Ruh lässt, und ich frag die Mutti: Wie ist das, wenn es mir die Därme zerreißt, platzt dann auch die Haut am Bauch auf?
– Wir essen jetzt, hör auf damit, sagt die Mutti.
Aber der Vati erkärt es mir: Da bläht's und bläst's dich auf wie einen Luftballon, lauter Gas ist dann im Bauch drin.
Und er klatscht in die Hände und ruft: Zack – dann gibt es eine Explosion, und alles hängt an der Wand!

– Schluss jetzt!, ruft die Mutti.
Der Vati lacht so komisch, dass ich nicht weiß, ob er einen Spaß gemacht hat oder ob er es ernst meint.
Ich trau mich nicht mehr zu fragen.
Ich schau mir das Bild auf der Flasche an.
Die Krankenschwester auf dem Flaschenetikett trägt ein Tablett, auf dem steht eine Flasche Nährbier: HACKER-NÄHRBIER. Ich geh mit dem Kopf näher hin und erkenne: Auf der Flasche, die sie trägt, klebt auch so ein Etikett. Darauf serviert eine Krankenschwester auf einem Tablett eine Flasche Nährbier. Ich kann es nicht sehen, aber ich kann es mir doch vorstellen: Auf der Flasche, die sie serviert, klebt auch ein Etikett, auf dem ist eine Krankenschwester abgebildet mit einem Tablett, auf dem sie eine Flasche Nährbier serviert.
Ich rücke näher und noch näher hin und erkenne, dass ich nichts mehr erkennen kann.
Aber ich weiß es: Auch auf jeder Flasche, die ich nicht sehe, klebt so ein Etikett. Ich weiß genau, was da drauf ist.
Ich kann nicht so viele Krankenschwestern zählen, so weit wie das nach hinten hinaus reicht. Die bringen alle denen ein Nährbier, denen es die Därme zerrissen hat.
Hab gar keinen Hunger heut. Irgendwie krieg ich Bauchweh.
Jetzt denk ich einmal anders herum. Zu mir her, in meine Richtung: Wo bin eigentlich *ich* auf dem Etikett?
Ich muss drauf sein, ich weiß es ganz bestimmt. Eine riesige Nährbierfrau trägt mich, meine Mutti, meinen Vati, das ganze Haus, das ganze Viertel, vielleicht sogar die ganze Stadt und die Welt. Wo sind wir alle eigentlich in echt?

Ein paar Tage später: Ich komm von der Schule heim und setz mich aufs Kanapee, ohne dass ich meinen Schulranzen herunternehme. Ich stier eine Zeit lang den Elektroherd an: die vier Knöpfe für die Heizplatten, die Klappe vom Backrohr… Und wie ich so dahock und schau, kommt mir eine Idee.
Ich nehme mir vor, dass ich mir genau diesen Augenblick merken werde.
Was gestern war und was morgen ist, das sind zwei Spiegel die sich gegenüberstehen – wie bei unserer alten Frisierkommode.
Der Elektroherd und ich stehen dazwischen.
Ich seh uns im Spiegel im Spiegel im Spiegel im Spiegel im Spiegel im Spiegel…
Hat vielleicht irgendwas mit dem Ewigen Leben zu tun, von dem der Kooperator Schöttel erzählt hat. Das ist was, das nach rückwärts und vorwärts überhaupt nie aufhört.
Ja, an diesen Augenblick will ich später immer wieder zurückdenken. Der Moment jetzt soll mein Messpunkt sein, von hier aus werd ich später den Weg von meinem ganzen Leben ausmessen, genauso, wie wir beim Fußballspielen mit Schritten den Elfer-Punkt ausmessen.

Heute haben wir in der Kirche gesungen: *Tauet Himmel, den Gerechten, Wolken regnet ihn herab…* Da ist mir die Kirche viel größer vorgekommen als sonst. Alle Leute haben mitgesungen und das Lied ist so groß geworden, irgendwie so breit, so lang, so hoch, dass es kaum noch Platz gehabt hat in der Kirche. Und es hat gehallt wie sonst nie.

Am Nachmittag zündet die Mutti die vierte Kerze an. Für jeden in unserer Familie brennt jetzt eine Kerze: für die Sabine, für die Mutti, den Vati und mich.
Und der Vati schaltet wieder das Licht aus und jeder von uns schaut seiner Kerze beim Brennen zu. Manchmal schau ich auch den anderen Kerzen zu, weil meine Kerze die kleinste ist, weil sie doch die erste gewesen ist, die gebrannt hat, und weil ich Angst hab, dass meine Kerze noch schneller niederbrennt, wenn ich sie dauernd anschau.
Auf einmal passiert was.
Auf einmal seh ich, wo ich in echt bin.
– Das kann höchstens der liebe Gott, sagt die Mutti, der kann alles sehen.
– Der liebe Gott? Komisch, denk ich, der sieht alles, was ich mach. Aber ich seh nicht, was er macht. Das ist wie beim Fernsehen – nur umgekehrt: Ich stell mir vor, der liebe Gott sitzt in seinem Wohnzimmer und sieht uns alle im Fernsehen. Aber wir können ihn nicht sehen.
Naja, der Kooperator Schöttel hat probiert, dass er es uns im Religionsunterricht beibringt: *Ich bin klein, mein Herz ist rein.* Ja, ich bin klein, ich bin nichts, ich kann nichts, aber dafür ist mein Herz rein und die Seele sowieso, aber nur, wenn ich brav zum Beichten gehe. Ich will ja in den Himmel kommen und ewig leben will ich ja auch. Ich stelle mir vor, wie mein Herz ausschaut, wenn es rein ist. Und Scheuerpulver stell ich mir vor. Die gelbe Pappendeckeldose unterm Waschbecken. VIM steht drauf. Ein weißes Pulver ist drin.

... dann steht das Christkind vor der Tür

Am Heiligen Abend mach ich nachmittags mit meinen Vati und meiner kleinen Schwester einen Spaziergang durchs Kasernenviertel, damit das Christkind daheim alles herrichten kann. Manchmal kommt es mir vor, als wollt uns der Vati zeigen, was ihn so schlimm zugerichtet hat. Er redet nicht viel darüber. Trotzdem, manchmal denk ich mir, er wär gern wieder ein Soldat, weil er genauso neugierig in den Kasernenhof zu den Panzern schaut wie ich. Im nächsten Augenblick schimpft er wieder auf alle Soldaten und auf alle Pistolen und auf alle Panzer von der Welt.

Ich find Panzer nicht schlecht. Und Pistolen erst recht.

Aber das darf ich ihm nicht sagen.

Die Sabine hebt jedes Kaugummipapierl auf und schaut es an. Und der Vati oder ich, wir sagen: Bäbä, schmutzig, schmeiß es weg! Dann schmeißt sie es weg und hebt das nächste auf.

An der Panzerkaserne schauen wir zwischen den Eisenstäben durch. Heut stehen alle Panzer ganz brav da, wahrscheinlich, weil Weihnachten das Fest des Friedens ist, da dürfen sie nicht raus. Sogar ein Christbaum steht vor der Kaserne und ein Soldat geht auf und ab und passt auf, dass wir nicht über den Zaun klettern. Aber ich glaub, der sieht schon, dass er vor uns keine Angst haben muss. Aber vielleicht täuscht er sich. Die Krücken von meinem Vati könnten ja getarnte Waffen sein, in einer ein Schwert, in der anderen ein Gewehr. Auch Kinder können gefährlich werden. Ich bin nämlich ganz schön flink. Aber wenn sie uns nix tun, tun wir ihnen auch nix.

Daheim gibt es heute gebratene Weißwürste und Sauerkraut und eine Semmel. Auf einmal läutet das Christkind mit seiner Bimmel und wir müssen nicht mehr durchs Schlüsselloch von der Wohnzimmertür schauen. Wenn wir reingehen, ist das wie ein Wunder. Es riecht nach Kerzenwachs und alles ist dämmrig. Zuerst brennt nur eine echte Kerze. Das ist die, die ich um ein Zehnerl in der Schule hab bestellen dürfen, die mit dem Kriegsgräberstreifen aus schwarzem Papier vor dem Foto vom toten Onkel Siegfried, der heute irgendwo ganz allein in Russland in der kalten Erde liegt. Und ans Fenster hat die Mutti auch zwei Kerzen gestellt, die hat das Christkind vergessen, die zündet jetzt die Mutti an.
– Für die armen Leute in der Ostzone, sagt sie.
Am Christbaum stecken heuer echte elektrische Kerzen. Da hat sich das Christkind drum gekümmert, weil unsere Wohnung so eng ist und der Vorhang leicht anbrennen kann. Wir gehören zu den ersten in der Admiral-Hipper-Straße, die elektrische Kerzen haben. Da bin ich stolz drauf. Und eine kleine Krippe haben wir, mit Jesulein und Maria und Josef und allerhand Hirten. Einer schaut aus wie der Onkel Sepp, wenn er in den Stall geht, zum Kühefüttern.
Die Mantschgerln schauen so friedlich aus, dass ich gar nicht mehr dran denk, dass ich meine Ritter oder Indianer dazustellen wollt. Dafür krieg ich eine Ritterburg, da passen sie viel besser hinein. Die Burg seh ich gleich als erstes dastehen, weil sie zu groß ist zum Einpacken. Ein ganzer Haufen Rittermantschgerln ist dabei. Der Prinz Eisenherz auch. Keiner von meinen Freunden hat so eine Ritterburg. Sie riecht nach Leim,

und Farbe. Ich nehm die Burg nicht mit hinaus in die Dreckhaufen. Mit der spiel ich im Winter ganz allein daheim. Und jetzt rücke ich sie ganz nah an die Krippe, da können die Ritter mit den Heiligen Drei Königen zusammen das Jesulein besuchen. Und bewachen können sie es auch.
Später singen wir zusammen zwei Lieder: *Ihr Kinderlein kommet, o kommet doch all, zur Krippe …* Und dann noch: *Kling Glöckchen klingelingeling, kling Glöckchen kling …*
Endlich dürfen wir alle Geschenke auspacken. Meine Schwester Sabine kriegt eine neue Puppe.
Neben der Ritterburg liegt ein Album. Ich blätter es auf.
Das ist kein Fotoalbum und kein Briefmarkenalbum.
– Das ist ein Album für Ansichtskarten, sagt die Mutti.
Vorn hat der Vater hineingeschrieben *Weihnachten 1959* und *Deine Eltern*. Ich erkenn gleich, dass es der Vati geschrieben hat und nicht die Mutti, weil er immer so große eckige Buchstaben macht und die Mutti eher so kleine runde.
Das Album hat einen weißen Plastikeinband, da sind Kirchen und Türme und Häuser drauf. Die Mutti und der Vati helfen zusammen und erklären mir alles: Das ist die Frauenkirche in München, das hier das Brandenburger Tor in Berlin – aber manche Sachen wissen nicht einmal sie. Schade.
Die Tante Lenchen und der Onkel Julius heben mir alle Ansichtskarten auf, die ihnen jemand schickt. Einmal ist auch eine dabei gewesen, die ich ihnen geschickt habe, und die haben sie mir auch aufgehoben.
Sind oft schöne Briefmarken drauf, ausländische, die tät ich am liebsten ausschneiden und im Wasser ablösen.

Hab nämlich auch ein Briefmarkenalbum.
Dann kämpf ich mit mir. Die Bilder auf den Ansichtskarten sind ja genauso schön. Manchmal gewinnt die Ansichtskarte, manchmal die Briefmarke.
Zum Auspacken müssen wir nichts singen. Da sind im Radio die Regensburger Domspatzen dran: mit *Stille Nacht, heilige Nacht* und noch mit anderen Liedern, die ich nicht kenn. Und danach läuten im Radio alle Glocken von allen Domen auf der ganzen Welt. Sogar der Kölner Dom ist dabei.
– Das ist der, der auf den Kölnisch-Wasser-Flaschen drauf ist, sagt der Vati.
– Der schaut ja aus wie der Regensburger Dom. Wann kommt denn endlich der Regensburger Dom?
Auf die Glocken von dem freuen wir uns am meisten.
Ich erkenne ihn nicht gleich – der Vati schon!
Am Christbaum hängen außer den Kugeln und Sterndlwerfern auch noch Süßigkeiten. Pappiger weißer oder rosaroter Baaz ist drin, schmeckt süß und sonst nach nix. In echt ist das Zeug wahrscheinlich deswegen drin, damit die Sachen so lang am Christbaum hängen bleiben, bis Weihnachten vorbei ist.
Ich bin froh, dass ich jetzt zwei Wochen lang daheim bleiben kann und in keinen Krieg mehr muss und in keine russische Gefangenschaft. Ein bisschen schade ist es nur, dass wir nicht so viel Geld haben wie andere Leute. Die meisten im Kasernenviertel haben zu wenig Geld. Sie müssen selber Nikolaus und Christkind spielen und auch alle Geschenke müssen sie selber kaufen. Immerhin sie spielen es so gut, dass man glauben könnte, alles ist echt wahr.

Eine neue Zeit

Bald nach Weihnachten kommen die Heiligen Drei Könige und singen im Hausgang ein Lied und sagen einen Spruch auf.

Wir sind die Drei aus dem Morgenland,
euch Christen allen wohl bekannt.
Wir gehen jetzt von Haus zu Haus
und rufen die frohe Botschaft aus.

Dafür kriegen sie von unserer Mutti Lebkuchen und Plätzchen. Die Frau Sinner kommt auch in den Hausgang und ruft: Gotterl, ach Gotterl, könnts ihr schön singen! Dann drückt sie jedem ein Zehnerl in die Hand.
Und die Heiligen Drei Könige schreiben mit Kreide an die Haustür *19 + K + M + B + 59.*
– Das ist mit geweihter Kreide geschrieben und heißt Kaspar, Melchior und Balthasar. Und die Zahl bedeutet das Jahr.
Die Leiter vom Kaminkehrer haben die drei Könige weggewischt, die hat er eigentlich auf die Haustür gemalt, damit wir wissen, wann er kommt. Dafür sind wir jetzt ein ganzes Jahr lang geweiht und geschützt.
In der Schule schreibt der Kooperator Schöttel auch mit geweihter Kreide *19 + C + M + B + 59* an die Klassenzimmertür und fragt, was das heißt.
Endlich weiß ich einmal was als Erster.
– Kaspar, Melchior und Balthasar. Und die Zahl ist das Jahr.
– Ein bisschen hast du schon recht. Die Zahl steht fürs Jahr.

Die Buchstaben sind Abkürzungen für lateinische Wörter: *Christus + Mansionem + Benedicat.*
– Aha, denk ich, Hauptsache, man versteht es nicht.
Aber der Schöttel sagt sogar, was es auf Deutsch heißt: *Christus segne dieses Haus.*
Daheim sage ich es dem Vati, dass er es mir falsch gesagt hat und dass ich mich beim Schöttel blamiert hab.
– Der kann sagen, was er will! Sag ihm, dein Vati hat es anders gelernt. Da steht vorn ein **K** und kein **C**!
Ich sag nix drauf. Aber eins ist klar: Nie im Leben sag ich das dem Schöttel. Der kommt glatt zu uns heim und der Vati fängt mit ihm Streit an. Und der Schöttel lässt es dann in der Schule an mir aus.
Bis Heilig-Drei-König haben wir dann alle Plätzchen aufgegessen. Und der Christbaum verliert immer mehr Nadeln. Das gefällt der Mutti gar nicht.
– Jetzt muss er weg!, sagt sie.
Ich weiß schon, das sagt sie jedes Jahr: Die Tannennadeln fallen nämlich auf den Teppich und bleiben an unseren Hausschuhen hängen und wir tragen sie durch die ganze Wohnung, bis in den Hausgang, hinaus auf die Admiral-Hipper-Straße und am Ende noch in die ganze Welt.
Also leeren wir alle zusammen den Christbaum ganz ab. Die Mutti bügelt das Lametta, damit wir es nächstes Jahr wieder hernehmen können. Der Vati zersägt den Baum mit dem Fuchsschwanz in kleine Stücke, die steckt er in den Ofen und heizt ein, so heiß, bis wir alle schwitzen müssen. Wenn ich zusammen mit meiner Schwester, mit dem Vati und der

Mutti die Krippe wegräum in die blaue Quelle-Pappendeckelschachtel, dann sind wir fast ein bisschen froh, dass Weihnachten wieder vorbei ist.
Jetzt kann das neue Jahr so richtig losgehen.
Nach den Weihnachtsferien basteln wir in der Schule Futterhäuschen für die armen Vögel, weil die im Schnee immer nix zum Fressen finden. Ich hätt ja einfach unseren Krippenstall hergenommen. Das Jesulein hilft den Vögeln ganz bestimmt gern, das Jesulein, das hätte bestimmt nix dagegen! Die Mutti schon, weil nächstes Jahr wieder Weihnachten ist und weil wir die Krippe nicht mehr hernehmen können, wenn alles voll Vogeldreck ist. Was bleibt mir anderes übrig – ich geb nach. Ist ja bald Fasching, da kauf ich mir dann eine neue Kapselpistole. Heimlich.

In der Zwickmühle

Das Dame-Spiel mag die Oma nicht so gern. Meine schlesische Oma ist keine Dame wie die Frau Leversson im ersten Stock. Die riecht immer nach Parfüm und ist die Tochter von der Frau Sinner und sie heißt trotzdem nicht Sinner, sondern Frau Leversson. Vielleicht, weil sie gar so vornehm ist. Die braucht nicht so zu tun, meint der Vati. Immerhin arbeitet er genauso im Fernmeldeamt wie die Frau Leversson.
Meine Oma trinkt gern Weizenbier zum Frühstück. Dazu isst sie Bratheringe mitsamt den Gräten und gleich aus der Dose.

– Mir schmecken die Gräten, sagt sie. Auf der Flucht haben wir die Fischgräten sogar aus den Mülltonnen geklaubt.
Das habe ich jetzt schon tausend Mal von ihr gehört. Wird schon stimmen. Jedenfalls: Meine Oma traut sich mehr als alle anderen Leute, die ich kenne. Sogar mehr als mein Vati.
Beim Mittagessen krieg ich immer von der Mutti geschimpft, wenn ich mich nicht anständig benehme. Anständig bedeutet beim Essen, dass ich alles nur mit Messer und Gabel anlangen darf. Das Messer abschlecken ist verboten. Die Gabel muss ich in der linken Hand halten und das Messer in der rechten. Und den Teller darf ich nicht abschlecken, auch wenn noch viel gute Soße drauf ist.
Die Oma darf das eigentlich auch nicht, aber sie weiß immer irgendeinen Trick.
– Ich war einmal bei einer Hochzeit, sagt sie, da hat es so ein gutes Essen gegeben. Alle haben ihre Teller leergegessen und überall war noch ein bisschen Soße druff. Und einer hat den Teller sooo in die Hand genomm und sooo mit der Zunge den ganzen Teller abgeschleckt, sooo und sooo und sooo! Und ich hob ma noch gedocht, so was macht ma doch nich an so eim schön gedeckten Tisch, sooo und sooo und sooo …
So schleckt sie Ihren Teller mir-nix-dir-nix leer und fragt zum Schluss auch noch: Na, jetze sogt amal, ist dos ein Benehm?
Alle, die am Tisch sitzen, müssen lachen. Nur die Mutti schüttelt den Kopf und sagt: Also Mamma, sowas musste den Kindern nich ooch noch vormachen, die haben schon genug Flausen inna Kupp!
… ooch noch … Flausen inna Kupp! Da muss ich schon wieder

lachen, weil die Mutti auf einmal nicht mehr nach der Schrift gesprochen hat, sondern wie die Oma, grad so, wie ich nicht sprechen soll.
Mein Cousin Siegfried ist sechs Jahre älter als ich und er ist auch in Hengersberg geboren, genau wie ich. Er lebt aber jetzt in Dortmund und arbeitet bei der Post. Er hat am 24. Juni Geburtstag, genau wie die Oma. Da kommt er manchmal zu Besuch und sie können gemeinsam Geburtstag feiern. Oft nimmt er die Oma auf den Arm, also nicht in echt, bloß so zum Spaß.
– Weißt du noch, Oma, wie wir auf der Flucht Fischgräten gegessen haben?
Da wird die Oma wild und ruft: Verkackern kann ich mich alleene, du unverschämter Bengel!
Aber dann lacht sie und nimmt ihn in den Arm und gibt ihm einen Schmatz auf die Wange.
Das kann der Siegfried genau so wenig leiden wie ich.
– Du, ich hab mich heute schon gewaschen, Oma!

Wenn ich allein mit der Oma bin, spielen wir *Mensch ärgere dich nicht* oder *Mühle*. *Mühle* ist das Lieblingsspiel von meiner Oma. Das kann man nur zu zweit spielen. Und ich kann immer nur gewinnen, wenn sie absichtlich verliert.
Die Oma hat auf der Flucht bei Verwandten in der Ostzone in einer Wassermühle bei Halberstadt gewohnt. Mit Mühlen kennt sie sich aus. Wenn wir spielen, erzählt sie immer solche Geschichten und ich hör zu und pass nicht auf und schon hat sie eine *Mühle*.

Im Spiel nennt man das *Mühle*, wenn man es schafft, dass drei weiße oder drei schwarze Steine in einer Reihe nebeneinander stehen. Wer das zusammenbringt, darf dem anderen Spieler einen Stein wegnehmen. Mir darf die Oma oft Steine abknöpfen. Sie weiß noch ganz andere Tricks: Wenn neben ihrer *Mühle* auch zwei von ihren Steinen stehen, schiebt sie die eine *Mühle* und macht mit dem gleichen Zug die Nachbarmühle zu und darf mir schon wieder einen Stein abnehmen. Und wenn ich eine Mühle fast fertig habe, schiebt sie ihren Stein wieder zurück in die erste Mühle und nimmt mir den Stein weg, den ich am notwendigsten für meine Mühle gebraucht hätte. Wenn sie jetzt will, kann sie mit jedem Zug eine Mühle haben und mir einen Stein wegnehmen.
– Siehste, du Bengel, das ist doch eine schöne Zwickmühle!
Immer wenn ich mit ihr spiele, baut sie so eine Zwickmühle und nimmt mir nacheinander alle Steine ab – bis auf vier. Die Oma ist ganz schön raffiniert, die kann das. Wenn ich nur noch drei hätte, könnte ich nämlich auf dem Mühlebrett hin und herfliegen und ihr die Zwickmühle verbauen. Das mag sie nicht, deswegen schiebt sie ihre Mühlesteine so lange hinter meinen her, bis alle meine vier Steine eingesperrt sind und ich nicht mehr ziehen kann. Dann ist das Spiel aus und sie hat gewonnen. Da werd ich oft richtig wütend.
Aber die Oma lacht nur.
– Verlieren musste ooch lern, du Bengel, sagt sie dann, das ist gar nicht so einfach, stimmt's?
– Ich will lieber das Gewinnen lernen, denk ich. Aber ich sag nix. Sie soll glauben, dass ich mich nicht mehr ärgere.

Wie ich noch kleiner gewesen bin, hab ich immer geweint, wenn ich verloren hab. Und sie hat ihr Taschentuch aus der Schürzentasche geholt, hat es mit Spucke feucht gemacht und mir die Grindeln aus den Augen und von der Nase geputzt.

Was kann man schon gegen eine Zwickmühle machen – ganz gleich was man tut, man kommt nicht mehr aus.
Das ist wie beim Raufen, wenn einer einen in den Schwitzkasten nimmt. Da kommt man einfach nicht mehr aus. Das fürcht ich. Da fang ich erst gar nicht an, wenn ich weiß, der andere ist stärker.
Ab und zu bringe ich beim Mühlespielen auch eine Zwickmühle zusammen. Das schaff ich aber nur, wenn sie das dritte Weizenbier getrunken hat und müde wird. Deswegen hole ich meiner Oma immer gerne ein Weizenbier aus dem Keller. Manchmal lässt mich die Oma gewinnen. Einfach so. Ich krieg das schon mit. Ich lass es mir nur nicht anmerken. Ich will ihr doch den Spaß nicht verderben und freue mich, dass sie sich freut.
Mit meinen Wörtern komme ich oft in eine Sätze-Zwickmühle zwischen der Schlesien-Oma und der Altenufer-Oma. Meine niederbayerische Oma ist auch keine Dame gewesen. Nur eine Bäuerin, recht mager und oft müde, viel stiller als die schlesische Oma. Sie hat nie mit mir gespielt. Und sie hat nie Bratheringe mitsamt den Gräten aus der Dose gegessen. Und Weizenbier hat sie auch nie getrunken. Trotzdem ist sie immer recht lieb zu mir gewesen.
Manchmal hat sie mir sogar über den Kopf gestreichelt. Ich

mag das eigentlich nicht so. Aber von ihr habe ich es mir gefallen lassen.
– Wir werden sie bald einmal auf dem Friedhof besuchen gehen, sagt der Vati.
Und ich sag: Gell, das wär schön, wenn die Toten aus ihrem Gefängnis auf dem Friedhof abhauen und heimgehen könnten wie der Mann bei *Soweit die Füße tragen.*
Und er sagt: Ja, das wär ja auch lang nicht so weit.

Unsere Schlesier

Wenn Besuch kommt, wenn der Onkel August kommt und die Tante Friedl, wenn der Onkel Wolfgang kommt und die Tante Ilse, wenn die Tante Lenchen kommt und der Onkel Julius, wenn die alle kommen, dann kommt auch meine schlesische Oma und macht *Kartuffelsalat* oder *Mouh-Kleijßel* oder *Häckele.* Zum *Kartuffelsalat* gibt es einen großen *Tupp* voll mit Wienerwürstln.
Wenn die Oma *Mouh-Kleijßel* macht, dann krempelt sie die Ärmel hoch und schneidet Semmeln und weicht sie ein und gibt Mohn dazu und was weiß ich noch alles und in einer großen Schüssel rührt sie alles durcheinander und knetet und knetet. Bis zu den Ellbogen steckt sie dabei in der *Pampe.* Bei *Häckele* ist das genauso, aber statt Mohn schneidet sie Heringe in die *Pampe.*
Kartuffelsalat mag ich schon und Würstln auch. *Mouh-Kleij-*

ßel und *Häckele* schmecken mir nicht. Und dass ich immer ins Bett muss, wenn es richtig lustig wird, das schmeckt mir auch nicht. Dann essen sie nämlich Salzstangen und kleine Salzbrezen und trinken *Himmlisches Moseltröpfchen* und *Kellergeister* und *Danziger Goldwasser*, in dem schwimmen winzige Goldflinserln. Dann steigen die Sabine und ich heimlich aus dem Bett und spitzen durch die Heizklappe vom Kachelofen, dann sehen wir sie in der Küche sitzen.
Wenn die Heizklappe drüben zu ist, dann horchen wir so lange, bis wir kalte Füße kriegen oder müde werden.
Manchmal sind sie auf einmal nicht mehr lustig und schimpfen oder erzählen furchtbare Geschichten von Breslau und von der Flucht. Breslau ist beschossen und bombardiert worden und auf der Flucht haben sie in fremden Mülleimern Essen gesucht und Kartoffelschalen gegessen.
Das erzählen sie mir auch immer, wenn ich sage, ich mag keine *Häckele*, und ich soll froh sein, dass keine Flucht mehr ist, weil auf der Flucht, da wären sie froh gewesen, wenn sie *Häckele* gehabt hätten und erst recht *Mouh-Kleijßel*.
Mir wird ganz schlecht, wenn ich an die große rote Emailleschüssel und an die Pampe denk, in die sich die Oma bis zu den Ellenbogen hineinwühlt.
Ich bin schon froh, dass keine Flucht mehr ist. *Mouh-Kleijßel* und *Häckele* mag ich trotzdem nicht.
Ich kenn auch keine anderen Kinder, die *Mouh-Kleijßel* und *Häckele* mögen.
Nur der Onkel August stärkt mir ab und zu den Rücken.

– Kann ja sein, dass die Amerikaner die Bomben bloß deswegen geschmissen haben, weil sie auch keine *Mouh-Kleijßel* und *Häckele* mögen.
Ich bin aber auch froh, dass keine Flucht mehr ist, weil da so schlimme Sachen passiert sind, dass ich nicht einschlafen kann, wenn ich dran denke.
– Da waren die Engländer und die Amerikaner fast so schlimm wie heute die Russen. Da haben sie nämlich Bomben geschmissen und die deutschen Kinder haben Uniformen angehabt und die Granatsplitter – die echten Granatsplitter! – sind durch die Luft gefetzt und einem Jungen ist das Auge aus dem Kopf herausgehängt und sein Ohr ist weg gewesen, erzählt die Tante Friedl.
Und weil ich unbedingt alles verstehen will, versteh ich es auch. Mir graust und ich kann trotzdem nicht weghören und ich bin froh, dass der Onkel Julius auf einmal sagt: Jetzt hört aber wieder uff. Im Kriege isses schlimm genug gewesen!
Der Onkel Julius kommt nicht aus Schlesien. Der kommt aus Jugoslawien. Aber er hat im Krieg eine deutsche Uniform angehabt und hat für Deutschland gekämpft und auf seinem Arm ist eine blaue Trompete eintätowiert.
Der Onkel Julius erzählt nie vom Krieg. Er sagt meistens: Jetzt hört aber wieder uff! Auf jeden Fall bin ich ihm manchmal dankbar dafür, weil ich dann besser einschlafen kann und nicht mehr zuhören muss. Und ich bin ihm dankbar, weil er sich als Jugoslawe solche Mühe gegeben hat und mit seiner ganzen Kraft für die Deutschen gekämpft hat.

Manchmal wird es schon hell, wenn sie ins Bett gehen.
In unserer Zwei-Zimmer-Wohnung ist so viel Platz, da können mit uns zusammen leicht zwölf Leute übernachten.
Die Sabine und ich schlafen bei der Mutti und dem Vati im Wohnzimmer in der Mitte von der Ausziehcouch.
– Auf der Besucherritze, sagt die Tante Lenchen.
– Genau auf der Grenze zwischen Bayern und Schlesien, sagt die Tante Friedl.
Die Oma schläft im Klappbett vom Vati.
Der Onkel Julius schläft in meinem Bett und die Tante Lenchen im Klappbett von der Sabine. Dazwischen auf dem Fußboden die Tante Friedl und der Onkel August, sie bringen immer Luftmatratzen mit. Und die Tante Ilse schläft auf dem Kanapee in der Küche und der Onkel Wolfgang daneben auf der Campingliege.
– Auf der Flucht, da haben wir's oft viel enger gehabt, sagt die Tante Friedl.
Kompliziert wird es nur, wenn die Sabine und ich in der Früh aufstehen wollen. Dann schlafen ja die anderen alle noch, weil sie so spät ins Bett gegangen sind. Und wir können nirgendwo hin, höchstens aufs Klo.

Ganz machen, was kaputt ist

Im Lesebuch heißen die braven Kinder *artige* Kinder.
Komische Wörter gibt es und komische Kinder.
Irgendwie bin ich auch ein komisches Kind, glaub ich.
Ich *baaz* gern im *Baaz* herum.
– Das ist schlimm!, sagt meine Mutti.
Am schlimmsten ist für sie das Wort *Baaz*.
Aber wenn meine Eltern oder der Lehrer nicht dabei sind, sag ich *Baaz*, sooft ich will. Wenn meine Eltern nicht dabei sind, trau ich mich noch ganz andere Sachen. Wenn meine Eltern nicht dabei sind, verlange ich am Petersweg, wo es einen Batzen Eis um ein Fünferl gibt, gleich vier Batzen. Ist zwar nur Wassereis, aber die Batzen in der Waffel sind immerhin größer als Tischtennisbälle.
Es ist so schön, wenn einen keiner beobachtet und man kann machen, was man will. Ich stell mir vor, ich lieg in einem winzigen Haus, in einem Schlupfloch, das nur ein Fenster hat. Oben drüber ist eine Wiese mit ein paar Büschen.
Ich stell mir vor, die Höhle mit der Wiese und den Büschen drüber ist an der Kuppe von einem Berg. Ich schau hinaus und sehe weit, sehe fast alles, aber niemand sieht mich. Niemand kann mich angreifen.

Im Religionsunterricht haben wir angefangen, das Beichten zu üben, damit wir es einmal können, wenn wir es brauchen.
Eigentlich bräuchte ich es jetzt schon.
Wie ich klein gewesen bin, hab ich alles auseinandergenom-

men, weil ich sehen wollte, wie es innen drin funktioniert: Die Blechautos, den Brummkreisel und sogar die Stimme vom Teddybär hab ich ausgebaut und die Augen auch, weil sie so schön geglänzt haben.

Jetzt tät ich am liebsten alles, was ich kaputt gemacht habe, wieder richten. So wie der Herr Jesus die Kranken gesund macht. Also spreche ich Gebete wie Zaubersprüche.

Leider kann ich das Zaubern noch nicht. Der Pfarrer kann es vielleicht. Er sagt, wenn wir machen, was er sagt, dann kann uns nichts passieren. Er sagt, wir sollen keine Pralinekinder von unseren Eltern sein. Ich will sowieso kein Herzipopperl und kein Pralinekind sein. Ich will nur rein sein, so wie es der Kooperator verlangt. Ich will ein artiges Kind sein und ein ganz ein guter Mensch.

Ich will aber auch nicht sein müssen wie meine Mutti. Die ist nämlich evangelisch. Und der Pfarrer war schon dreimal bei uns daheim und hat ihr erklärt, dass das nicht gut ist. Sie soll katholisch werden.

Sie will nicht, das hat sie ihm jedes Mal gesagt, und dann ist er einfach nicht mehr gekommen. Zu mir hat er in der Schule gesagt: Armer Bub, schade, du kannst einem leidtun, schade, so ist das nicht gut.

Das habe ich schon verstanden, dass das nicht gut ist. Und ich hätte meine Mutti gern überredet, weiß aber nicht, was sie da tun muss, damit sie katholisch werden kann. Wie soll ich ihr da einen Rat geben? Also sag ich lieber gleich gar nichts.

Beim Steinmüller Leo ist es noch viel schlimmer. Der Kooperator lässt ihn an einem Montag in der Schule zur Tafel raus-

kommen und sagt: Schauts ihn euch an, so schauen die aus, die keinen Glauben mehr haben! Die lassen sich im Hallenbad taufen. Was soll denn das sein? Nein, die gehören nicht mehr zu uns! Dass sich die nicht schämen!
Und dann sagt er auch zum Leo, dass er ihm leid tut und dass er ihn jetzt nicht mehr im Religionsunterricht sehen will und dass er sich im Gang draußen hinstellen soll, bis die Stunde aus ist, und wehe, wenn er wegläuft...
Und dann sagt der Kooperator, dass er jetzt gespannt ist, wer von uns am Sonntag nicht in der heiligen Messe war. Alle, die in der Kirche gewesen sind, dürfen aufstehen. Ich steh auch auf, obwohl die Messe schon aus war, wie wir gestern in Altenufer angekommen sind. Der Karl Peter weiß es, aber der verpritscht mich nicht. Er erzählt mir in der Pause, dass die Eltern vom Leo mit ihm aus der Kirche ausgetreten und zu den Zeugen Jehovas gegangen sind. Das ist ein Verein, den der Schöttel überhaupt nicht leiden kann, weil da lauter Ungläubige drin sind. Die sind noch schlimmer als die, die beim Verbrennungsverein sind und sich verbrennen lassen wollen, wenn sie gestorben sind. Die kommen auf keinen Fall in den Himmel. Und die, die glauben, dass der Mensch vom Affen abstammt, auch nicht.
– Und die Evangelischen, frag ich.
– Naja, die gehen noch, die sind nicht ganz so schlimm, sagt der Karl Peter.
Ich glaub, das sagt er nur, weil er weiß, dass meine Mutti evangelisch ist, und weil er mir nicht weh tun will. Wir beide können uns ja gut leiden.

Wenigstens mein Vati ist katholisch. Ich will aber auch nicht so ein halber Mensch sein müssen wie mein Vater. Er ist so kaputt wie manche von meinen Rittermantschgerln. Einem fehlt ein Arm, einem ein Bein. So wie die Kriegsversehrten beim Orthopäden Marx.
Ich will ein ganzer Mensch sein.
Mein Vater kann erst im Himmel wieder ganz werden.
Also, was kann ich tun?
Anständig sprechen. Aufräumen. Ordnung halten. Auf die Platten vom Bürgersteig schauen. Nie auf eine gesprungene treten!

Begleitperson

Manchmal ist unser Auto kaputt, dann muss mein Vati mit der Straßenbahn in die Arbeit fahren.
Ich trag ihm die Tasche zur Safferlingstraße und fahr eine Haltestelle weit mit.
Wenn der Vati in der Straßenbahn seinen Ausweis herzeigt, dann darf er umsonst mitfahren. Und ich auch. Auf dem Ausweis steht nämlich drauf, dass er eine Begleitperson braucht und dass die umsonst mitfahren darf.
Begleitperson – wieder so ein komisches Wort.
Ich helf ihm schon gern. Bloß eine *Begleitperson* mag ich nicht sein, auch wenn ich dann ohne Fahrkarte fahren darf.
Ich will einfach nicht und erfind einen Grund nach dem an-

dern, warum ich nicht mit ihm gehen kann: Der Kopf tut mir weh. Und die Füße noch viel mehr!

Ich sag nie, warum ich in echt nicht mit ihm Straßenbahn fahren will: Ich schäme mich, weil uns die Leute so blöd von der Seite her anschauen. Und weil sie sich leise miteinander über meinen Vater unterhalten, aber nicht leise genug, ich versteh jedes Wort.

– Schlimmes Schicksal!

– Jaja, jaja!

– Der arme Mo!

– Omei, omei!

– Jaja, jaja, jaja!

– Der hat's aa net leicht!

Mit meinem Vati reden sie selten.

Nur zu mir kommen sie und tun so komisch.

– Du bist aber ein braver Bub, du hilfst deinem Vati.

– Mei, dei Papa hot aber a Glück, dass a di hot!

– Ein tapferer junger Mann bist du, bravo, so ist es recht!

– Dä-dädadä-dä-dädädädädä …

Ich kann das nicht leiden.

Ich will das nicht hören.

Da wird's mir ganz schlecht!

Da schäm ich mich so, dass ich am liebsten im Erdboden versinken tät, ja ich schäm mich, ich schäm mich doppelt und dreifach, ich schäm mich, weil mein Vater nicht alles kann und weil er sich nicht alles traut, so wie der Lurchi, und weil er seine Lurchistiefel nicht mag. Und ich schäme mich auch noch, weil ich mich schäme wegen ihm. Weil es ihm sowieso

so schlecht geht. Und weil ich ihn immer wieder im Stich lass. Und ich schäme mich auch, weil ich ihm das alles einfach nicht sagen kann.
Wenn ich mich schäme, versteck ich mein Gesicht. Ich tu so, wie wenn ich lesen tät. Und wenn ich in der Antoniuskirche in der Kirchenbank knie, schaut es aus, wie wenn ich beten tät. Aber ich bet nicht. Ich überleg mir, ob das eine Sünde ist, wenn ich mich wegen meinem Vater schäm. Und ich schau heimlich zwischen meinen Fingern durch und seh die Mordstrümmer Zehen von den Engeln über mir auf den Wandbildern.
– Komisch, denk ich mir, die Engel sind sogar im Winter barfuß.
– Die müssen immer barfuß gehen, weil's nicht einmal im Himmel ein Schuhgeschäft gibt, das so große Schuhe hat, sagt der Vati.
Kann schon sein, dass er recht hat. Aber eigentlich müsste es im Himmel für alle die richtigen Schuhe geben, sogar für meinen Vater, denke ich.
Da blasen die Engel ihre Hamsterbacken auf und sie blasen in die Trompeten hinein, dass ich es direkt höre. Und die vielen Männer und Frauen und Kinder stehen alle da wie an der Straßenbahnhaltestelle. Nur die Guten dürfen auf die Wolken steigen und zum lieben Gott hinauffahren, nur die, die ihre Eltern nicht im Stich lassen. Die anderen, die Bösen, müssen die Kellerstiegen hinunter in die Hölle.

Altenufer

Die Tante Resi und der Onkel Sepp, meine Cousine Lisbeth und der Cousin Sepperl, die Tante Fanny und die Tante Traudl kommen nie zu Besuch zu uns. Die leben ja auf dem Bauernhof in Altenufer und müssen sich um die Viecher kümmern. Wenn das Wetter schön ist, fahren wir öfters am Sonntag zu ihnen nach Altenufer. Da sind wir der Besuch.

Mein Vati ist hier aufgewachsen. Er ist sogar in dem Bauernhof auf die Welt gekommen.

Da müssen wir ganz schön lange fahren: durch Straubing, vorbei am Tierpark und am Gefängnis und über die Donaubrücke, vorbei an Deggendorf und weiter nach Hengersberg und dann sind wir gleich in Altenufer.

Ich freu mich, dass wir dorthin fahren. Die Mutti hat ihr schönes Blumenkleid an und der Vati seine dunkelblaue Jacke. Und seine Sonnenbrille setzt er auf, sogar wenn die Sonne gar nicht scheint. Dann schaut er sich im Spiegel an und dreht den Kopf hin und her. Ich schau ihm dabei zu und denk mir: Der Vati schaut aber gut aus.

Als wir in Altenufer aus dem Auto steigen und die Tante Fanny den Vati sieht, ruft sie: Ah, der Herr Minister.

Und die Tante Resi sagt: Eahm schaug o!

Und der Onkel Sepp sagt: Du gibst o wiara Steign voll Affen.

Alle lachen, leider versteh ich nicht, was er meint mit *Steign voll Affen*.

Dieses Mal staunen sie ganz besonders und bewundern unser neues Auto.

– *Ford 17 M*, sagt der Sepperl.
– Genau, sag ich, und lehn mich an unser himmelblaues Auto. Es glänzt und funkelt. Wir haben es gestern extra noch den ganzen Nachmittag geputzt und mit *John Wax* poliert.
Der Augenblick ist fast so schön, wie wenn ich mit dem Funkstreifenwagen und in Uniform und mit Blaulicht und Sirene in den Hof gefahren wäre. Da hätten sie auch so gestaunt. Es ist schön, wenn die anderen einen bewundern. Wenn ich als Indianer mit einem Indianerpferd hereingeritten wäre, hätten sie bestimmt nicht so gestaunt.
Am meisten freu ich mich in Altenufer auf die Elli.
Die Elli ist ein Pferd und braun wie ein Reh.
Früher hat der Onkel Sepp zwei Pferde gehabt. Das eine war der Punkel. Den hab ich nie in echt gesehen, nur auf einem Foto. Der ist schon so lange tot. Jetzt hat er nur noch die Elli und einen nigelnagelneuen, einen himmelblauen Hanomag-Bulldog. Und an der Stelle vom Punkel steht eine Kuh. Die heißt Lissi und ist langweilig. Die schaut die ganze Zeit nur dumm aus dem Fell mit ihren Batzaugen.
Der Vati mag die Elli lieber als den Bulldog. Einmal in den Sommerferien spannt er sie vor den Heuwender und sagt: Kommst mit, dann fahren wir mit der Elli zur Ponau.
Ponau? Keine Ahnung, was das ist.
Hört sich nicht an wie Lateinisch, eher wie ein Indianername, oder fast wie *Donau* – jedenfalls darf ich meinen Vater begleiten, das ist die Hauptsache.
Die Fahrt mit dem Pferd von Altenufer bis zur Ponau dauert nicht so lang wie die von Regensburg nach Altenufer. Trotz-

dem dauert es ewig. Man kann in aller Ruhe zuschauen, wie einen die Autos überholen.
Als wir endlich bei der Heuwiese ankommen, sagt er zu mir: Du willst doch immer Indianerhäuptling werden. Willst du reiten? Soll ich dich auf die Elli hinaufheben?
Sonst sagt er immer: Indianerhäuptling willst du werden, das ist doch ein Schmarrn, da kriegst du ja keine Arbeit in Deutschland. Und jetzt will er mich auf die Elli hinaufheben.
– Ja, schon, sag ich und denk, ich will schon reiten, und stell mir vor, wie ich es daheim dem Knacker, dem Peter und dem Rack erzähl. Die sind bestimmt noch nie auf einem Indianerpferd gesessen.
Und er hebt mich auf die Elli. Und ich will die Beine rechts und links hinunterhängen lassen wie die Cowboys und die Indianer, aber die Elli hat so einen breiten Rücken, dass ich meine Haxen unmöglich so weit auseinanderbringe. Ich kann da droben nur knien. Ich überleg mir, wie das so ein Indianer anstellt. Das schaut im Filmcasino immer so einfach aus. Vielleicht machen die einen Beschiss und sie reiten gar nicht in echt. Kann mir nicht vorstellen, wie da ein Beschiss gehen soll, wenn ein Pferd so einen breiten Buckel hat. Wahrscheinlich geht das bloß im Zirkus und die Indianer gehen in echt eh alle zu Fuß oder sie haben nur Ponys.
Am Abend, wenn wir heimfahren, gehen die Tante Resi, der Onkel Sepp, die Lisbeth und der Sepperl zur Stallarbeit. Dann melken sie die Kühe und geben allen Tieren Futter und die Ställe misten sie auch aus.
Da ziehen sie ihr altes Arbeitsgewand an, weil das eine Arbeit

ist, bei der man richtig dreckig wird. Aber heute, was ist denn heut los!

Sie ziehen sich um für den Stall, dass man meint, sie wollen zum Fasching gehen: Die Tante Resi hat eine rosarote Jacke an mit großen Plastikknöpfen, der Sepperl eine lustige, rot-weiß-schwarz-karierte Hose, die Lisbeth einen giftgrünen Hosenanzug.

Sie müssen selber lachen dabei.

Die Tante Resi erklärt es uns: Sie hat Verwandte in Amerika und die schicken immer Pakete mit den Sachen, die sie nicht mehr anziehen.

– Die moanan's ja guat. Alles sauberne Sachen, aber die kinnan doch mir net oziahng auf der Straß! Da kemman ja mia daher wia Kaschperln.

Das Kommunionkind

Der liebe Gott braucht keinen Fernseher und kein Kino und keine Bücher. Der hört und sieht sowieso alles. Der liegt droben in seinem Versteck unter den Wolkenfelsen und beobachtet mich ununterbrochen – sogar, wenn es dunkel ist. Ich kann machen was ich will, er sieht es.

Dass ihn das so besonders freut, kann ich mir nicht vorstellen. Wenn ihm langweilig ist oder wenn er grantig ist, wird er mich bestrafen. Er wird mir vielleicht auch verzeihen. Wenn er gut aufgelegt ist, wird er mir bestimmt verzeihen. Hoffentlich ist

er überhaupt ein *lieber* Lieber Gott. Wer sagt mir denn, dass er nicht auch so bös werden kann wie ich? Das ist vielleicht schon wieder was, was man nicht denken darf. Ich darf nicht tun, was ich will, und ich darf nicht denken, was ich will. Das habe ich im Beichtunterricht gelernt. Ich schäme mich, weil der liebe Gott alles weiß von mir, weil er sogar meine Gedanken sieht. Aber wie soll das gehen – nur Gutes denken?
Klebstoff macht kaputte Sachen ganz. Vielleicht mit UHU. Er riecht gut. Die schöne gelbe Tube!
Im Falle eines Falles klebt UHU wirklich alles!
Bloß, wie klebt man sich wieder selber zusammen, wenn einem die Sünden ganze Trümmer von der Gutheit weghauen?

Der Pfarrer sagt, dass wir uns das *Kommunionkind* kaufen müssen. Ich versteh zuerst nicht, was er meint. Dann erklärt er uns, dass es ein Buch ist, das wir alle unbedingt brauchen, wenn wir das Beichten und das Kommunizieren lernen wollen. – Ohne das *Kommunionkind* geht es nicht!
Und dann sagt er uns, was es kostet, das *Kommunionkind.*
Und am nächsten Tag sagt ihm der Huber Franz, dass seine Eltern gesagt haben, dass ihnen das *Kommunionkind* zu teuer ist. Der Kooperator Schöttel geht ganz nah zu ihm hin, packt ihn an beiden Ohren. So dreht er seinen Kopf hin und her, schaut dabei zu uns in die Klasse und plärrt: Da fressen und saufen sie, dafür haben sie Geld genug, für alles reicht das Geld, nur für das *Kommunionkind* nicht!
Ich trau mich nicht zu sagen, dass ich mich nicht getraut hab, daheim zu fragen – auch wegen dem Geld. Ich sag einfach, ich

hab's vergessen, das Geld. Der Franz sagt noch, dass sie sieben Geschwister sind und in einer Baracke wohnen müssen, weil sie wirklich kaum ein Geld haben.
Der Kooperator brummt: Franz, du bist ein solcherner Depp, dass es aus ist. Halt sofort deinen Mund!
Der Franz sagt nichts mehr.
Niemand in der Klasse traut sich mehr was zu sagen.

Am nächsten Tag gibt mir die Mutter das Geld mit, nachdem ich ihr lang und breit erklärt habe, dass das *Kommunionkind* ein Buch ist und dass wir es brauchen, weil wir sonst keine heilige Kommunion haben dürfen. Und alle Kinder in der Klasse kriegen es, sogar der Franz vom Pulverturm.
Ein paar Tage später hat der Kooperator eine ganze Schachtel mit *Kommunionkind*-Büchern dabei.
Die Bücher sind schön bunt. Vorn sind ein Mädchen und ein Bub drauf mit ihren Kommunionkerzen. Auf der Rückseite ist ein Vogel mit einem großen Schnabel in seinem Nest mit drei Jungen zu sehen.
– Das ist ein Pelikan, der zupft sich mit seinem Schnabel sein eigenes Fleisch heraus und füttert damit seine Jungen, sagt der Kooperator Schöttel und geht vom Pult zwischen den Bänken hindurch nach hinten. Dabei übersieht er den Franz, der mit dem Kopf nach unten geht und etwas in seiner Schultasche sucht, die an einem Haken außen an der Bank hängt. Der Kooperator zwickt ihn beim Vorbeigehen ein.
– Au!, schreit der Franz und lässt sich aus der Bank herausfallen.

– Ja, spinnst denn du total! Sowas kann nur dem Franz einfallen, schreit er, hebt ihn auf und gibt ihm rechts und links eine Watschen. Dann redet er weiter, wie wenn nichts gewesen wäre.
– Ja, der Pelikan opfert sein eigenes Fleisch, so lieb hat er seine Jungen. So lieb hat uns auch unser Herr Jesus, dass er sein Fleisch hingibt für uns!

Daheim les ich in dem Buch.
In den Geschichten geht es die ganze Zeit drum, wie wichtig es ist, dass ein Kommunionkind brav ist.
Tag und Nacht, immer wohnt Jesus auf dem Altar. Am liebsten wohnt er in deinem Herzen, steht da.
Ich denk an unsere Wohnung.
Ich denk an den Altar – ziemlich ungemütliche Wohnung. Und in meinem Herzen, oje, wie soll da einer wohnen.
Ich denk also: Das kann ich nicht so ganz glauben. Nur, ich trau mich nicht, es nicht zu glauben. Wenn ich ein gutes Kommunionkind werden will, *muss* ich es ja glauben. Bloß, wie glaubt man etwas, das man nicht glauben kann?

Beichten lernen

Ich knie in der Kirchenbank und übe *Gewissenserforschung*. Das bedeutet: Ich muss mich erinnern, was überhaupt los war in der letzten Zeit, und wann ich das letzte Mal beim Beichten gewesen bin. Da les ich erst einmal den Beichtspiegel durch, wo die Gebote drinstehen, damit mir wieder einfällt, was ich alles angestellt hab.

– Wer in diesen Spiegel schaut, sieht, wo er beschmutzt und befleckt ist, sagt der Kooperator Schöttel.

Mir kommt der Beichtspiegel vor wie der Rückspiegel von unserem Auto. Wenn man in diesen Spiegel schaut, weiß man, was hinter einem liegt.

Einmal hat der Vati mit dem Auto eine Krähe überfahren, da hat er sie im Rückspiegel auf der Straße liegen sehen, hat er gesagt. Wenn jetzt hinten ein Spiegel dran wäre, der nach vorn zeigt, könnte man in die Zukunft schauen, und wenn da wieder eine Krähe sitzt, könnte man vorher bremsen.

In den Rückspiegel schauen, das ist wie sich erinnern. Und im Rückspiegel einen anderen Spiegel sehen, der nach vorn zeigt, das tät heißen: in die Zukunft schauen. Dann wäre man Wahrsager. Vielleicht ist das mit den Propheten in der Bibel auch so ähnlich gewesen.

Dann wär der Blick zurück gleichzeitig ein Blick in die Zukunft. Und ein Blick in die Zukunft wär dann ein Blick zurück. Hinten und vorn das Gleiche – ganz schön langweilig. Ich denk und denk und spann auf einmal, dass ich gar nicht mehr an den Beichtspiegel denk.

So kann eine *Gewissenserforschung* nicht funktionieren.
Ich bin kein guter Gewissenserforscher. Mein Hirn spielt einfach nicht mit.
– Die zehn Gebote werden euch eine Hilfe sein, die braucht ihr unbedingt für eure *Gewissenserforschung.* Die müsst ihr lernen!, sagt der Kooperator Schöttel.
Also gut: *Gewissenserforschung …*
Früher habe ich meistens an die Tage gedacht, die vor mir liegen. Da ist das Nachdenken immer ein Vorausdenken gewesen: Was wird kommen, wie wird es sein. Auf einmal soll ich rückwärts denken. Das ist genau so schwer wie Rückwärtsgehen. Sich erinnern ist Rückwärtsdenken. Am allerschwierigsten ist es, wenn man eine Treppe rückwärts hinuntergeht. In meinen Kopf, in meine Gedanken hineinsteigen – rückwärts! Im Dunkeln rückwärts die Kellerstiege hinuntergehen. Das will ich einmal ausprobieren, denk ich. Und bin schon wieder abgekommen von meiner Gewissenserforschung.
Wann habe ich das letzte Mal gebeichtet?
Vor vier Wochen, vor fünf?
Die Fragen flimmern wie Staubflinserl in einem Sonnenstrahl, der in die Kirche hereingefunden hat. Und sind schon wieder weg. Und folgen dem Sonnenstrahl zur Wand gegenüber …
Die Wände in der Kirche sind von oben bis unten bunt bemalt. Nicht so schön wie in den Micky-Maus-Heftln. Irgendwie anders und tausendmal größer! Der Gott Vater mit einem Vollbart. Auch sein Sohn, der Jesus, hat einen Bart, nur nicht so lang, nicht so bauschig und nicht so wuchtig. Der junge Herr Gott schaut auch nicht so streng drein wie sein Vater.

Ich stell mir vor, der liebe Gott hat eine Glatze wie der Onkel August. Da muss ich auf einmal in der Kirchenbank so laut lachen, dass die anderen herschauen. Aber ich falt die Hände und tu ganz ernst. Da schauen sie mich nicht mehr an und ich denke, wie das wär, wenn der liebe Gott auch noch so ein Hörgerät hätte wie der Onkel August – und beinah hätt ich wieder laut gelacht. Und ich stell mir vor, ich wär der Sohn vom lieben Gott und hätt über ihn lachen müssen …
Über meinen Vater tät ich, glaub ich, nie im Leben lachen.

Hoffentlich komm ich bald dran. Zwei sind noch vor mir. Der Karl Peter und der Huber Franz sind noch vor mir. Ich such den Beichtspiegel im *Lob Gottes* – Seite 137: *Erstes Gebot Gottes: Habe ich über den Glauben oder über heilige Dinge leichtfertig geredet oder gespottet? Habe ich tägliche Gebete aus eigener Schuld unterlassen? Bin ich freiwillig beim Beten unandächtig gewesen?*
Geht schon gut los – manchmal habe ich das Morgengebet vergessen. Vor und nach dem Essen beten wir auch oft nicht.
Zweites Gebot Gottes: Habe ich geflucht?
Nein – fluchen tut bei uns nur manchmal der Vati, weil er sogar Schmerzen in dem Bein hat, das sie ihm wegoperiert haben.
– Das sind Phantomschmerzen, sagt er, was soll ich dagegen machen, wenn mir ein Bein weh tut, das gar nicht mehr da ist?
Aber wenn mein Vater flucht, muss es doch nicht ich beichten. Und anschwärzen werd ich meinen Vati erst recht nicht …
Drittes Gebot Gottes: Bin ich an einem Sonntag aus eigener Schuld in keine heilige Messe gegangen? Habe ich einen Teil der

heiligen Messe versäumt? Bin ich bei der heiligen Messe unandächtig gewesen?
Wie bieg ich jetzt das am besten so hin, dass es wie eine lässliche Sünde ausschaut, wenn ich eine ganze heilige Messe versäumt habe, also, wie sag ich das so, dass der Pfarrer nicht gleich anfängt zu schimpfen, weil ich eine Todsünde auf mich geladen hab.
Der alte Prälat Rauch hat mir letztes Mal so richtig Angst gemacht, weil ich eine ganze heilige Messe versäumt habe. Er hat furchtbar leise und bedrohlich auf mich eingeredet: Ja, Buberl, ach Gotterl, was hast denn gmacht!
Da hab ich mich schon im Höllenfeuer schmoren gesehen.
Das halt ich nicht aus.
Das mach ich nicht mehr mit.
Ein Scharniergelenk für die Wahrheit muss her!
Ich beicht einfach: Ich habe einen Teil der heiligen Messe versäumt – dreimal, nein, sicherheitshalber lieber: viermal – und schon habe ich wieder ein reines Gewissen. Viermal einen Teil der Messe zu versäumen, das kommt insgesamt schon hin, das ist sogar mehr als eine ganze heilige Messe.

Der Beichtstuhl ist eine große, dunkle Kiste. Der Karl Peter kommt heraus. Ich bin dran.
Zuerst hinknien. Ich kann den Beichtspiegel nicht auswendig. Wir haben es als Hausaufgabe aufgehabt. Aber ich kann ihn trotzdem nicht. Ich hab den Finger im *Lob Gottes* und schau immer wieder nach. Es ist nur so dunkel, ich kann fast nichts lesen. So ungefähr weiß ich's schon.

– Im Namen des Vaters und des Sohnes und des Heiligen Geistes. Amen. In Demut und Reue bekenne ich meine Sünden. Meine letzte heilige Beichte war vor vier Wochen.
Ich hör den Pfarrer, aber ich seh ihn nicht in seiner Höhle. Er murmelt, aber ich versteh ihn nicht. Ein Holzbrett mit vielen kleinen Löchern steht zwischen ihm und mir.
Ein Radio könnt ich einfach lauter drehen.
Ob er mich sieht? Ob er mich kennt?
Bestimmt kennt er mich. Wenn er mich nicht sieht, dann erkennt er mich an der Stimme.
– Ich habe dreimal einen Teil der heiligen Messe versäumt.
Drei lässliche Sünden, denk ich mir, ergeben zusammen leicht eine ganze heilige Messe und das wär eine Todsünde.
Es haut hin. Der Pfarrer schimpft nicht. Er sagt überhaupt nichts. Umso besser – red eben ich weiter.
– *Viertes Gebot:* Ich habe meinen Eltern nicht immer gehorcht. Ich bin manchmal trotzig gewesen. Schnell weiter, dann kommt er überhaupt nicht dazu, was zu sagen.
– *Fünftes Gebot:* Ich habe einmal Tiere gequält – Ameisen. Und ich war dabei, wie die anderen einen Pulvertürmler verspottet haben.
– Sechstes Gebot Gottes …
Das ist das schwierigste Gebot. Da kenn ich mich überhaupt nicht aus. Ich weiß nicht, was das bedeutet: *Unkeuschheit und Unkeusches*? Komische Wörter. Die haben wir noch nicht gehabt. Die hat uns der Kooperator überhaupt nicht erklärt. Vorsichtshalber beichte ich wieder *lässliche Sünden …*
– Ich habe Unkeusches gedacht: zweimal!

Es darf nicht sein, dass ich zu einem Kapitel vom Beichtspiegel nichts beichten kann. Da könnt er glauben, dass ich was verschweigen will. Erfind ich halt ein paar Sünden, servier dem Kooperator Schöttel eine saubere Beichte und hab meine Ruh. Vorsichtshalber beichte ich auch das achte und dazu noch das zehnte Gebot. Das ist wie eine Versicherung, dann kann mir rein gar nichts mehr passieren.
– Und dann habe ich noch zweimal gelogen und einmal am Freitag Wurst gegessen, da waren wir bei meinem Onkel zu Besuch.
Wurst essen an einem fremden Tisch ist nämlich erlaubt. Fertig. Je mehr Kleinigkeiten man beichtet, desto schneller will er einen vielleicht loswerden.
– Und, bereust du deine Sünden und wirst du Buße tun?, fragt der Kooperator.
Ich kann im *Lob Gottes* einfach nichts lesen, weil es so dunkel ist, drum sag ich alles so ungefähr.
– Ja, ich bereue meine Sünden und werde Buße tun.
Endlich die Lossprechung: *Ego te absolvo a peccatis tuis in nomine patris et filii et spiritus sancti.* Bete zur Buße drei Vaterunser und drei Gegrüßt-seist-du-Maria …
– Amen. Gelobt sei Jesus Christus. Danke. Wiedersehen!
Bin ganz durcheinander. Ich knie mich noch in die Kirchenbank und bet meine Buße. Und dann – nix wie weg …
So. ich hab's geschafft! Einen Tag vor dem Erstkommunion-Tag bin ich das dritte Mal beim Beichten gewesen. Ich glaub, jetzt kann ich es schon ziemlich gut. Der Kooperator hat kaum noch was zum Aussetzen gehabt.

Erstkommunion

Die Tante Ilse hat ein paar Fotos geschickt, die der Onkel Wolfgang in letzter Zeit bei uns aufgenommen hat. Auf einem Bild sitzt unsere ganze Familie unterm Christbaum: die Mutti, der Vati, die Sabine und ich. Ich schau es mir an und kann mich auf einmal wieder genau an damals erinnern.
Auf einem anderen Foto steht unsere Familie vor der Haustür, da hab ich den Kommunionanzug an und die Kommunionkerze in der Hand. Das Bild gefällt der Mutti so gut, dass sie es gleich nachmachen lässt und der Tante Friedl und dem Onkel August schickt. Eines klebt sie mit Fotoecken ins Album.
Ich finde, dass wir auf dem Foto deppert ausschauen. Eigentlich ist es egal. Das Blöde ist nur gewesen, dass uns die Leute auf der Straße auch so stehen gesehen haben. Das ist mir irgendwie zuwider gewesen: ich mit meinem Kommunionanzug und mit meiner blöden Frisur. Und ich hab nicht weggehen dürfen wegen dem Foto. Nicht einmal wegdrehen hab ich mich dürfen.
Die Sabine hat sich trotzdem weggedreht. Sie schaut jetzt nicht besonders gut aus auf dem Bild.
Es sind auch Bilder dabei, die klebt die Mutti nicht ins Album. Auf einem bin nur ich drauf. Im Wohnzimmer vor dem Klappbett. Und der Onkel Wolfgang hat mir beim Fotografieren den halben Kopf weggeschnitten. Und neben mir am Klappbett lehnt eine Krücke vom Vati.
Wenn ich das Bild anschau, dann denk ich: Genauso bin ich beisammen gewesen. Zuerst ist mir ganz schlecht gewesen,

weil man vor dem Kommunizieren nichts essen darf, und nach der Kirche so greislich und schwindlig, dass ich einfach nix essen hätt können, ohne dass ich speib.
Ein paar Wochen später schau ich den Quellekatalog an und alle Frauen, Männer und Kinder schauen mich aus dem Katalog heraus an. Genau wie die Leute am Straßenrand, die uns zugeschaut haben, wie wir bei der Erstkommunion in die Kirche eingezogen sind.
Da hat auch ein Fotograf Bilder geknipst. Die haben wir später in der Schule bestellen dürfen.
An dem Tag damals hab ich das ganze Drumherum gar nicht richtig mitbekommen. Erst jetzt, so nach und nach, mit den Fotos, mach ich mir meine Gedanken.
Alle Leute aus unserem Viertel stehen am Straßenrand und schauen uns zu, wie wir durch die Straße marschieren. Wie beim Faschingszug. Eine lange Kolonne. Wir Buben haben den dunklen Anzug an und die Kommunionkerze in der Hand. Und nach uns kommen die Mädchen, natürlich mit weißen Kleidern und in den Haaren ein Kommunionkränzchen. Und weiße Handschuhe! Aber die haben auch wir Buben angehabt. Eigentlich ein ziemlicher Schmarrn. Bin mir vorgekommen wie ein Verkehrspolizist auf der Straßenkreuzung.
Die Kerzen sind erst in der Kirche angezündet worden. Ich hab nicht aufgepasst und meine Kerze so schräg gehalten, dass dem Karl Peter in der Kirchenbank vor mir das Wachs in den Kragen getropft ist.
Da hat der Plastikwachsfänger an der Kerze auch nichts geholfen. Den haben wir extra dazukaufen müssen. Dabei hab

ich mir gedacht, das ist eine tolle Erfindung, als wir die Kerze im Geschäft gekauft haben.
– Den kauft jeder, hat die Verkäuferin gesagt, weil keiner will, dass das Wachs auf den Anzug tropft.
Und ein Gebetbuch mit Goldschnitt hat auch jeder gekauft.
– Es ist ja nur einmal Erstkommunion, hat die Mutti gesagt.
Der Vati ist nicht dabei gewesen. Ich glaub, ihm wär das wurscht gewesen. Manche Kinder haben sogar bunte Einmerkbänder im Gebetbuch.
– Die braucht es nicht, hat die Mutti gemeint, weil es wieder extra was gekostet hätte.
Nur das Myrthensträußchen mit der Perle und den grünen kleinen Zweigen für den Anzugkragen, das ist wichtig gewesen. Und den Rosenkranz mit dem kleinen Ledertäschchen hat jeder haben müssen. Buben schwarz, Mädchen weiß. Schwarze Rosenkranzperlen und schwarzes Täschchen für die Buben. Weiße Rosenkranzperlen, weißes Täschchen für die Mädchen. *Lob Gottes* mit schwarzem Einband für die Buben. *Lob Gottes* mit weißem Einband für die Mädchen. Das ist wie bei den Anziehsachen.
Da gibt es in der Stadt extra so ein Geschäft, die haben alles, was man zur Kommunion braucht – nur keine Anzüge. Den Anzug haben wir gebraucht gekauft. Den hat letztes Jahr ein anderes Kind bei der Erstkommunion angehabt. Mir hat er auch gepasst. Richtig vornehm. So vornehm, dass es mir fast zuwider ist, dass ich ihn anzieh. Ich hab noch nie so einen Anzug angehabt.
Und dann, wenn man hineinkommt, die Orgelmusik und der

Weihrauch und die Lieder! So viel Feierlichkeit, dass einem gleich noch einmal extra schwindlig wird.
– Das ist ein Tag, den dürft ihr nie vergessen, hat der Kooperator Schöttel gesagt.
Am feierlichsten wird es im Gottesdienst, wenn wir vorgehen zum Altar. In einer langen Reihe gehen wir vor und dann macht einer nach dem anderen den Mund auf und der Pfarrer legt ihm die Hostie hinein. Das haben wir seit vielen Wochen im Kommunionunterricht geübt.
Danach muss man den Mund zumachen. Ja nicht kauen! Die Hostie ist ja der Leib Christi, den darf man nicht zerbeißen. Jesus ist in mir. Und Jesus ist Gottes Sohn. Ganz heilig ist der. Er ist jetzt in mir, aber er muss ganz bleiben. Wenn er zerbissen ist, kann es dem Herrn Jesus ja nicht gut gehen in mir. Er muss im Mund von selber weich werden, so dass man ihn hinunterschlucken kann.
Die Hostie wird in meinem Mund erst weich, wie ich schon in der Kirchenbank knie. Wir müssen knien, solange die Hostie im Mund ist und auch noch eine Zeit lang, wenn wir sie hinuntergeschluckt haben. Am besten wir setzen uns gar nicht hin und stehen erst auf, wenn der Pfarrer das Signal gibt. Langsam spür ich, wie auch mein Bauch weich wird und der Kopf und die Arme und die Beine, alles weich. Richtig lätschert. Beim Hinausgehen komm ich mir durch und durch geweiht vor. Gott ist jetzt in mir drin. Trotzdem ist mir irgendwie matschig. Nach der Kirche darf ich Kuchen essen, dann wird mir gleich noch mehr schlecht, so dass ich mich gar nicht so richtig über die Geschenke freuen kann.

Die Tante Friedl und der Onkel August haben mir eine goldene Uhr geschenkt. Da steht ganz klein *Junghans* drauf, und wenn auf einer Armbanduhr *Junghans* draufsteht, ist das eine ganz ganz gute Uhr.
– Die Firma *Junghans*, das ist eine ganz ganz gute Firma, sagt die Tante Friedl.
Die ist teuer gewesen, die Uhr. Da hab ich Glück gehabt, dass die Heidi, meine Cousine, die Tochter vom Onkel August und der Tante Friedl, in einem Schmuckgeschäft arbeitet, da hat sie auf die Uhr Prozente gekriegt.

Damit mein Gebetbuch nicht schmutzig oder angeregnet wird, wenn ich in die Kirche gehe, steckt es in einem schwarzen ledernen Einband. Der hat sogar einen Reißverschluss. Bei der Kommunion sind der Rosenkranz und das *Lob Gottes* geweiht worden. Jetzt sind die Sachen irgendwie heilig und ich muss noch viel mehr drauf aufpassen.
Das *Lob Gottes* ist mein schönstes Buch, gleichzeitig ist es das langweiligste. Es ist viel langweiliger als unser Kochbuch. Den geweihten Rosenkranz brauche ich eigentlich überhaupt nicht. Ich weiß gar nicht, was ich mit dem machen soll. Das haben wir bis jetzt noch nicht gelernt. Damit nix Unheiliges dran kommt, nehme ich ihn aus dem schwarzen Ledertascherl und hebe ihn in meinem Nachtkastl auf.
Der Rosenkranz vom Vati liegt in einer Porzellanschale neben den Weingläsern im Wohnzimmerschrank. Die Mutti braucht eh keinen Rosenkranz, die ist ja evangelisch. Die wird einmal nicht so leicht in den Himmel kommen, wenn es nach

unserem Prälaten Rauch geht. Aber ich glaub, so viel hat der auch wieder nicht zu sagen. In der Schale, wo der Rosenkranz vom Vati liegt, gibt es silberne Münzen von früher, da ist auf einer Seite ein Kopf drauf und auf der anderen Seite ein Adler mit einem Hakenkreuz in den Krallen.

– Das ist der Kopf vom Hindenburg, sagt der Vati.

Das Hakenkreuz ist das Zeichen vom Hitler, der Schuld ist, dass mein Vati nur ein Bein hat. Auf den einen Münzen steht *zwei Mark* und auf den anderen *fünf Mark*. Aber in Wirklichkeit sind sie mehr wert, weil sie alt sind und aus Silber, sagt die Mutti. Und in der Schale liegt auch noch ein Kreuz mit roten Edelsteinen, die heißen *Granate*, obwohl sie nichts mit Granatsplittern und Explosionen und auch nichts mit den Schokoladen-Granatsplittern in der Bäckerei Butz zu tun haben. Die *Granate* sind ziemlich wertvoll, fast so wertvoll wie die kaputte goldene Taschenuhr, die auch dort drin liegt. Das ist ein richtiger Schatz, den wir da im Wohnzimmerschrank haben. Ich nehm das kleine Edelsteinkreuz und ein paar Silbermünzen und stopf alles in mein Rosenkranztascherl. Das steck ich ein beim Schulausflug nach Mariaort. Dort gibt es eine Muttergottes, die ist irgendwann früher einmal gegen den Strom auf der Donau hierher geschwommen. Und sie kann Wunder wirken. Das ist doch pfundig. Aber der Schatz in meiner Hosentasche ist noch pfundiger, den zeig ich nur meinen besten Schulfreunden, dem Karl Peter und dem Schübel Franzi. Gott sei Dank, zeig ich ihnen den rechtzeitig, weil ungefähr eine halbe Stunde später – verliere ich das Tascherl. Und keiner tät mir jetzt glauben, dass ich so einen Schatz hab.

Als die anderen von der Klasse den Hosentaschenschatz sehen wollen, sage ich: Nein, ich zeig ihn nicht mehr her!
Dann sagen sie: Du hast ja gar keinen Schatz!
Dann sag ich: Fragts doch den Karl Peter und den Schübel Franzi!
Dann fragen sie den Karl Peter und den Schübel Franzi und die sagen: Ja, das stimmt, wir haben den Schatz gesehen, der Harald hat ihn uns gezeigt.
Gott sei Dank spannen der Vati und die Mutti lange nicht, dass der Schatz nur noch halb da ist. Als sie es dann endlich bemerken, haben sie grad andere Sorgen.

Der Eiserne Vorhang

Mir tut der Hintern weh. Ich sitz auf dem Schoß vom Onkel Julius und der hat so spitzige Knie. Er sitzt mit mir vorn neben dem Vati. Auf dem Rücksitz aneinandergepresst die Mutti, die Tante Lenchen, der Onkel Wolfgang und bei ihm auf dem Schoß die Tante Ilse.
Die Sabine ist bei der Oma in Deggendorf geblieben. Sie ist noch zu klein für so einen weiten Ausflug. Dabei hätte sie leicht Platz gehabt auf dem Schoß von der Mutti.
Der Vati fährt. Er sagt zu mir: Wenn die Polizei auftaucht, musst du dich ducken.
Ich will mir grad vorstellen, wie das hier vorn funktionieren soll, das Ducken, da kommt eine Kurve und ich rutsch dem

Onkel Julius vom Schoß. Schon bin ich weg. Jetzt kann die Polizei ruhig kommen.

– Kaum zu glauben, wie viele Leute in so einem *17M* Platz haben, sagt der Vati und lacht.

Und wir lachen alle, aber nicht, weil so viele Leute im Auto Platz haben, sondern weil wir gerade die Rusel-Bergstrecke hinauffahren und bei jeder Kurve auf die andere Seite gepresst werden. Ganz schön eng mit sieben Leuten. Anders geht es leider nicht. Der Onkel Wolfgang hat zwar einen Fernseher, aber kein Auto. Und der Onkel Julius und die Tante Lenchen haben bloß ein Motorrad.

– Ou, Jessas Maria, tut mir das Gestell weh!, jammert der Onkel Wolfgang, als wir in Bayerisch Eisenstein ankommen.

– Mir auch, sagt die Tante Lenchen, das Fahren ist ganz schön anstrengend.

– A Guata halt's aus, meint der Vati nur.

Der Onkel Julius macht die Sprache vom Vati nach.

– Irgendwie bin *i kei Gua-ta*, sagt er und reibt sich die Knie.

Wir spazieren miteinander zum Bahnhof von Bayerisch Eisenstein. Da geht die Grenze mitten durchs Bahnhofsgebäude, ein Bretterzaun mit einem Eisenzaun davor. Auf dem Bahnsteig genauso. Da kommt kein Zug mehr durch.

– Das ist er, der Eiserne Vorhang, sagt der Onkel Wolfgang.

Der Eiserne Vorhang ist ein Zaun wie jeder andere. Da gibt es nicht viel zu sehen.

Trotzdem sind außer uns noch viele andere Leute hergekommen. Die sehen alle auch nicht mehr. Nur Zäune und Stacheldraht. Und auf der anderen Seite sind überhaupt keine Menschen. Wir gehen noch ein Stück an der Grenze entlang und kommen zu einer Straße, die einfach aufhört. Sie wird versperrt von einer Schranke wie ein Bahnübergang, wenn der Zug kommt. Es kommt aber kein Zug und Auto kommt auch keines. Und hinter der Schranke wächst Gras und Unkraut. Und kleine Birken gibt es. Die Tante Ilse steckt einen Zeigefinger in den Mund und hebt ihn in die Luft.

– Der Wind kommt von drüben!

– Aus dem Osten!, sagt der Onkel Wolfgang und zieht die Stirn in Falten.

– Das ist der Böhmische, im Winter ist der sakrisch kalt, sagt der Vati.

– Siehst du den Wachturm?, fragt mich der Onkel Julius.

– Doch, ja, jetzt seh ich ihn. Schaut aus wie ein Jägerstand.

Der Vati deutet mit der Krücke hinüber und sagt: Da drüben steht der Russ. Wennst rübergehst, derschießt er dich!

Er nimmt seine Krücke wie ein Gewehr und zielt auf mich. Ich will es wissen, ich schiebe vorsichtig einen Fuß unter der Schranke durch. Nichts passiert.

– Das ist das Niemandsland, erklärt mir die Mutti, das gehört nicht den Deutschen und nicht den Tschechen. Erst dahinter geht die Tschechei an.

Ich seh leider nichts hinter dem Unkraut, keinen Russen und keinen Tschechen, nur ein paar tschechische Spatzen.

Ich stell mir einen Russen vor: Der hat bestimmt auch im Sommer einen Wintermantel an. Ich stell ihn mir vor wie den Herrn Höllriegl – klein und dick, mit einem Fischgrätmantel und einer Pelzkappe.

Einen Tschechen kann ich mir nicht so richtig vorstellen.
Bald wird es mir an der Grenze langweilig.
– Auf geht's zum Arber, das ist er höchste Berg vom Bayerischen Wald, sagt der Onkel Wolfgang.
Wir stellen das Auto zu den vielen anderen Autos auf einen großen Parkplatz. Dann fahren mit dem Sessellift hinauf. Da ist mir auf einmal gar nicht mehr gut und ich bin froh, dass ich nicht abstürze und dass ich es schaff, rechtzeitig abzuspringen, als wir oben ankommen.
Wir sind schon einmal hier gewesen – in dichtem Nebel. Da haben wir überhaupt nichts gesehen. Ich kann mich nur noch erinnern, dass ich mich nicht getraut hab, mit dem Sessellift zu fahren. Der Vati hat mich dann auf den Schoß genommen und ich hab so eine furchtbare Angst gehabt, dass mir ganz schlecht geworden ist.
Droben am Gipfelkreuz vom Arber sieht man heut ziemlich weit. Aber Regensburg und Deggendorf sieht man nicht und Altenufer auch nicht, nur Bayerisch Eisenstein, wo wir vorhin gewesen sind, und weiter weg ein paar Dörfer.
Wo die Tschechei angeht und Deutschland aufhört, kann man nicht erkennen, keine Grenze, nur Wald, Wald, Wald. Und viel blauer Himmel mit ein paar Wolken. Ehrlich gesagt, hab ich mir mehr erwartet.
Alle wollen wieder mit dem Lift hinunterfahren. Nur der Vati deutet auf eine Wegmarkierung und sagt: Großer Arbersee, das ist gar nicht weit! Warum gehen wir nicht zu Fuß?
Und schon rennt er voraus, macht mit seinen Krücken riesige Sprünge, dass er mir vorkommt wie ein Känguru. So schnell

hab ich ihn noch nie laufen sehen, nicht einmal, wenn ich mit ihm im Wald auf einer Lichtung Fußball gespielt habe. Ich kann nur mit ihm Schritt halten, weil es ihn ein paarmal hinhaut. Ich glaub, mein Vati hat fliegen gelernt. Wir lassen alle andern weit hinter uns.

Einmal stolpert der Onkel Julius über eine Wurzel und rutscht von einem Felsen ins Unterholz. Da steig ich wieder zurück und helf ihm.

Unten am See sind wir alle ziemlich erledigt. Und einen gescheiten Hunger haben wir auch. Auf dem See fahren die Leute mit Ruderbooten. Manche sitzen auf der Terrasse am Ufer unter Sonnenschirmen und trinken Kaffee und essen Eis. Sie sind alle schön angezogen. Es ist ja Sonntag. Wir haben auch Sonntagssachen an, trotzdem schauen sie uns so komisch an. Ich glaube, die Mutti ist auf den Vati sauer.

– Du immer mit deinen verrückten Ideen, schau uns an, wie wir alle ausschauen, sagt sie zu ihm, aber er grinst nur.

Ich wundere mich immer noch, was der Vati für Kräfte hat, und dass er mit einem Bein schneller laufen kann als wir mit zwei Beinen.

Jetzt fällt es mir erst auf, wie dreckig wir sind – aber das ist nicht alles. Der Onkel Julius hat sich die Anzugjacke aufgeschlitzt, die Tante Ilse hat sich die Strümpfe zerrissen, der Tante Lenchen ist der Absatz vom linken Schuh abgebrochen. Der Vati hat Harz am Hosenbein und Tannennadeln hat er in den Haaren und einen langen Kratzer quer über der Stirn …

Die Mutti spuckt in ihr Taschentuch und reibt mir im Gesicht herum. Das hab ich vielleicht dick! Aber dann krieg ich ein

Schnitzel mit Kartoffelsalat und eine wunderbar gelbe Sinalco-Limo.
Beim Heimfahren gibt es keine Grenze mehr, wir fahren überall durch. Einmal fetzt der Vati sogar bei *ROT* durch. Und er schimpft mich: Da bist du schuld dran mit deiner Zappelei.

Unser Reich

Beim Lehrer Höllriegl lernen wir die Himmelsrichtungen kennen. Er pickt vier Zettel an die Wand. Auf denen steht:
OSTEN * SÜDEN * WESTEN * NORDEN
Hinten an der Wand, wo das Bild mit dem Bauern hängt, der mit seinem Pferd einen Acker umpflügt, ist OSTEN. Das kann ich mir gut merken, weil in der Richtung wohnen der Onkel Sepp und die Tante Resi. Und das Pferd ist die Elli.
Bei den Fenstern, zur Antoniuskirche hin, ist SÜDEN.
Hinter der Tafel – WESTEN.
Und hinter der Tür – NORDEN.
Der Herr Höllriegl bildet sich wahrscheinlich ein, dass er unser König ist. Immerhin, anschaffen darf er ja. Aber er ist ein kleiner, dicker König, einer, den man nicht unbedingt mögen muss. Erstens schaut er dauernd bös und zweitens ist er nicht recht stark, glaub ich.
– Und er hat ein Gesicht wie ein Hätsch, sagt der Karl Peter.
Wenn es nach dem Lehrer Höllriegl geht, müssen die Ami-Kaserne und der Pulverturm im SÜDEN sein. Der Bauer

Peter sagt, Italien ist auch im SÜDEN. Irgendwann krieg ich das schon noch heraus, wie das alles zusammenhängt.

Manchmal komme ich durcheinander. Wenn ich daheim bin, liegt die Antoniuskirche auf einmal im Westen und nicht mehr im Süden. Drum häng ich mir daheim in der Küche auch Zettel auf: OSTEN * SÜDEN * WESTEN * NORDEN

Das Reich von unserer Bande hört im Westen am Grünen, Roten und Gelben Hof auf, im Norden an der Landshuter Straße, im Osten am Eisentor neben den alten Pferdeställen. Die stehen leer, weil heute gibt es keine Pferde mehr in den Kasernen. Und im Süden ist die Grenze bei der Teeraufbereitungsanlage, am Sportclub. Der Luftberg, unser Schlittenberg neben der Berufsschule bis hinauf zur Ami-Kaserne Squaw-Valley, gehört einmal den Pulvertürmlern, dann wieder uns. Da oben gibt es öfters Kämpfe.

Nur einmal im Jahr ist dort garantiert Frieden: Am 4. Juli. Da ist Tag der offenen Tür in der Amikaserne Squaw-Valley und alle Kinder dürfen hinein und den Nationalfeiertag mitfeiern. Da gibt es ein Feuerwerk, ganz ohne Dult, und wir dürfen in die Panzer steigen und so tun, wie wenn wir Amerikaner wären. Dann schreien wir *Händs ap* und ballern auf alles, was sich bewegt. Ein paar Fünferpackln rosaroten Kaugummi kriegen wir natürlich auch von den Amis.

Der Knacker kann die schönsten Bladern blasen, so groß, bis es sie zerreißt und er den Papp im Gesicht hat. Da kann ich direkt froh sein, dass ich keine so großen Blasen zusammenbringe.

Die Pulvertürmler leben zwischen der Squaw-Valley-Kaserne und dem Unteren Katholischen Friedhof in einem verhauten Barackenviertel. Sie sind richtig brutal. Gegen die müssen wir uns sogar mit den Kindern aus dem Gelben Hof und mit denen von der Geiger-Bande verbünden, die haben ihr Gebiet gleich neben der Antoniuskirche.

– Dass die Pulvertürmler gefährlich sind, sieht man allein schon daran, dass sie echte Schustermesser haben, sagt der Rack, und die stechen auch echt zu damit.

Selber gesehen hat er das noch nie, aber er kennt ein paar andere Kinder, die haben die großen scharfen Schustermesser gesehen.

Die Pulvertürmler haben schon Fernsehantennen auf ihren Baracken gehabt, als niemand bei uns im Haus, und noch nicht einmal der Onkel Wolfgang, einen Fernseher gehabt habt. Der Onkel Wolfgang glaubt, dass die Pulvertürmler heimlich reich sind.

– Die tun doch nur so arm, damit sie Unterstützung kriegen! Die wollen bloß nix arbeiten! Ein arbeitsscheues Gesindel ist das! Die leben von unserem Geld!, sagt er.

Ich glaub das nicht so recht, weil der Albert, der Franz und der Jürgen immer so verhaut in die Schule kommen. Sie haben dauernd schlechte Noten und keine Hausaufgaben und zerrissene Hosen und Hemden. Und der Jürgen stinkt, weil sie kein Bad haben. Und der Albert hat Warzen, überall hat der Warzen, an den Händen im Gesicht, am Hals, überall.

Mit dem Franz komm ich eigentlich gut aus, der ist anders als die anderen Pulvertürmler. Er hat nur einen Sprachfehler

und kann kein richtiges R. Da lachen ihn die anderen immer aus. Ich nicht, nein, ich lach ihn nicht aus, weil ich weiß, wie das ist, wenn einen die anderen auslachen. Der Franz muss wegen seinem R manchmal in einen Extra-Unterricht. Da ärgert er sich, weil er auch noch am Nachmittag in die Schule muss. Der Albert, der mit den Warzen, der ist ein ausgefuchster Schulschwänzer. Wenn der nicht will, kommt er einfach nicht und versteckt sich irgendwo. Dann sucht ihn die Polizei und die ganze Klasse ist neugierig, wie lange sie braucht, bis sie ihn findet. Einmal hat es eine ganze Woche gedauert, bis sie ihn gehabt haben, da hat er immer in einer Schreinerei in einem leeren Sarg geschlafen.
– Der hat eben nichts mehr zu verlieren, sagt der Rack, und die anderen auch nicht. Wenn die einen von uns zum Krüppel schlagen, die kriegen nicht einmal von den Eltern geschimpft, und wenn die Polizisten schimpfen, dann lachen sie bloß.
Vielleicht hat er recht. Wir müssen aufpassen. Wir müssen zusammenhalten, wir müssen unsere Grenzen gut bewachen.

Neue Wörter

Die Buchstaben sind Zaunlatten. Die Wörter und die Sätze sind Zäune – die stehen rund um das, was sie bedeuten. Wer hinter den Wörtern steht, der weiß, was sie bedeuten. Wer draußen vor dem Zaun steht und nicht drüber klettern kann, kennt sich nicht aus.

Der Zaun um die Wörter ist wichtig, damit das, was sie bedeuten, nicht verloren geht, vielleicht auch, damit die Wörter nicht stiften gehen …

Ich kann immer mehr Wörter unterscheiden und weiß, was hinter ihnen steckt. Es gibt aber viele, bei denen kenn ich mich nicht genau aus, und ich kann noch nicht sagen, was sie bedeuten.

Der Vater kennt die unanständigen Wörter gut und er nimmt sie auch manchmal her. Aber wenn ich ihnen zu nah komme, gibt es sofort ein Donnerwetter.

Und die Mutter sagt: Du darfst nicht fluchen!

Ich darf nicht Flüche fluchen, Flüche fluchen darf ich nicht, sage ich vor mich hin, wenn ich mit der Schultasche auf dem Randstein dahinbalanciere. Ich spreche die Wörter nicht nach, die der Vati schon öfters gerufen hat.

– Die sind ihm nur herausgerutscht, sagt die Mutti.

Ich spreche sie nicht nach, aber sie drehen sich im Kopf hin und her wie der Hadern im Putzkübel von der Mutti. Manchmal hallen die Wörter nach wie in der Walhalla. Das sind Wörter, die sind so ausgehöhlt wie eine süße Birne von den Wespen: Kreizkruzifix-Himmelherrgottsakrament-Kreizkruzifix-Himmel-herrgott-aaffegnagelter-obagfallner –

Auf einmal sind das keine Zäune mehr, bloß noch einzelne Trümmer, Zaunlatten, mit denen die Pulvertürmler auf einen eindreschen, Zaunlatten, die sie nach einem werfen wie Speere, Zaunlatten, die um mich herumschwirren wie Wespen.

Ich darf nicht alles sagen, was der Vati sagt.

Ich werde es euch heimzahlen, ihr Wespen!

Ich werde mit meinem Cousin Sepperl in Altenufer am Bach wieder eure Wespennester ausräuchern, ich werde euch jagen, ich werde euch vernichten, mit dem Wasserschlauch werde ich euer Nest ausspritzen. Stechts mich nur, stechts nur zu! Rache ist Blutwurst!

Manche Wörter sind Bomben. Ich weiß nicht genau, was sie bedeuten. Ich probiere sie einfach einmal aus. Einmal oder zweimal und ab und zu ein drittes Mal.

Die Eltern sagen, dass das keine schönen Wörter sind.

Ich darf sie nicht mit heim bringen.

Genauso wie ich keine Bomben aus der Erde ausgraben darf. Genauso wie ich kein *Bommbomm* vom Boden aufheben darf. Auch nicht, wenn es eingepackt ist. Alles, was auf dem Boden liegt, ist schmutzig. Kranke könnten es in der Hand gehabt haben. Jemand könnte es vergiftet haben. Alles, was auf dem Boden liegt, ist giftig. Eine Falle vielleicht!

Ich darf auch nichts von fremden Menschen nehmen.

Bei Fremden muss man vorsichtig sein! Sie vergiften manchmal alles.

– A so a Krüppel!, ruft der Bauer Peter einmal halb bewundernd, halb schimpfend, als er mich nicht einholen kann, um mir ein Sinalco-Fahnerl abzunehmen, das ich von einem Bierwagenfahrer bekommen habe.

– A so a Krüppel!, ruft er schon wieder, weil ich ihm das Fähnchen nicht freiwillig geben will. Und da hört sich seine Stimme nur noch wütend an.

– Du Krüppel!, schrei ich am nächsten Tag meinem Vater nach, weil er mir nicht erlauben will, dass ich mir ein Eis kauf.

Er bekommt keinen Wutanfall wie sonst, wenn ich frech bin.
– Was sagst du zu mir …?
Und dann sinkt er in sich zusammen, weint und weint und hört nicht mehr auf. Und die Mutti will ihn beruhigen und sagt: Er weiß doch nicht, was er da sagt, er meint das nicht so.
Was habe ich denn gesagt?
Was mein ich nicht so?
Und wie mein ich es denn überhaupt?
Ist das Wort Krüppel schlimmer als das Wort Drecksau oder gar das Wort Arschloch? Solche Wörter würde ich mich nie trauen zu sagen. Oder höchstens ganz leise. Und höchstens, wenn ich eine ganz eine große Wut hab!

Geheime Aufträge

Bahme schreit einer beim Fanggei-Spielen, wenn es nicht gelten soll, dass er gefangen ist. *Bahme* kann sein: das Geländer von der Kellertreppe oder die Teppichstange oder eine Haustür. Wer die *Bahme* anlangt, der darf nicht gefangen werden. Das gilt dann einfach nicht.
Schulwege und Wege in die Kirche oder zum *Thumann* einkaufen gehen sind wie *Bahme*. Da darf einer nicht angegriffen werden, ganz wurscht, ob es ein Pulvertürmler ist, einer vom Gelben Hof, einer vom Roten Hof oder einer von uns.
Es gibt immer wieder Tage, da muss man einfach durch feindliches Gebiet. Neuerdings darf ich manchmal im Schreib-

warengeschäft *Hinker & Dorfmüller* Bücher für die Mutti und den Vati holen. Da geh ich dann einfach hinein und sag, dass ich einen Krimi für meinen Vati und einen Liebesroman für meine Mutti abholen soll. Und die Frau vom Schreibwarengeschäft sucht mir zwei Bücher heraus und ich geb ihr zwanzig Pfennige und dann bring ich die Bücher heim. Und unterwegs blätter ich schon in die Krimis vom Vati hinein. Da gibt es einen Privatdetektiv, der heißt Jerry Cotton.
Das ist Englisch und man spricht es aus: *Tscherri.* Der arbeitet meistens in New York. Da fährt er mit einem Jaguar herum, mit einem roten Flitzer.
Wenn der Vati und die Mutti nicht da sind, les ich daheim weiter. Je mehr ich über den Jerry Cotton lese, desto weniger bin ich Dicky Dickdickens, und ich bin auch kein deutscher Soldat mehr, der den Russen aus der Gefangenschaft abhaut. Nein, ich bin jetzt vom amerikanischen Geheimdienst. Ich stell mir vor, wie ich über die Dächer von unseren Wohnblocks turne, weil mich der Höllriegl verfolgt. Er ist jetzt ein russischer Agent und will mir schlechte Noten geben, weil ich in der Schule zu wenig red. Keine Chance! Ich werd dichthalten, aus mir bringt der nichts raus. Das ist beim Jerry Cotton auch immer so. Sie jagen ihn und wollen ihn zum Reden bringen. Keine Chance! Meistens entwischt er ihnen sowieso.
Ich hau ab. Zusammen mit dem Jerry hau ich einfach ab – barfuß spring ich zum Fenster hinaus, und wenn es mich noch so prellt.
Die Mutti hat gesagt, dass ich Stubenarrest hab. Die hat sich geärgert, weil ich so geschmiert hab in meinem Schönschreib-

heft. Die hilft mit dem Höllriegl zusammen. Sie hat die Wohnungstür abgesperrt und den Schlüssel abgezogen. Aber den Jerry und mich, uns kann keiner aufhalten. Ich hol Bücher für meinen Vati, obwohl ich keine holen soll.
– Dein Vater hat aber noch zwei Romane, sagt die Frau.
– Ja, die bring ich morgen.
Und jetzt kann ich in aller Ruhe Krimis lesen, das haben sie jetzt davon, stimmt's Jerry?

Mein Vati raucht seit neuestem nicht mehr *Zuban-Filter.* Seine Marke ist jetzt *Pall Mall.* Das sind auch die Zigaretten, die Jerry Cotton und die anderen Amis rauchen.
Die Amis imponieren dem Vati irgendwie. Mir auch. Manchmal reden wir beide so wie die Amerikaner.
Aber nur wenn niemand zuhört …
Ich weiß nicht, warum die *Amerikaner* beim Bäcker *Amerikaner* heißen. Unten haben sie Zuckerguss und das Obere schmeckt recht trocken. Granatsplitter schmecken mir besser. Aber die Mutti sagt: Das stecken sie nur Kuchenabfälle hinein und gießen Schokoladenüberzug drüber. Ein Granatsplitter schaut so ähnlich aus wie ein *Domspitz*, nur rauer und kantiger. Ein *Domspitz* steht auch auf einem runden Plätzchen wie ein Granatsplitter, aber der Schokoladenüberzug ist außen ganz glatt und innen ist kein Kuchenbaaz, sondern bloß eine weiße Creme. Das süße klebrige Zeug schmeckt mir gar nicht. Viel lieber sind mir die roten Kaugummipackln, die die amerikanischen Soldaten aus den Panzern werfen. Das sind eben echte Amerikaner.

Ich wär so gern ein amerikanischer Panzerfahrer. Oder von mir aus auch nur ein deutscher Polizist in einem Polizeiwagen mit Blaulicht oben drauf. Was Besonderes halt.

Ich habe beim Neutz im Fernsehen gesehen, wie die Amis im Wohnzimmer die Beine auf den Tisch legen, wenn sie es sich gemütlich machen. Dabei ziehen sie nicht einmal die Schuhe aus. Das gefällt mir.

Aber wenn ich das mache, schimpft die Mutti.

Und die Tante Friedl sagt: Das stimmt schon mit den Amis, nach dem Kriege, die haben sich wirklich so aufgeführt, ich hab das selber gesehen: In Hengersberg, in der Bürostube, sind die so gesessen. Die haben sich sogar mit den Schuhen ins Bett gelegt.

– Siehst du!

– Aber du bist kein Ami, mein Jüngelchen, sagt sie noch.

Ich sage: Doch! Und leg ein Bein auf den Tisch

Da sehe ich, was die Mutti für ein grantiges Gesicht macht und nehm das Bein lieber wieder weg.

Später hole ich für meinen Vati eine Schachtel PALL MALL.

Wenn die Eltern nicht da sind, lege ich die Beine trotzdem auf den Tisch – beide – und ich tu so, als würd ich rauchen.

Meine erste Bücherei

Nach der Sonntagsmesse will ich mir die Pfarrbücherei anschauen. Der Kooperator Schöttel hat gesagt, dass es da pfundige Bücher gibt und dass jeder hingehen darf. Keiner von meinen Freunden oder von den Ministranten aus meiner Gruppe geht dort hin. Aber ich will wissen, was es dort für Bücher gibt. Ich will mir Bücher ausleihen. Ich will mehr lesen. Ich will, ich will, ich will!
Die Bücherei ist im Erdgeschoß von einem kleinen Haus gleich neben der Antoniuskirche. Aber es ist schwieriger, dort hineinzugehen, als ins Schreibwarengeschäft. Bis zum Eingang sind es zwölf Stufen. Bei jeder dritten Stufe bleibe ich stehen und überlege, ob ich wirklich hineingehen soll. Was soll ich sagen? Welche Bücher soll ich verlangen?
Und wenn sie mich was fragen und ich weiß keine Antwort?
Dann geh ich die zwölf Stufen wieder zurück: Bei der letzten denk ich nur: Zwölf Bücher hab ich ja selber schon daheim, da muss ich doch nicht Angst haben vor einer Bücherei …
Ich drück die Tür auf und trete ein wie in eine Kirche. Ganz still ist es hier. Niemand da. Nur eine alte Frau. Sie steht vor einem Regal und blättert in einem Buch. Überall Regale. Überall Bücher, vom Boden bis zur Decke Bücher.
Ich sage: Grüß Gott, darf ich mir Bücher ausleihen?
An einem Schreibtisch sitzt eine Frau. Sie schaut mich freundlich an und sagt auch: Grüß Gott! Und sie schüttelt mir die Hand und sagt: Ich bin die Frau Brehm! Bist du schon einmal bei uns gewesen?

– Nein, noch nie, sag ich.
Dann schreibt sie mir einen Ausweis. Der kostet keinen Pfennig. Ich muss ihr bloß meine Adresse sagen.
Jetzt darf ich mir jede Woche Bücher holen.
– Wichtig ist, dass du sie wieder rechtzeitig zurückbringst, sagt die Frau Brehm.
Das Datum – wann – steht auf einem Zettel gestempelt, der hinten im Buch eingeklebt ist, damit ich's ja nicht vergess.
Und jetzt geht's los. Die Frau Brehm zeigt mir nur noch, wo die Kinderbücher stehen.
Da steh ich also vor dem Regal und überleg, wie ich anfangen soll. Beim Lesen fängt man links oben an. Also fang ich hier auch links oben an. Die Regalfächer sind ja wie Zeilen. Ich les nacheinander die Buchrücken. Und weil ich noch ein bisschen zu klein bin, hole ich mir den Treppenhocker, der unter dem Fenster steht.
Die Bücher, die da oben stehen, kommen mir langweilig vor.
Also, ich weiß nicht, am liebsten tät ich wieder gehen!
Auf einmal seh ich im Fach mit dem Buchstaben **K** einen dicken Buchrücken, auf dem steht mit fetten Buchstaben das Wort *Eishaijäger.*
Haifische interessieren mich. Eishaie erst recht.
Oje, da unten stehen ganz viele Bücher, die mir gefallen: *Flucht zu den Eishai-Jägern, Das Zeichen der Schlange, Im Dschungel abgestürzt, Tod in der Skelettschlucht, Schuldlos unter Schuldigen …*
Die hat alle der gleiche Schriftsteller geschrieben. Herbert Kranz heißt der. Vorn sind bunte Titelbilder drauf. Auf dem

hinteren Deckel steht, dass es um die Erlebnisse einer Gruppe von sechs Männern aus Europa geht: ein Engländer, ein Ire, zwei Franzosen, zwei Deutsche. Sie gehören zur Gesellschaft *Ubique Terrarum* und werden zu Expeditionen in alle Welt geschickt, einmal um nach Bodenschätzen zu suchen, öfter aber, um Menschen in einer Notlage zu helfen. Im ersten Band der Serie wird vom ersten Auftrag der Männer erzählt, und dass sie erst nach vielen Streitereien erkennen, dass sie einander bedingungslos vertrauen können. Am Ende von jedem Buch stehen Informationen über die Länder, in denen die Geschichten spielen.

Jetzt hab ich aber ein Problem. Ich bin ja noch nicht beim **K**. Wenn ich mit dem Ausleihen auch links oben anfangen muss, dann dauert das ja ewig, bis ich bei den Kranz-Büchern bin. Das will ich nicht, drum geh ich vor zur Frau Brehm und frag sie: Darf ich mir auch aus dem mittleren Fach schon ein Buch nehmen – ich bin aber eigentlich noch nicht so weit?

– Freilich, sagt sie und grinst. Du kannst dir jedes Buch mitnehmen, das dich interessiert. Und während sie das sagt, fängt sie an zu lachen und kann sie sich gar nicht bremsen vor lauter Lachen und lacht und lacht mich einfach aus.

Nie wieder werd ich was fragen in einer Bücherei. Das schwör ich mir. Und ich nehm gleich alle Herbert-Kranz-Bücher mit. Sind immerhin fünf. Das ist ein guter Anfang in der Bücherei. Ich werd mir ab jetzt immer alle Bücher rausnehmen, die ich will. Schluss! Aus! Und am Sonntag drauf hole ich wieder fünf. Und eine Woche später wieder fünf.

In einer Woche fünf Bücher lesen, das ist keine Kunst.

Wenn ich mit einem Buch angefangen hab, leg ich es nicht mehr weg, bis ich fertig bin. Sogar auf dem Klo les ich weiter. Zuerst macht sich die Mutti über mich lustig.
– Meine Güte, du frisst ja die Bücher!
Aber ich tu so, als tät ich sie ernst nehmen.
– Nein, das darf ich nicht, sag ich, die sind ja nur ausgeliehen, die muss ich wieder zurückbringen.
– Dann darfst du aber nicht alles herauslesen. Lass was übrig für die anderen, flachst der Vati.
Ich geb ihm keine Antwort. Mir ist es mit dem Lesen viel zu ernst.
Nach ein paar Wochen hab ich schon über dreißig Bücher gelesen. Jetzt scherzt meine Mutti nicht mehr. Jetzt schimpft sie mich sogar.
– Les doch nicht die ganze Zeit. Weißt du denn gar nichts anderes mehr? Du bist ja schon ganz blass, geh lieber raus an die frische Luft!
Von mir aus, dann geh ich eben. Aber unter meiner Jacke schmuggle ich ein Buch zum Fußballplatz. Dort leg ich mich hinters Tor in die Wiese und les weiter.
Das Buch *Sitting Bull* ist so spannend, dass ich gar nicht mehr aufhören kann. Sitting Bull ist ein Indianerhäuptling von einem der sieben Stämme der Sioux-Indianer. Obwohl sie dauernd von den Weißen angegriffen werden, streiten sie auch noch untereinander. Keine Ahnung warum. Das ist doch blöd, findet auch der Sitting Bull, und er schafft es, dass sie sich wieder vertragen und alle zusammen gegen die weißen Eindringlinge kämpfen.

Es stehen ziemlich viele fremde Wörter drin. Trotzdem versteh ich alles. Was ich nicht versteh, das errat ich.
Und weil ich auf dem Fußballplatz nicht fertig werde mit dem Lesen, geh ich an dem Tag schon bald ins Bett und lese da weiter.
Um neun kommt der Vati und sagt: Jetzt ist aber Schluss und er macht das Licht aus. Da hol ich mir die Taschenlampe aus dem Werkzeugkasten.
Der Vati kommt noch einmal. Er nimmt mir die Taschenlampe ab und schimpft: Du verdirbst dir die Augen!

Ein paar Wochen später leih ich mir bei meiner Oma in Deggendorf eine bessere Taschenlampe. Die leuchtet so hell, da kann ich mir die Augen bestimmt nicht verderben.
Das Buch über Sitting Bull hat leider einen traurigen Schluss. Die Indianer werden besiegt und dürfen nicht mehr mit ihren Zelten herumziehen. Sie müssen in ein Reservat, das ist eine Barackensiedlung so wie unser Pulverturm. Ich finde, die haben den Sitting Bull, den größten Häuptling der Sioux-Indianer aller Zeiten, einfach ganz gemein behandelt. Was kann er denn dafür, dass er nicht katholisch hat aufwachsen dürfen?
Was kann ich dafür, dass ich nicht Bairisch sprechen darf und dass ich nicht richtig nach der Schrift sprechen kann. Meine schlesische Omas sagt immer: Mach da nischte draus, Junge, ich kann och nich nach der Schreibe reden und bin trotzdem alt und krumm geworden.
Ich finde es auf jeden Fall schlimm, dass der Sitting Bull so armselig hat zugrundegehen müssen. Er hat doch immer das

Beste für seinen Stamm wollen und war ein ehrlicher Mann, der nie jemanden angelogen hat und auch sonst nie was Unrechtes gemacht hat. Und wenn er bei uns im Kasernenviertel gewohnt hätte und zur Kommunion gegangen wäre, hätte er bestimmt kaum was zu Beichten gehabt, sogar dann, wenn er ein Pulvertürmler gewesen wäre. Ich wäre gern wie der Sitting Bull. Ich glaube auch, dass er als Häuptling für unsere Bande besser gewesen wäre als der Rack, obwohl der auch nicht zuwider ist.

Als nächstes beschäftigt mich der Sioux-Häuptling *Rote Wolke*. Aber das geht auch so traurig aus. Und weil ich in den Geschichten immer zu den Schwächeren halte, bin ich immer auf der Seite von den Indianern. Und ich hab auch keine Lust mehr, was gegen die Pulvertürmler zu sagen.

Bis zum Ende der vierten Klasse hab ich das ganze Regal mit den Kinderbüchern ausgelesen. Jetzt such ich mir andere Bücher. Zuerst Western und Krimis. Die stehen gleich im Regal neben den Kinderbüchern.

Die Frau Brehm schaut mich ernst an und sagt: Das sind ja lauter Krimis und Western. Sind die für deinen Vati?

Und ich sag: Ja freilich, und damit sie keinen Verdacht schöpft, leg ich einfach oben drauf ein Kinderbuch. Das hab ich zwar schon lang gelesen. Aber ich kann zu ihr sagen – das da ist für mich und die anderen sind für meinen Vati. Ist doch klar, dass ich die alle selber lese. Das muss ich ihr ja nicht auf die Nase binden. Kann ich ja dann das nächste Mal beim Beichten sagen, wenn's unbedingt sein muss. Es ist keine schlimme Sünde, das weiß ich bestimmt, nur eine kleine Notlüge.

Mit den Western und den Krimis bin ich auch ziemlich schnell durch. Also mache ich mich über die Heimat- und Liebesromane her.

– Sind die für deine Mama?

– Jaja.

Und oben drauf liegen wieder zwei Kinderbücher …

– Die da sind für mich und die anderen für meine Mama.

Natürlich les ich alle selber. Aber das sag ich nicht.

Ich muss mir eine neue Bücherei suchen. In der Landshuter Straße gibt es eine Stadtbücherei. Da geht es nur eine Stufe hinauf – schon ist man drin. Und die haben noch viel mehr Bücher, und auch alle kostenlos zum Ausleihen.

Posterholungsheim

Im Sommer muss ich zur Erholung nach Büchlberg. Wo das ist, kann ich nicht genau sagen. Ich will nicht fahren. Die Mutti und der Vati sagen, dass ich muss, weil es extra für Kinder ist von Eltern, die bei der Post arbeiten. Und es kostet nichts. Also fahre ich mit vielen anderen Kindern, die auch Eltern bei der Post haben, ganz lange mit dem Zug bis Passau, immer an der Donau entlang, und dann mit dem Bus weit in den Bayerischen Wald hinein. Da ist dann nichts mehr, nur noch das Dorf Büchlberg, und noch weiter hinten im Wald das Erholungsheim und die Klosterschwestern. Und außenrum nichts als Felsen und Wald. Ein paarmal in der Woche

sagt die Oberschwester Walburga nach dem Frühstück: Heute dürft ihr wieder Blaubeeren sammeln. Dürfen ist gut. Wir müssen Beeren sammeln, damit wir beim Mittagessen eine Nachspeise haben. Ganze Vormittage kriechen wir mit dem Zahnputzbecher zwischen den Stauden herum und zupfen und zupfen und zupfen. Und immer, wenn der Becher voll ist, schütten wir ihn in große Kübel oder Milchkannen.
Ich mag keine Nachspeisen und kann mir nicht vorstellen, dass andere Nachspeisen mögen. Wenn die Schwester nicht herschaut, ess ich die Blaubeeren und tu sie nicht in den Zahnbecher. Wenn ich satt bin, mach ich mir eine rote Kriegsbemalung oder ich derbaaz ein paar Blaubeeren auf dem Knie und schrei: Oje, o weh, schaut's wie ich blut!
Die Schwestern haben Schweine, die kriegen immer das, was die Kinder beim Essen nicht mehr schaffen. So werden die Schweine fetter als die Kinder. Und wenn so ein Schwein fett genug ist, macht es die Oberschwester Walburga wie die Hexe bei Hänsel und Gretel. Sie schlachtet es, nein, sie holt einen Metzger und der schlachtet das Schwein.
Beim Schlachten haben wir nicht zuschauen können, das haben wir verpasst, weil es in aller Herrgottsfrüh passiert ist. Da haben wir es nur schreien gehört, das Schwein. Nach dem Frühstück sehen wir es. Der Metzger hat es verkehrt herum an einer Querstange vor dem Stall aufgehängt. Der Bauch ist aufgeschnitten und die Gedärme liegen alle in einer großen Wanne. Und da stehen auch noch Kübel und Schüsseln voll mit Blut. Die Schwestern helfen alle zusammen. Sie tragen die Schüsseln fort und kommen mit den leeren wieder zurück.

Manche Kinder wollen nicht zuschauen, denen graust es. Ich weiß nicht, ob es mir graust, ich warte erst einmal. Später geh ich auch weg, aber nicht, weil es mir graust – nur weil es mir langweilig wird und weil mich der Heinz fragt, ob ich mitkomm, Schnitzeljagd spielen oder Räuber und Gendarm.

Der Uwe ist schon einmal am Chiemsee gewesen und der Heinz auch und der Ulli auch. Ich nicht. Bei dem Ausflug, den wir in der Erholung machen, komme ich zum ersten Mal zum Chiemsee. Dort gibt es eine Insel mit einem Schloss. Und die Schwester Theodora zeigt uns das Tischleindeckdich vom König. Ist ja nur ein Trick, weil ein Aufzug dahintersteckt, eine Maschine. Im Keller hat der Koch das Essen auf einen Tisch gestellt. Und Diener haben es mit einer Kurbel wie einen Fahrstuhl mitsamt dem Tisch nach oben gedreht. Da ist dann oben der Fußboden auseinander gegangen. Und auf einen Schlag ist der Tisch mit dem Essen vor dem König gestanden.
Ich stell mir vor, der König und seine Frau haben einen Sohn gehabt.
Der hat sich vielleicht das Gleiche anhören müssen wie ich.
– Was zappelst du denn schon wieder so. Halt dich still!
– Ess anständig! Gratsch nich so im Kartoffelbrei rum!
Für mich ist der Spiegelsaal das Pfundigste im Königsschloss. Da stehen sich Spiegel gegenüber. Ich stelle mich dazwischen und sehe mich, aber nicht nur mich, sondern hinter mir einen Spiegel, in dem sich der Spiegel vor mir spiegelt und darin ich. Und darin viele Male der Spiegel vor mir, in dem sich der Spiegel hinter mir spiegelt und immer wieder ich, in einer lan-

gen Reihe, immer wieder ich, zwischen den Spiegeln, die Spiegel, die die Spiegel spiegeln, in denen sich die Spiegel spiegeln, auf denen ich immer wieder mindestens zweihundert Mal zu sehen bin. Da reicht nicht einmal das große Einmaleins …
Ich muss gleich an unsere Frisierkommode denken und an die Scherben in der Aschentonne und an die Nährbierfrau auf dem Etikett vom Nährbier, die auf dem Tablett ein Nährbier bringt, das hat wieder ein Etikett und da drauf …
Gott sei Dank haben uns die Schwestern eine Brotzeit eingepackt. Unser Tischleindeckdich ist die Wiese vor dem Schloss.
Die ganze Fahrt zurück nach Büchlberg habe ich mir überlegt: Was bedeutet das, dass mir im Königsschloss wieder die Nährbier-Krankenschwester eingefallen ist …
Tja, was bedeutet das. Ich bin nicht draufgekommen, aber ich hab dauernd darüber nachdenken müssen.
Kurz bevor ich nach Büchlberg weggefahren bin, hat meine Mutti bemerkt, dass die Schmuckschachtel mit dem Hitlergeld weg ist. Dem Vati hat sie nichts gesagt. Mir schon.
Ja und jetzt hab ich ein schlechtes Gewissen. Die Erholung ist bald aus. Mir fällt die Geschichte mit dem Hitlergeld-Schatz wieder ein. Ich kauf meinen Eltern einen kleinen goldenen Hirschen. *Gruß aus Büchlberg* steht drauf. Ich hab drei Mark fünfzig von meinem Taschengeld dafür bezahlt. Das hab ich auch gern gemacht, weil ich meinen Eltern was Schönes mitbringen hab wollen. Von jetzt weg zähl ich auch die Tage. Ich will endlich wieder heim. Ich freu mich so drauf, dass die Erholung endlich aus ist. Also sich richtig freuen, das kenn ich eigentlich nur von Weihnachten. Weihnachten, mitten im Sommer.

Die Mutti holt mich am Bahnhof ab. Ich setz mich daheim in der Küche aufs *Schesslong* und schau einfach nur herum.
Alles ist sauber aufgeräumt. Auf dem Tisch liegt eine Tischdecke. Und Blumen stehen drauf. Alles wie immer. Ich hab aber noch nie so schöne Blumen auf unserem Küchentisch gesehen. Und noch nie hat die Sonne so ein schönes Licht hereingeworfen. Alles leuchtet. Und es ist ganz still.
Endlich daheim. Noch nie ist es so schön gewesen daheim.

Bücher erben

Zwei Wochen später muss ich schon wieder fort von daheim. Gott sei Dank nur nach Altenufer. Der Vati und die Mutti müssen nämlich nach Heilbronn fahren. Dort wird der Gerwin eingegraben, der Bub von der Tante Lenchen.
– Es ist ein heißer Tag gewesen. Er hat sich abkühlen wollen, ist mit dem Kopf voraus in einen Weiher gesprungen und hat sich an einem Felsen das Genick gebrochen, weil das Wasser nicht tief genug gewesen ist. Er hat noch drei Tage gelebt. Da ist er in einem Krankenhaus gelegen, hat sich nimmer rühren können, Arme, Beine, alles gelähmt, erzählt die Mutti.
Vierzehn ist er gewesen.
Ich denk mir: Ich will nie schwimmen lernen, wenn da immer so schlimme Unfälle passieren. Entweder man kommt in einen Donaustrudel und wird hinuntergezogen oder man bricht sich das Genick. Besser, wenn man nicht schwimmen

lernt, weil da hat man Angst vor dem Wasser und geht erst gar nicht hinein.
Ich bin froh, dass ich nicht mitfahren muss zur Beerdigung. In Altenufer ist es schöner. Ich bin erst einen Tag dort, da schreit eine Kuh wie verrückt, ganz oft und immer lauter.
– Jetzt is s soweit, schnell!, ruft der Onkel Sepp und rennt voraus in den Stall.
– Heut kommt ein Kalberl auf die Welt, sagt die Tante Resi, komm, darfst zuschauen.
Zuerst langt der Onkel der Kuh durch den Hintern in den Bauch, dann kommen auf einmal zwei Füße zum Vorschein, die schauen aus wie in Brotzeitpapier eingewickelt, so eine dünne weiß-graue Haut ist da drum herum. Die Tante Resi sagt, dass ich ihr den Kälberstrick herübergeben soll.
– Da an der Wand hängt er, sagt sie und schiebt schnell sauberes Stroh unter die Kuh.
Ich schau zu langsam.
Der Sepperl hat den Strick schon in der Hand und gibt ihn ihr. Sie wickelt ihn um die Füße vom Kalb. Dann zieht sie zusammen mit dem Onkel Sepp kräftig an, eins, zwei, drei und eins, zwei, drei – der Kopf kommt zum Vorschein. Und da rutscht es schon heraus und landet im Stroh. Patschnass ist es. Die Tante Resi reibt es mit einem Strohbüschel trocken. Die Haare ringeln sich. Das Fell ist jetzt ganz geschneckelt.
Ich frag die Tante, ob wir ihm einen Namen geben können.
– Freilich, das nennen wir Bummerl! Es ist nämlich ein Stierkalb! Die nennen wir alle so.
Ich mag das Bummerl vom ersten Augenblick an.

Es soll mein Freund werden.
Dann kommen meine Eltern aus Heilbronn zurück und erzählen, wie traurig die Tante Lenchen und der Onkel Julius sind und dass es schon das zweite Kind ist, das die Tante Lenchen verloren hat. Ein Mädchen, das war noch ein Baby, das ist auf der Flucht von Schlesien verhungert, weil ihm niemand Milch gegeben hat.
Die Mutti und der Vati bringen mir Sachen vom Gerwin mit: Ein Tintenglas mit blauer Tinte, einen Federhalter und eine ganze Schachtel voll mit Büchern. Elf Bücher! Richtige Bücher sind das! Eines heißt *Die Reise des James Cook*. Das handelt von einem Kapitän, der mit dem Segelschiff um die halbe Welt gesegelt ist und dem die Indianer auf einer Insel den Kopf heruntergehauen haben. Und drei Bücher über Südamerika sind in der Schachtel. Und ein Buch über eine russische Weltraumrakete und einen Schäferhund, der heißt Laika und ist mit der Rakete in den Weltraum geschossen worden und um die Erdkugel gekreist und dann ist er in Sibirien mit dem Fallschirm gelandet. Und ein Buch über die ersten Zeppelinflüge. Manche von den Büchern sind mit so einer komischen alten Schrift geschrieben, die ist schwer zu lesen. Das ist mir egal: Ich will das lernen. Und alles, was ich will, werde ich schaffen. Ich werde jede Geheimschrift der Welt entziffern, ganz gleich, wie lange es dauert. Zu Weihnachten wünsche ich mir ein Bücherregal. Dann schreibe ich in jedes Buch eine Nummer und meinen Namen.
Nr. 1 – Harald Grill. Das ist *Sigismund Rüstig*. Da geht es um eine Familie, die mit dem Segelschiff nach Amerika reist. Sie

gerät in einen Sturm und strandet auf einer einsamen Insel. Dort fangen sie mit Hilfe eines alten Matrosen ein neues Leben an. Es gibt so viele Schwierigkeiten, Gott sei Dank weiß der Alte immer, wie es weitergehen könnte. Dann tauchen auf einmal Indianer auf. Die Schiffbrüchigen bauen einen Palisadenzaun. Die Indianer überfallen sie und töten den Sigismund Rüstig. Ich habe ja keinen Großvater, aber wenn ich einen hätte – tät er bestimmt so ausschaun wie der alte Sigismund.
Mir ist es, als wäre da zwischen zwei Buchdeckeln mein Leben beschrieben. Auf einer einsamen Insel neu zu leben beginnen, das ist wie in Altenufer. Die Indianer sind so wild wie die Pulvertürmler. Ich mag sie, weil ich verstehe, dass sie keine andere Chance haben. Die Weißen nehmen ihnen dauernd ihr Land. Was hilft's, wenn sie mich angreifen, muss ich mich wehren. Immerhin haben sie meinen Großvater Sigismund Rüstig getötet.
Das sind alles meine eigenen Bücher. Die brauche ich niemandem mehr zurückzugeben. Die sind jetzt ein Teil von meinem Leben. Und niemand kann von mir verlangen, dass ich ihm mein Leben geb.
Zu Weihnachten werd ich mir ein Buch über Ritter und Burgen wünschen.
Das Kälbchen hab ich mit der Zeit fast vergessen. Als wir ein paar Monate später wieder hinkommen, ist es nicht mehr da.

Die Pechmarie

Die Frau Sinner vom ersten Stock schaut genau aus wie die Frau Holle: Haare wie weiße Wolken, ein Gesicht, das zuerst lächelt und dann lacht, wie eine liebe alte Oma aus einem Bilderbuch. Aber ich denke mir: Vorsicht! Wer weiß, was sie wirklich vorhat.

Die Bärbel wohnt im übernächsten Hausgang im Parterre. Sie ist die Pechmarie. Die geht schon in die sechste Klasse und sagt immer Grischperl zu mir. Das traut sie sich nur, weil sie viel stärker ist. Ich mag sie nicht. Ich sag einfach Pechmarie zu ihr, weil die Pechmarie im Märchen auch so ekelhaft ist.

Leider ärgert sie das überhaupt nicht.

Auch nicht, wenn ich es dreimal sag und dazu: *bä-bä-bä*, Pechmarie, Pechmarie, Pechmarie, *bä-bä-bä, bä-bä-bä …*

Ich nehm zwei, drei Klettenkugeln, die schmeiß ich ihr in die Haare und schrei: Du blöde Gans, du blöde!

Da dreht sie sich auf einen Schlag um und springt auf mich zu, so schnell, dass ich gar nicht zum Wegrennen komm.

Sie packt mich. Ich will ihr auskommen. Sie dreht mir den Arm um. Das tut furchtbar weh. Ich will mich rauswinden. Sie stößt mich zu Boden. Ich will aufspringen. Da dreht sie mich auf den Rücken und setzt sich auf meinen Bauch. Ich will sie kratzen, aber sie drückt meine Handgelenke mit ihren Händen fest ins Gras. Ich spucke sie an. Sie drückt meine Arme mit ihren Knien in die Wiese. Jetzt hat sie die Hände frei und gibt mir eins, zwei, drei, vier Watschen.

Ich kann einfach nicht aus.

Ich kann mich einfach nicht rühren.
Ich schnapp nach Luft. Ich verschluck mich, ich huste.
Aber sie lässt mich nicht aus. Und weinen will ich nicht, den Gefallen tu ich ihr nicht.
– So, was ist jetzt, du Grischperl, los, sag's noch einmal! Was bin ich?, schreit sie.
Ich will schon sagen: Eine saublöde Kuh, eine saublöde!
Aber ich sag nichts. Ich krieg kaum Luft!
– Wennst noch einmal dein Maul so aufreißt, dann zeig ich dir noch einen ganz anderen Schwitzkasten.
Ich sag nix drauf, ich schnauf bloß und schnauf und schnauf immer schneller.
Dann endlich lässt sie mich aus und steht auf und rückt ihre Hose zurecht. Ich könnt jetzt weglaufen, aber ich tu es nicht.
– Hast das jetzt kapiert?
Ich sag nix. Ich dreh den Kopf weg. Ich will sie nicht anschauen. Sie bleibt einen Moment vor mir stehen, dann dreht sie sich um und geht weg.
So eine Blamage!
Ich bleib liegen.
Alles riecht nach Gras. Alles riecht so grün. Alles ist grün in der Nase. Ihre Knie sind auch grün vom Gras gewesen. Ich reib mir meine Arme und das Gesicht. Meine Hände riechen auch grün.
Meine Mutti und mein Vati denken, dass ich wieder mit den anderen Buben Ball gespielt habe auf der Wiese vom Sportclub. Ich sag nichts. Ich erzähl das niemandem auf der Welt. Bin froh, dass es keiner von den anderen Buben gesehen hat.

Irgendwie komisch, Mädchen kämpfen doch normal nicht. Höchstens manchmal in den Geschichten, so wie die Brunhild gegen den Siegfried.
Ich nehme mir vor, dass ich nie mehr was zur Bärbel sage. Ich schau einfach weg, wenn sie mir über den Weg läuft.
Wenn sie an mir vorbeigeht, spottet sie mich oft ganz leise aus.
– Na, du Grischperl, brauchst wieder eine Abreibung?
Und ich schau kurz hin zu ihr und seh, wie sie grinst. Da schau ich gleich wieder weg und geh schnell weiter. Irgendwie hab ich immer noch den grünen Geruch in der Nase.

Indianer sein

– Ich glaube die Pulvertürmler haben den Manfred entführt, sagt der Uli. Er hat ihn zum letzten Mal nach der Schule gesehen.
– Wir müssen ihn befreien, sag ich.
– Dann müssen wir kämpfen, sagt der Peter.
– Sie wollen kämpfen, das können sie haben!, sagt der Rack.
Er sagt das so, wie das die Cowboys in den Filmen immer sagen. Und ich fühle mich wie ein Cowboy im Film. Und ich glaube, der Uli, der Peter und der Knacker auch.
Den ganzen Nachmittag lang bauen wir uns Waffen. Speere aus den Haselnussstecken, Schwerter aus den Holzlatten von der Baustelle und Schutzschilder – dafür klauen wir uns in der Teeraufbereitungsanlage die Holzdeckel von den Teerfässern.

Das Schwarze ist außen und innen hinein nageln wir mit Dachpappnägeln Stücke von alten Gürteln – als Schlaufen für die Arme. Das sind Schilder, wie sie die Ritter haben, damit können wir uns gut gegen Wurfgeschosse der Pulvertürmler schützen.
Der Nachmittag ist schon fast vorbei und der Manfred ist immer noch nicht da. Wir holen noch den Heinz, den Gerd und den Herbert aus dem Roten Hof zu Hilfe und den Hansi und den Rudi aus dem Gelben Hof.
Alle zusammen machen wir uns auf den Weg zum Luftberg.
Die Schlacht mit den Pulvertürmlern kann losgehen.
Es kommt uns aber kein Pulvertürmler entgegen.
– Die haben sich versteckt, die Hunde, sagt der Rack.
– Sie werden uns aus dem Hinterhalt überfallen, sagt der Peter.
– Wir müssen vorsichtig sein, sag ich.
Wir gehen weiter. Schwer bewaffnet kommen wir immer näher zum Pulverturm. Da kommt uns der Franz entgegen und will fragen, was los ist.
– Nehmt ihn gefangen!, schreit der Rack und stürzt sich auf den Franz.
– Fesselt ihn, schreit der Peter. Er hat einen Strick dabei und will dem Franz die Hände fesseln.
Der spielt nicht mit. Er haut wild um sich und will wegrennen.
Der Uli stellt ihm den Fuß. Der Hansi und der Rudi halten ihn fest, damit ihn der Peter endlich fesseln kann.
– Den nehmen wir mit, dann können wir ihn gegen den Manfred austauschen, sagt der Rack.

Wir packen den Franz. Und der schreit und schreit wie ein Wilder. Aber wir nehmen ihn einfach mit.
Auf einmal rennen uns ein paar große Burschen nach. Die werfen mit Dreckbatzen. Einer trifft mich am Kopf. Ich blute. Ich schmeiß mein Schwert und mein Schild hin, das ist viel zu schwer, und renn, renn weg, so schnell wie ich kann. Erst beim Sportclub bleib ich stehen und dreh mich um.
Da kommen die anderen auch schon gerannt. Den Franz haben sie zurückgelassen. Aber die großen Pulvertürmler geben trotzdem keine Ruh. Also müssen wir schneller rennen und heim, nix wie heim, dort dürfen sie uns nix tun.
Beim Rack im Keller verstecken wir uns.
– Die haben den Rudi gepackt und furchtbar hergefotzt, sagt der Rack.
– Weil er so langsam geschaut hat, sagt der Peter.
– Und der Manfred?, frag ich.
– Den befreien wir morgen, sagt der Rack.
Aber wir müssen ihn gar nicht mehr befreien. Als wir uns wieder heraustrauen aus dem Keller, wer steht da draußen herum: der Manfred.
– Hab euch schon gesucht, sagt er.
– Ist es schlimm gewesen, frag ich.
– Ja, schon, weil er so viel gebohrt hat.
Wir hätten ihn gar nicht befreien können. Er war am Nachmittag beim Zahnarzt und dann bei seinem Vati im Büro.

Abends lese ich weiter in meinem Buch über den Sioux-Häuptling Rote Wolke. Das war ein Freund von Sitting Bull. Und

ich vergleich die Indianer mit unserer Bande und denk mir: Eigentlich waren wir heute keine Indianer, eher Cowboys. Wir waren die Weißen. Die Rothäute, die richtigen Wilden, das waren die Pulvertürmler. Die haben ja eigentlich recht gehabt. Kann schon sein, dass es stimmt, was der Onkel Wolfgang sagt: Die Pulvertürmler arbeiten nichts.
Indianer gehen ja auch in keine Arbeit. Und Schule brauchen sie auch keine. Nur auf die Jagd gehen sie und lernen Bogenschießen und kämpfen. Und Lagerfeuer machen sie.
Indianer sein ist schöner als Cowboy sein.
Cowboys müssen viel arbeiten, Pulvertürmler nicht.
– *Cowboy* ist englisch, das heißt auf Deutsch *Kuhjunge*, sagt der Onkel Julius.
Dann sind ja der Onkel Sepp und die Tante Resi eigentlich Cowboys. Pulvertürmler möchte ich trotzdem keiner sein. Die haben kein Klo in den Baracken und müssen alle genauso hinaus ins Aborthäusl wie die Tante Resi und der Onkel Sepp auf dem Bauernhof.

Der Kiosk

Bis zur dritten Klasse ist mir der Kiosk in der Furtmayrstraße noch vorgekommen wie ein kleines Hexenhaus. Nur, dass keine Lebkuchen draußen drangehängt sind, sondern lauter Zeitungen und Illustrierte und Micky-Maus-Hefte.
Und mitten drin das kleine Loch, da schaut die Hexe raus.

Knusper, knusper, knäusel, wer knuspert an meim Häusel?
Die Frau im Kiosk ist genauso freundlich wie die Hexe bei Hänsel und Gretel, aber sie sagt nie, man soll hineingehen zu ihr. Ist auch gemein von mir, dass ich sie Hexe nenne.
Der Kiosk ist ein winzig kleiner Laden, da passen nur sie und ihre Zeitungen und Zeitschriften, ihre Zigaretten, Kaugummis und Wundertüten hinein. Und sie kann alles nur durch ein winziges Fenster verkaufen, so winzig ist das, dass man darin nur ihren Kopf sieht, so wie im Fernsehen den Kopf von einer Ansagerin.
Viele von den Sachen, die sie verkauft, kommen mir geheimnisvoll vor, so geheimnisvoll, dass ich manchmal vom Kiosk träume.
Im Traum geht eh alles durcheinander. Da kommen Sachen zusammen, die nicht zusammenpassen. Da steckt hinter jedem Bild, sogar hinter jedem Geruch, ein interessantes Geheimnis – auch wenn es nur ein Gestank ist.
Ich kenne jetzt schon viele von den Illustrierten. Sie heißen STERN, QUICK, BUNTE oder REVUE. Die Titelseiten zeigen Frauenköpfe, Männer in Uniformen, Schlittschuhläufer, Radrennfahrer, die kommen mir heute vor wie eine Tapete. Der ganze Kiosk ist rundherum vollgepflastert. Nur das kleine Fenster nicht, durch das die Kioskfrau herausschaut und in das man ihr das Geld legt.
Die Micky-Maus-Geschichten find ich pfundig. Aber ich käm im Traum nicht drauf, dass ich mir Micky-Maus-Hefte am Kiosk kauf. Die sind mir einfach zu teuer. Da wär es mir schad um mein Taschengeld.

In der Zeit, als ich noch nicht in die Schule gegangen bin, hat mir mein Cousin Siegfried immer seine alten Hefte geschenkt. Da hab ich noch nicht lesen können. Trotzdem hab ich alle Geschichten verstanden – da sind ja die Bilder wichtig und weniger das Lesen. Er hat mir aber damals die Hefte nur geschenkt, weil sie kaputt waren und zerrissen. Oft haben Seiten gefehlt und ich hab mich nicht mehr ausgekannt. Am schlimmsten ist es gewesen, wenn der Schluss gefehlt hat. Da hab ich die ganze Geschichte angeschaut und verstanden hab ich sie auch, nur wie sie ausgeht, das hab ich nicht erfahren. Da hab ich mich geärgert und ich habe mir selber überlegt, wie sie weitergehen könnte.

Es gibt nämlich auch Wundertüten, wo so Hefte mit Bildergeschichten drin sind – keine Micky-Maus-Hefte und auch keine Tarzan-, oder Sigurdhefte – sondern hauptsächlich Fix-und-Foxi-Hefte und Geschichten vom Urwaldmenschen Tibor oder vom Prinz Eisenherz.

Eine Wundertüte kostet nur zwanzig Pfennige und die Hefte in den Wundertüten sind ganz neu. Und sie riechen so wunderbar neu. Und es ist so spannend, wenn mir die Frau aus dem Kiosk eine Schachtel voller Wundertüten heraushält und ich darf eine oder zwei heraussuchen. Und es riecht schon nach Traum und Zauberei, bevor ich die Tüten aufreiße. Nicht nach Urwald, aber nach Druckmaschinen und Druckerfarbe. Kann nur sein, dass ich Pech hab und zweimal das gleiche Heft aus so einer Wundertüte zieh. Mit wem sollte ich tauschen? Ich kenn keinen, der seine Hefte in Wundertüten kauft. Die anderen kaufen sich höchstens Fußballerbilder oder Bilder von Sauriern oder Rennautos. Da kaufen sie sich dann ein Album dazu, und es fehlen ihnen immer so viele Bilder und andere haben sie dann vier-, fünfmal und wollen tauschen. Nur haben dann alle anderen die gleichen Bilder auch schon vier-, fünfmal. Dafür ist mir mein Taschengeld auch zu schade. Die Bilderheftln zeige ich meinen Eltern nicht. Ich soll sie ja nicht haben. Die Lehrer schimpfen, wir sollen sie nicht kaufen und nicht anschauen, weil es Schundheftln sind.

– Schundheftchen lesen ist eine Sünde, sagt der Kooperator Schöttel.

Früher hab ich geglaubt, das ist, weil sie in den Schundheftln immer gegeneinander kämpfen und viel Krieg haben. Ja, einfach weil sie sich da drin zu wenig lieb haben. Aber das stimmt nicht. In den anderen Büchern wird genauso viel gekämpft, es sind nur viel weniger Bilder drin.

Zum Geburtstag hab ich ein Buch mit Geschichten über Ritter und Burgen bekommen: *Gustav Schwab: Deutsche Volks- und Heldensagen.* Das ist mein Buch Nr. 12. Da stehen eine Menge Rittergeschichten drin. Da kann ich weiter träumen von Siegfried mit der Drachenhaut, von Gunter und seinem Bruder Giselher, von Dietrich von Bern, vom grimmigen Hagen …

Heldentreffpunkt

Auf den Witzseiten in den Illustrierten, die beim Frisör oder beim Zahnarzt im Wartezimmer auf dem Tisch liegen, seh ich öfters so komische Gipsfiguren mit abgebrochenen Armen und Beinen. Die stehen entweder im Museum oder in einem alten Tempel, der ausschaut wie die Walhalla an der Donau.
In einem Witz steht eine Mutter mit ihrem Kind vor einer Figur, die keine Arme hat. Und die Mutter sagt zu dem Kind: Siehst du, das kommt davon, wenn man an den Fingernägeln knabbert!
Da drauf wäre ich nicht gekommen. Wenn ich solche Figuren seh, fällt mir immer nur der Orthopäde Marx ein. Der hat seine Werkstatt gleich neben der Galgenberger Brücke in der Nähe vom Bahnhof. Dorthin begleite ich meinen Vater ab und zu, weil er eine Hilfe braucht, beim Aus- und Anziehen, wenn er die Prothesen anprobiert. Dort kenn ich mich aus. Dort sprechen sie eine Sprache, die ich kenne.
Viele Männer sitzen im Wartezimmer. Denen fehlen Beine oder Arme. Prothesenbeine lehnen an der Wand. Prothesenarme liegen auf dem Tisch neben den Illustrierten. Aber bei den Männern hier kommt das bestimmt nicht vom Fingernägelbeißen. Auch mit der Geschichte vom Daumenlutscher aus dem Struwwelpeter-Buch haben die garantiert nichts zu tun. Das sind alles Männer, die gut in mein Buch mit den Heldensagen passen. So sitzen die Helden nach dem Kampf da. Es riecht nach Leder und Schweiß und ausgezogenen Schuhen. Lauter nackte Arm- und Beinstümpfe. Und Narben, immer

wieder Narben, rote, geschwollene oder bläuliche oder solche, die grün und gelb schimmern. Oder seidig matte wie bei meinem Vati. Verwachsene Haut. Entzündete Haut. Wundpuder. Ich bin ein alter Hase und staune nicht über das, was ich da seh. Die Männer scherzen mit mir. Sie erzählen lustige Geschichten. Selten erzählt einer, dass die Stelle wehtut, wo der Arm weg ist oder das Bein. Manche von ihnen sind sogar noch schlimmer beieinander als mein Vater. Das beruhigt mich, weil die trotzdem lustig sind und Spaß machen.

Traum vom Kartoffelmann

Ich träume vom Kartoffelmann und seinem Dreiradler-Lastwagen. Dem fehlt ein Rad wie meinem Vater ein Bein. Das Auto hat traurige Augen. Ganz anders als mein Vater. Und der Kartoffelmann steigt in unserer Straße aus und nimmt seine Handglocke und läutet und schreit so laut, dass man es in allen Wohnungen hören muss: Kartoooffffellln! Kartoooffffellln! Kartoooffffellln! Zeeehn Pfund eine Mark!

Ich geh für die Mutti Kartoffeln holen. Und ich schau ihm kurz ins Gesicht. Wie seine Augen blitzen. Das ist kein normaler Mensch. Ich schau schnell weg. Seine Stimme ist freundlich, aber ich hör was Gefährliches heraus. Vorsichtig schau ich ihn wieder an. Er hat zwei Kartoffeln in der Hand und will sie mir geben. Aber die Kartoffeln haben ja Mäuseköpfe. Was

soll denn das? Ich schau wieder den Kartoffelmann an. Da hat der auf einmal den Kopf von einem Pferd. Ich dreh mich um und renn weg.
Und er rennt mir nach, dicht hinter mir sein Pferdegetrappel, da hat er mich überholt, steht vor mir, verstellt mir den Weg.
– Bücher, frische Bücher, zehn Stück eine Mark!
Der kennt mich, der weiß, wie er mich locken kann.
– Also gut, dann zwanzig Stück bitte!
Ich geh mit ihm. Ich hab nämlich zwei Mark dabei …
Und er stapelt vor mir lauter neue Bücher auf. Sein Dreiradler-Lastwagen riecht auf einmal wie der Kiosk in der Furtmayrstraße. Und er zieht die Plane hinter sich zusammen, weil er gemerkt hat, dass ich hineinschauen hab wollen. Und schon hat er wieder einen anderen Kopf, ja gibt's denn sowas? Das ist ja der Hausmeister von unserer Schule. Der ist letzte Woche von einem Klasssenzimmer zum anderen gegangen und hat uns eine dicke schwarze Spinne gezeigt. Die ist in einem Gurkenglas gehockt.
– Das ist eine Vogelspinne, die haben die Männer auf dem Güterbahnhof beim Ausladen von Bananenkisten gefunden.
– Die ist giftig! Hat der Reinhold in der ersten Bank gerufen, der ist nämlich unser Obergscheiterl. Drum hat der Lehrer Höllriegl sein Herzipopperl gleich mords gelobt …
– Dä-dä-dä-dä-dä …
– Soll sie ihn doch in den Arsch beißen, die Vogelspinne!, hat mein Banknachbar, der Karl Peter, gesagt.
Und ich hab ihn verbessert, das heißt nicht Arsch, das heißt Hintern! Und dann hab ich mir überlegt, ob so eine Vogel-

spinne nicht was für die Bärbel wär, die blöde Kuh. Und der Hausmeister schraubt den Deckel vom Gurkenglas ab und zieht die Vogelspinne an einem Fuß heraus. Sie dreht und sie windet sich. Sie will abhauen. Aber der Hausmeister holt einen Strohhalm aus der Brusttasche von seinem Hausmeisterkittel – so einen, wie wir sie immer zum Kakao von unserer Schulspeisung kriegen – und er steckt der Spinne den Strohhalm ins Maul und bläst sie auf. Und sie wird größer als eine Christbaumkugel und genauso bunt. Und auf einmal ist der Hausmeister nicht mehr der Hausmeister, sondern der Glasbläser, der gestern in der Turnhalle Feuer gemacht und Christbaumkugeln geblasen hat.
– Schau, sagt er, die kriegst du dazu, weil du so viele Bücher gekauft hast, und da ist er auf einmal wieder der Kartoffelmann, steckt die Bücher in einen Sack, legt mir die Kugel in die Hand und flüstert: Pass gut auf drauf!
Dann nimmt er seine Bimmel und läutet auf Teufelkommraus und schreit so laut, dass man es die ganze Mackensenstraße hinauf und hinunter hören muss: Kartooofffellln! Zeeehn Pfund eine Mark!
Ich nehm meinen Sack und schlepp ihn heim. Unterwegs begegnet mir die Bärbel, die läuft mir nach und quetscht mich an der Haustür an die Wand. Und ich hör, wie die Glaskugel im Sack knackst und zerbricht. Die Bärbel langt rein. Sie schreit auf und als sie die Hand rauszieht, ist die ganz voller Blut. Ich reiß mich los und renn in unser Haus und versteck die Bücher daheim unterm Bett.
Leider sieht das die Mutti.

– Du spinnst wohl, schimpft sie, so viele stinkige Bücher, die kann der Vati gleich zum Badeofeneinheizen hernehmen!
– Ich geb sie aber nicht her!, schrei ich und reiß ihr den Sack mit den Büchern aus der Hand.
Aber da kommt der Vati und sagt: Sei doch nicht so dumm, wir nehmen den Badeofenboiler als Mondrakete her, da sind die Bücher ein starker Treibstoff!
– Nein, nein, die Bücher geb ich nicht her!, schrei ich noch einmal.
Und da werd ich wach. Und der Vati zerrt an einem Buch, an dem ich mich mit beiden Händen festklammere. Da seh ich, es ist das Buch, das ich beim Bettgehen gelesen habe: *Schach den Verrätern* von *Herbert Kranz* – das ist mein Lieblingsschriftsteller.
Dann lieg ich noch eine Zeit wach und es kommt der Kartoffelmann vorbei zum Gute-Nacht-Sagen und der Schulhausmeister und die Frau vom Kiosk und die Frau Brehm und dann noch einmal der Vati und die Mutti.
Am nächsten Tag ist Samstag, da richtet der Vati altes Zeug zum Verbrennen für den Badeofen her: Ein altes Obstkistel zertrümmert er, dann legt er einen zerrissenen Perlonstrumpf von der Mutti dazu, auch meine alten Turnschuhe, die sind mir schon lange zu klein, und die kaputte Haarbürste.
– Wir müssen deine Bücher doch nicht einheizen!, sagt er.
– Gott sei Dank, denk ich, da hätt ich keine Lust mehr zum Baden!

Politiker

Meine Eltern mögen Politiker nicht so gern, glaub ich. Der Vati schimpft immer, wenn der Nachrichtensprecher im Fernsehen *Adenauer* sagt oder wenn er dem *Adenauer* sein Bild in der Zeitung sieht.
– Der Misthund, bei dem dürfen wir uns für die Bundeswehr bedanken, der Kreizkruzifix, wenn's nach dem geht, gibt's bald wieder einen Krieg.
Dabei regt er sich furchtbar auf und fuchtelt mit der Krücke in der Luft herum.
– Toni, die Lampe! Hör auf!, ruft die Mutti.
Da nimmt der Vati die Krücke wieder herunter und sagt nichts mehr. Ich glaub, meine Mutti mag manche Politiker schon. Zum Beispiel den Kennedy.
Mir gefällt der auch.
Unser Religionslehrer, der Herr Schaffer, sagt es auch.
– Ja, der ist in Ordnung, der Kennedy, der hat gebetet wie er in Deutschland auf Besuch war – im Kölner Dom! Schauts her, der hat sogar die Hände gefaltet und hat sich nicht geschämt, vor den Fotografen – praktisch vor dem Auge der Welt – für seinen Glauben einzustehen,
Er zeigt uns eine Illustrierte, da ist der Kennedy vorn drauf, und man sieht, wie er die Hände gefaltet hat und betet.
Einen Politiker gibt es, den sie alle miteinander nicht mögen: Das ist der Hitler. Den können sie auf den Tod nicht ausstehen. Der ist auch am Krieg schuld und daran, dass die Oma und meine Mutti und der Onkel August und die Tante Friedl

und die Tante Lenchen von Schlesien haben weg müssen. Der ist schuld, dass mein Onkel Siegfried irgendwo in Russland tot unter der Erde liegt und keiner weiß genau wo. Der Hitler ist auch schuld, dass mein Vater nur noch ein Bein hat und die ganze Zeit Schmerzen. Und die Ruinenhäuser in der Stadt wären auch noch ganz. Und überhaupt wär Deutschland noch viel größer.

Manche Sachen vom Hitler sind noch zu sehen. In meiner Briefmarkensammlung gibt es Marken mit seinem Kopf drauf.

Draußen auf dem Feldweg nach Burgweinting oder in Deggendorf am Stadtrand stehen Brückenpfeiler von der Autobahn, die der Hitler nicht mehr ganz fertig gebracht hat.

Oder die alten Geldstücke mit dem Hakenkreuz: Das Hakenkreuz und der Hitler, die gehören zusammen. Ein Hakenkreuz darf man nirgendwo hinmalen.

– Das ist streng verboten, sagt der Vati, und überhaupt wollen wir von dem Sauhund nichts mehr wissen, der hat genug Schaden angerichtet.

Manche Leute sagen: Ein kleiner Hitler wäre nicht schlecht, immerhin hat er die Autobahnen gebaut und alle Leute haben Arbeit gehabt!

Dann schimpft die Mutti, wie sie sonst nie schimpft.

– Seid ihr noch ganz bei Trost? Habt ihr noch nicht genug? Soll wieder alles von vorne losgehen? Einen kleinen Hitler gibt es nicht!

In dem Moment, wo sie das sagt, will ich auch nichts mehr wissen vom Hitler. Aber im Wohnzimmerschrank, unter den

Betttüchern, dort wo auch unser Doktorbuch liegt, haben wir ein Buch, da sind viele Hakenkreuze drin zum sehen und Fotos, wo der Hitler drauf ist. Es hat einen roten Einband, das Buch, und vorn drauf steht groß mit goldenen Buchstaben in der alten deutschen Schrift *Adolf Hitler.*

Einmal, wie es regnet, kommt der Manfred zu Besuch zu mir und wir schauen uns das Hitler-Buch an. Alles Fotos und dazwischen die komische alte Schrift. Die kenn ich jetzt schon.

An einer Stelle im Buch müssen wir immer lachen, so stark schon, dass mir beinah das Bieseln auskommt. Da stehen viele Soldaten vor einem Redner und der steht vor einem riesigen Denkmal, da ist ein Hakenkreuz drauf.

– Schau, des komische Denkmal, sagt der Manfred, was soll denn des sei?

– Keine Ahnung, sag ich und schau's mir genauer an, des ist irgendwie so ein Zipfel.

Und wie ich *Zipfel* sag, muss der Manfred furchtbar lachen und ich auf einmal auch und ich weiß gar nicht warum. Dann machen wir das Buch zu und der Manfred sagt: Zeig noch einmal die Seite mit dem Zipfel –

Und ich schlag wieder auf und wir müssen wieder lachen. Mit der Zeit gefällt uns das Wort besser als das Bild und wir müssen das Buch gar nicht mehr aufschlagen, nur noch *Zipfel* sagen, das reicht, dass wir lachen müssen.

Eigentlich weiß ich gar nicht, warum wir lachen.

Oder weiß ich es?

Ich will es gar nicht wissen – am Ende ist es wieder was, das ich beichten muss.

Ministrant sein

In der Kirche geht es ziemlich geheimnisvoll zu. Für mich ist das Lateinische so etwas wie eine Geheimsprache, nur viel schwieriger als die **B**-Sprache, die mir der Knacker beigebracht hat. Da baut man nach jedem Selbstlaut einfach ein **B** ein und wiederholt danach den Selbstlaut noch einmal.

– *Dubu bibist eibein sobolcheber Debepp, wiebie ebes keibeineben gröbößebereben gibit!*

Der Kooperator Schöttel sagt, dass die Ministranten Gott näher sein dürfen, und wer das von uns sein will, der soll sich melden. Da hab ich mich gemeldet. Obwohl ich mich sonst wenig melde. Aber der Neutz Manfred und der Bickel Hansi sind auch Ministranten und die erzählen immer, wie lustig das ist. Ja, wenn das so ist: Näher bei Gott und gleichzeitig lustig! Da will ich auch Ministrant werden.

Und die Geheimsprache will ich auch gern lernen! Drum geh ich am Donnerstagnachmittag in den Ministrantenunterricht. Jedes Mal bekommen wir als Hausaufgabe Sätze aus dem Ministrantenbüchlein auf.

– *Ad Deum, qui laetificat juventutem meam.*

Nach vier Wochen kann ich die lateinischen Sätze schon Wort für Wort heruntersagen. Leider weiß ich nicht, was ich da sage. Ich glaub, niemand weiß das. Nicht einmal die Buben, die schon ein paar Jahre bei den Ministranten sind.

Wir lernen mit der linken Hand die Handglocken vor dem Altar zu läuten. Aus dem Handgelenk heraus muss man das machen. Ich mag das gar nicht, weil ich es nicht gescheit kann,

da nützt das ganze Üben nichts. Ich schau immer irgendwie, dass ich der Ministrant auf der rechten Seite bin.
Für die Frühmesse muss man in aller Herrgottsfrüh aufstehen. Und der Kooperator Schöttel wartet schon und faltet die Hände und sagt: Auf geht's! Ihr seids doch keine Herzipopperln und keine Pralinekinderln!
Nein, ein Herzipopperl, das will ich wirklich nicht sein. Also üb ich fleißig mit der linken Hand die Handglocken am Altar läuten, dass es gerade so scheppert. Aus dem Handgelenk heraus! Das geht ganz schön schwer mit der linken Hand. Das kann nicht jeder. Ich auch nicht so besonders. Aber der Kooperator sagt: Brav, Buberl und dann bild ich mir ein, dass ich es gut gemacht hab.
Nach zwei Monaten kann ich die ganze Messe auf Lateinisch heruntersagen. Das Auswendiglernen von so einer Sprache, das geht schnell, weil man nur immer das Gleiche sagen muss. Der Pfarrer fängt an: *In nomine Patris et Filii et Spiritus Sancti. Amen.* Bei *in nomine* müssen wir Ministranten beide gleichzeitig ein Kreuzzeichen machen. *Introibo ad altare Dei.* Dann sagen wir: *Ad Deum, qui laetificat juventutem meam.* Der Pfarrer drauf: *Judica me, Deus, et discerne causam meam de gente non sancta: ab homine iniquo et doloso erue me.*
Und wir Ministranten: *Quia tu es, Deus, fortitudo mea: quare me repulisti, et quare tristis incedo, dum affligit me inimicus?*
So hab ich das mit meinem kleinen Ministrantenbüchlein auswendig gelernt. Was das heißt, steht bei jeder Zeile drunter, aber ich hab es schon lang vergessen und jedes Mal nachschauen mag ich auch nicht.

Wir reden, als ob wir irgendetwas geheimhalten müssten. Vor wem? Keine Ahnung. Also, alles, was ich da sag, halt ich eigentlich vor mir selber geheim. Das steht fest. So eine Geheimsprache hat den Vorteil, dass man nicht so viel nachdenken muss über das, was man sagt.

Confiteor Deo omnipotenti, beatae Mariae semper Virgini, beato Michaeli Archangelo, beato Joanni Baptistae, … Rhabarber, Rhabarber, Rhabarber, Rhabarber … *mea culpa, mea culpa, mea maxima culpa.*

Ich weiß ja gar nicht, ob ich alles richtig aussprech. Manchmal lass ich auch was weg. Das merkt der Pfarrer überhaupt nicht. So wie ich das hör, mein ich: Der lässt selber manchmal was weg. Vor allem, wenn's ihm pressiert. Am leichtesten kann man bei den langen Stellen was weglassen. Ich beweg dann nur immer die Zunge hin und her und red das Latein fast so, wie ich mit meinem Vati Englisch red.

Ideo precor beatam Mariam semper Virginem, beatum Michaelem Archangelum, beatum Joannem Baptistam, sanctos Apostolos Petrum et Paulum, omnes Sanctos …

Nur schad, dass ich zwar die Wörter alle versteh, dass ich aber hinten und vorne nicht weiß, was sie bedeuten.

– Gor nischte, sagt meine Schlesien-Oma.

Wahrscheinlich ist das alles wirklich geheim und man muss Pfarrer werden, bis sie einem sagen, was man da sagt, meint sie. Sie ist ja evangelisch, sie muss das sowieso nicht glauben, sagt sie. Meine Mutti eigentlich auch nicht, aber sie strengt sich recht an, dass sie mir alles Katholische beibringt, das hat sie dem Vati und dem Pfarrer versprochen.

Ich kenn leider keinen Menschen, mit dem ich Latein reden kann, nicht einmal außerhalb der Messe mit dem Pfarrer. Was nützt mir eine Geheimsprache, wenn ich sie nur herunterleiern kann und dabei nicht weiß, was ich sage.
Mir kommt das überhaupt nicht mehr lustig vor.
Das frühe Aufstehen bei der Morgenmesse, da könnt ich mir auch was Schöneres vorstellen.
Warum mach ich es dann? Keine Ahnung.
Nein, das stimmt nicht ganz – es könnte sein, dass ich zu den Guten gehören will, nicht zu denen, die beim Jüngsten Gericht die Kellerstiegen runter müssen zur Hölle. Vielleicht möchte ich auch nicht, dass der Herrgott vielleicht wegen mir unsere ganze Familie bestraft. Mein Vater hat es eh so schwer.
Vielleicht stell ich mir vor, dass das das Einzige ist, was ich tun kann, damit unsere Geschichte daheim gut ausgeht.
Vielleicht, vielleicht, vielleicht. Was soll ich denn sonst tun?
Hoffentlich versteht wenigstens der liebe Gott das Latein. Normal schon, er kann ja alles. Unser lieber Gott ist immerhin allmächtig. Das bedeutet auch, dass er allwissend ist, sagt der Kooperator Schöttel.
Einmal vergesse ich bei der Wandlung das Bimmeln. Da schimpft der Pfarrer: Herrschaftzeiten! Das verstehe ich.
Und wenn er sagt: Kruzifix! Das versteh ich auch.

Ob es den lieben Gott überhaupt gibt?
Da bin ich mir vollkommen sicher: Geben tut es ihn!
Ob er lieb ist? Keine Ahnung.
Ich versteh auch nicht, warum er sich dauernd versteckt.

Wer weiß, ob er überhaupt einen Bart hat?
Wer weiß, ob er überhaupt Haare hat?
Vielleicht hat er eine speckige Glatze, eine, die spiegelt und glänzt wie die vom Onkel August, oder vielleicht hat er eine Prothese wie mein Vati oder keine Arme und keine Beine und er schämt sich.
Vielleicht hat er ein verbranntes Gesicht wie der blinde Herr Stauber aus den Reihenhäusern in der Dr.-Hipp-Straße?
Bloß, wenn der Herrgott wirklich allmächtig ist, und wenn er uns wirklich so lieb hat, wie der Herr Kooperator Schöttel immer sagt, dann könnte er sich und meinen Vati doch leicht gesund zaubern. Oder hat mein Vati irgendwas angestellt, dass ihn der Herrgott bestrafen will?
Mit solchen Fragen darf ich meinen Eltern nicht kommen. Und dem Kooperator Schöttel und dem Prälaten Rauch schon gleich gar nicht.
– Wir müssen glauben, auch wenn wir nichts wissen, hat er gesagt.
– Sogar wenn wir nichts sehen, hat er gesagt, weil wer nicht glaubt, der ist ein Sünder. Und wenn er das nicht beichtet, kommt er zuerst ins Fegefeuer und, wenn das nichts nützt, muss er eben in die Hölle. An die muss man nur glauben, damit man nicht hineinkommt. Da glaube ich lieber an den Himmel. Das ist ja der Trick. Und was ist schon hin, wenn ich dran glaub. Also glaube ich lieber vorsichtshalber alles, was sie mir erzählen. Listig wie ein Indianer musst du da sein!
– Vorsicht ist die Mutter der Porzellankiste, sagt meine Tante Friedl.

Ob alle, die hier sind, nur vorsichtshalber herkommen, damit sie nicht in die Hölle müssen? Oder bin nur ich so ein Trickser, so ein Herrgottaustrickser, so ein falscher Fuchzger oder gar ein Lügner? Muss ich das beichten, wenn ich mir sowas denk? Vielleicht ist das eine Gotteslästerung und der Herrgott wird mich bestrafen, weil ich seinen Namen beschmutzt habe. Vielleicht, dass mich dann ein Auto zusammenfährt und dass ich dann mit einer Prothese gehen muss. Oder er lässt meinen Vati sterben oder meine Mutti.

Ministrant sein ist ganz schön anstrengend. Man muss in die Schülermesse jeden Dienstag und Freitag. Man muss zum Beichten und zum Ministrantenunterricht. Und am Sonntag muss man ins Hochamt, da müssen alle Ministranten hin. Die Älteren haben Altardienst und dürfen das Weihrauchfass schwingen und die Neuen, wie ich, müssen Fackeln tragen. Am Anfang ist das schon lustig gewesen, da hab ich lachen müssen, weil man sich so verkleiden muss. Zuerst einen roten Rock mit Hosenträgern und dann drüber das weiße Chorhemd und um den Hals ein breiter roter Kragen, damit man die Hosenträger nicht sieht.

Einmal ist mir im Hochamt schlecht geworden vom Weihrauch und ich hab zum Klo müssen. Da bin ich so schnell wie möglich in die Sakristei und hab gespieben.

Nachher hat mich der Kooperator zusammengeschimpft, was ich mir erlaube, und dass das die Höhe ist, weil ich einfach hinaus bin und vor dem Allerheiligsten keine Kniebeuge gemacht hab.

Selber geschossen

Wir fahren heim aus Altenufer. Das Auto ist gesteckt voll mit Gerüchen. Die meisten kommen aus dem Kofferraum und vermischen sich mit dem Harzgeruch an meinen Händen: frisch geschnittene Astern, Gurken, Endivien-Salat, Wirsching, Blaukraut und ein Sack voll Kartoffeln. Es riecht wie im Garten.

Der Vati hebt die Nase und schnuppert.

– Ich *schmeck* no was ganz anders außa da herin!

Es gibt viele Leute, die verstehen ihn nicht, wenn er so redet. Ich schon. Er riecht noch was anderes heraus zwischen den ganzen Gartengerüchen.

– Da habts no a Rankerl a Gseijchts, hat der Onkel Sepp beim Abschied gesagt und der Mutti ein Stück Geräuchertes in die Hand gegeben. Das hat er vorher in Zeitungspapier eingewickelt gehabt, weil sonst jeder, der es anlangt, voller Ruß wird.

– So ein Gselchtes schmeck ich zehn Kilometer gegen den Wind, sagt der Vati.

Draußen sind nur noch ab und zu Lichter zu sehen. Nur wenn wir durch Dörfer fahren, wird es heller im Auto. Die Sabine schläft schon. Die schläft immer, wenn wir abends mit dem Auto heimfahren. Die Lichtkegel von den Scheinwerfern zeigen uns immer das Stück Straße, auf dem wir im nächsten Augenblick fahren werden. Der Mittelstreifen zuckt weiß auf schwarz und weiß auf schwarz und weiß und weiß und weiß, immer schneller. Da legt die Mutter vorsichtig die Hand auf den Unterarm vom Vati.

Ich kenn das: Sie will ihm sagen, dass er zu schnell fährt. Und sie sagt es ihm ganz ohne Wörter. Das funktioniert. Der Vati geht vom Gas und ich hab das Gefühl, die Hand von meiner Mutti bedient über den Arm vom Vati das Gaspedal.

Daheim wird unsere ganze Wohnung nach Altenufer schmecken. Die Mutti wird das Geselchte und die Eier auf den Küchentisch legen und aus dem Zeitungspapier wickeln. Dann wird sie die Zeitung glattstreichen und vorlesen, wer in der letzten Zeit gestorben ist in Hengersberg und in Altenufer und was dort sonst noch so passiert ist.

Ich starr durchs Seitenfenster in die Dunkelheit hinaus und denk an den Gockel, dem der Onkel Sepp auf dem Hackstock den Kopf abgehackt hat, und wie er ihm ausgekommen ist und ohne Kopf im Zickzack bis zur Hauswand gerannt ist. Dann haben sie ihn mit heißem Wasser gebrüht und gerupft und ihn pudelnackert kopfunter an die Aborthäuselwand gehängt. Die Federn sind alle im Dreck gelegen. Ich wollt mir ein paar schöne Schwanzfedern mitnehmen, aber die Kiele sind schwarz und dunkelblau gewesen, voller gestocktem Blut, da hat mir gegraust.

Mein Kopf ist so voll wie unser Kofferraum. Ich *schmeck* heut hinter jedem Eck Gruselgeschichten! Wir sind dieses Mal über Nacht in Altenufer gewesen. Gestern Abend im Bett haben wir uns Geistergeschichten erzählt, der Sepperl und ich. In der Fleetz haben sie einen alten Bauernschrank, da liegen dicke alte Bücher! In denen stehen Geschichten über Heilige. Die meisten sind heilig geworden, weil sie nicht nachgegeben

haben, wenn irgendein Kaiser oder König gesagt hat, sie sollen keine Christen mehr sein und dem Herrn Jesus abschwören. Keine Ahnung, warum er das gesagt hat. Die Heiligen haben einfach den Kopf geschüttelt und zu unserem Gott gebetet.
Der Kaiser hat auch nicht nachgegeben und hat sie zwingen wollen. Die einen hat er gefesselt und auf glühende Kohlen gelegt, anderen hat er die Hände abgehackt und den Bauch aufgeschnitten und mit einer Seilwinde die Därme herauskurbeln lassen, wieder andere hat er von hungrigen Löwen zerreißen lassen. Hat alles nichts geholfen – die Heiligen haben lieber sterben wollen als nachgeben.
Die Bücher sind mit der alten eckigen Schrift gedruckt. Ein Glück, dass ich die jetzt schon einigermaßen lesen kann.

Beim Onkel Sepp in Altenufer kann man viel besser als Indianer leben als daheim im Kasernenviertel. Da jag ich mit dem Sepperl Rebhühner und Hasen und Spatzen, alles, was sich in freier Wildbahn bewegt. Erwischen tun wir aber höchstens was, wenn wir fischen.
Gestern Nachmittag haben wir mit dem Haushofer Luck eine Eule gejagt. Neben dem Bauernhaus steht eine uralte Linde, die hat viele hohle Äste, da haben Eichhörnchen und viele Vögel ihre Nester.
– Könnts mir helfen?, hat der Haushofer gefragt, ich jag schon seit zwei Wochen die Eule da droben, könnts mir die aufscheuchen?
Da sind wir gleich mitgegangen. Eigentlich haben wir mehr sein Gewehr begleitet als ihn. Ein echtes Gewehr!

Wir sind auf die Linde geklettert und haben wie die Wilden die Eule aufgescheucht. Dabei haben wir sie gar nicht gesehen. Aber der Haushofer! Wir haben gehört, wie er unten ein paarmal aus den Büschen heraus geschossen hat. Getroffen hat er sie nicht.
– Jetzt ist sie aufs Stadeldach!, hat er gerufen.
Und wir sind mit der Leiter aufs Dach und wollten sie wieder scheuchen. Kaum sind wir oben gewesen, ist sie schon im Birnbaum gelandet.
Der Haushofer Luck hat geschossen und daneben geschossen und wieder geschossen und wieder nicht getroffen. Zwei Stunden lang sind wir ihr nach, dann hat er sie endlich erwischt.
Hätt nicht gedacht, dass eine Eule so klein ist. Sie hat einfach in seiner Hand Platz gehabt. Dabei hat er lang nicht so Trümmer Pratzen wie mein Vati.
– Sauber hat se's derwischt!, hat er gesagt.
Und wie ich sie so gesehen hab, hat sie mir derbarmt und es hat mir leid getan, dass wir sie so gescheucht haben.
Und der Onkel Sepp hat auch geschimpft.
– Die Eulen sind nützlich, hat er gesagt, die fressen sogar Mäuse.

Eigentlich mag ich Tiere. In der Schule hab ich den *Tierschutzkalender* gekauft, auch die Zeitschrift *Tierfreund* hab ich bestellt. Da sind massig Fotos drin von allen möglichen Tieren. Leider sind sie nicht farbig.
Zu Weihnachten hab ich mir das Buch *Hundert Tiere und ein Mensch* gewünscht. Der Bernhard Grzimek hat es geschrieben.

Das ist der, der im Fernsehen immer die Sendung *Ein Platz für Tiere* bringt.
– Tiere sollen nicht gequält werden. Tiere sollen es gut haben, sagt er.

Nach dem Abendessen haben wir uns noch das Haus vom Haushofer anschauen dürfen. Die ganzen Wände sind da voll mit ausgestopften Tieren: schwarzweiß gesprenkelte Geier, zwei graubraune Habichte, da der Mäusebussard, ein Dachs, ein Fuchs, ein Fasan und drei Rebhühner, eine Elster, verschiedene Marder und Wiesel – sogar ein weißes ist dabei.
– Schau, ein ganzer Tierpark!, sagt der Sepperl.
– Alle selber geschossen!, sagt der Haushofer, aber eine Eule hab ich noch nicht gehabt.
Und er zeigt uns den Fleck an der Wand, wo sie hinkommen soll. Wenn sie ausgestopft ist, wird er sie auf einem kleinen Ast befestigen, der aus einem Brett heraussteht.
– Dann kann ich sie an die Wand hängen wie die anderen Vögel auch, sagt er. Ja, dort, gleich neben das Kreuz mit dem Herrgott werd ich sie hinhängen.

In der Nähe von Altenufer, in Niederalteich, wo die Donaufähre ist, gibt es auch gruslige Sachen. In der Klosterkirche stehen auf den Seitenaltären Glaskästen wie im Straubinger Tierpark, wo die Schlangen und Schildkröten drin sind. Aber in der Kirche liegen Totengerippe drin. Sie sind angezogen wie die Könige oder die reichen Adligen auf den Bildern in den Sagenbüchern: mit Goldborten und Diamanten an den

Gewändern und Kronen haben sie auf. Über dem Gesicht haben sie ein dünnes, durchsichtiges Tuch, da schaut der Totenkopf durch.
– Das sind Heilige, hat der Vati gesagt.
Hilft nichts, ich hab an die dicken Heiligenbücher und an die ausgestopften Tiere gedacht und ganz gruslig davon träumen müssen, wie es im Himmel ausschaut.
Da werden die Heiligen schön angezogen und in gläserne Kisten gelegt. Und die anderen werden ausgestopft, damit sie richtig lebendig ausschauen wie die Tiere beim Haushofer Luck. Und der Tod, der Boandlkramer, kommt vorbei und sagt: Alle selber geschossen! Alle selber geschossen!

Geige ohne Kragen

In der vierten Klasse hat der Lehrer Höllriegl alle Kinder, die in die Höhere Schule gehen sollen, in die ersten Reihen gesetzt. Seitdem hock ich in der vorletzten Reihe. Gott sei Dank direkt am Fenster. Von einer Höheren Schule hab ich vorher noch nie was gehört. Ich hab mich nie dafür interessiert. Drum erzähl ich daheim nichts davon. Und meine Eltern haben mir auch nie was von einer anderen Schule erzählt. Und ich glaub, dass ich in der Schule eh nicht so besonders gut bin.
Und der Höllriegl hat sich bestimmt auch gedacht, der taugt sowieso nicht für die Höhere Schule, weil er sich nie meldet.
Ist mir doch egal. Wenn die Besseren vorn sitzen, setz ich

mich halt hinten hin, Und überhaupt: Hinten hat man wenigstens seine Ruh.

In der fünften Klasse wird alles ganz anders.
Im Herbst bekommen wir ein neues Klassenzimmer. Viele Kinder sind nicht mehr da, weil sie jetzt in die Höhere Schule gehen. Mir gehen sie nicht ab. Wir haben jetzt viel mehr Platz.
Zu Schuljahrsbeginn habe ich eine richtige Aktentasche für die Schule gekriegt. Naja, eine richtige ist es nicht, es sind auch noch Riemen dran, damit man sie auf den Rücken schnallen kann.
– Das ist besser für den Rücken, sagt die Mutti und der Vati gibt ihr recht.
Aber die Riemen kann man abmachen. Und ich werd sie auch abmachen. Keiner aus der fünften Klasse trägt seine Schultasche auf dem Rücken. Alle tragen sie am Griff in der Hand, oder sie zwicken sie unterm Arm ein, wie man eben eine Aktentasche trägt. Ich werd das auch so machen, da können sich meine Eltern auf den Kopf stellen.
Kaum bin ich ums Eck, ist es schon passiert. Da sehen sie mich nicht mehr.
So eine Aktentasche kann man über dem Kopf halten, wenn es regnet. Und bei einem Atombombenangriff ist sie auch praktisch, das habe ich in einer Illustrierten beim Frisör gesehen: Wenn die Bombe explodiert, soll man sich so schnell wie es geht auf den Boden werfen und die Hände über den Kopf halten, wenn man grad nichts anderes hat.
Viel besser wäre natürlich eine Aktentasche. Na also!

Übrigens, einen neuen Lehrer haben wir auch, den Herrn Rudowski.
Der Lehrer Rudowski nimmt sein Radl jeden Tag mit ins Klassenzimmer, weil ihm die Schüler immer die Luft auslassen, wenn er es im Hof stehen lässt.
Manchmal spielt der Rudowski Geige. Das ist langweilig.
Diesmal ist es anders, da spielt er uns ein Lied vor. Wir sollen es mitsingen. Aber grad, wie wir mit dem Singen anfangen wollen, stößt der Lehrer zufällig an die Schiebetafel, die Tafel bewegt sich.
Ich denk mir: Wenn die jetzt herunterkracht, dann – und ich werd gar nicht fertig mit dem Denken – da setzt sich die Tafel schon in Bewegung. Sie rumpelt und fetzt, ich seh noch, wie der Lehrer den Mund aufreißt, ich hör, wie er schreit, da haut die Tafel seiner glänzend blank polierten Geige schon den Kragen ab.
Die ganze Klasse explodiert vor Lachen.
Auf einmal ist die Stunde nicht mehr langweilig.
Ich singe sowieso nicht gern.
Singen müssen wir aber dann trotzdem. Zum Singen braucht man keine Geige.
Der Rudowski ist mir nicht so zuwider wie der Höllriegl.
Der hat keine Tatzenstecken und er erzählt viel interessantere Geschichten. Immer, wenn der was über die Germanen oder die Römer erzählt, such ich mir hinterher in der Bücherei ein Buch über Germanen und Römer …

Dick and Patty

Also gut: Bairisch, so wie meine Freunde auf der Straße oder wie unsere Verwandten in Altenufer, soll ich nicht sprechen, Schlesisch wie meine Oma auch nicht. Lesebuchwörter und Radiowörter soll ich hernehmen.

Lateinische Wörter dürfte ich natürlich auch hernehmen, aber die helfen mir nichts, weil ich da ja nicht weiß, was ich sag.

Seit der fünften Klasse darf ich Englisch lernen. Wir haben extra ein Englischbuch gekriegt. Es heißt *Dick and Patty.*

Im Englischunterricht komm ich mir ziemlich deppert vor, wie ein Erstklassler, der alle Wörter neu lernen muss.

Here is Dick.
Dick is a schoolboy.
Dick is an English schoolboy.

Ich hab mir das Englisch-Lernen anders vorgestellt. Die Amis tun doch auch nicht so kindisch. Oder wenn ich mir den *Dicky Dickdickens*, den *Jim Cooper* oder den *Jerry Cotton* vorstell … Was soll denn der Krampf mit *Dick* und *Patty*!

Mein Vati hat schon oft mit mir Englisch gesprochen, da hab ich ihm immer gut antworten können.

– *Wei-täng – uäm-bäng-tschäng – koam-rou – woam – mintäli schein*, hat er gesagt.

Und ich hab geantwortet: *Schäm-koam-räm-deim – woam-bäm – schok-läd – ei tschein – mei tschuing-gamm.*

Dann war für uns alles klar.

Wir haben halt immer nur so getan, wie sich das bei den Amis anhört. Der Vati erzählt, dass ihn die Engländer gefangen-

genommen haben nach der Verwundung in Italien in der Nähe von Triest.
– Das ist eine Stadt direkt am Mittelmeer. Früher ist dort Krieg gewesen und heut fahrn die Leut in Urlaub hin, sagt der Vati.
Ihm haben sie dort sein Bein weggeschossen. Da war er siebzehn und hat ein paar Sätze richtig Englisch gelernt.
Und was lern ich?

My name is Harold.
I am a boy.
I am a German schoolboy.

Meine Mutti ist nicht verwundet worden. Die ist genauso alt wie der Vati. Sie hat in Breslau gewohnt. Das war eine Stadt, die ist viel größer gewesen als Regensburg. Dann sind die russischen Soldaten gekommen und haben die Oma, die Tante Lenchen, die Tante Friedl und ihre Kinder und auch alle anderen Leute weggejagt. Sie haben kaum was mitnehmen dürfen. Nicht einmal die Spielsachen.
Die Mutti kann kein Englisch nachmachen.
Dafür kann sie ein bisschen Polnisch.
– Ni rosumje, sagt sie. Das heißt: Nix verstehen!

Here is Patty.
Patty is a schoolgirl.
Patty is an English schoolgirl.

Die Schule wird immer langweiliger. Wenn ich in der Früh hingeh, denk ich: Meine Güte, wenn's nur schon wieder aus wär! Endlich die letzte Stunde. Die zieht sich und zieht sich. Irgendwo, ganz weit weg, brüllt ein Löwe, der hat bestimmt schon so einen Hunger wie ich. Er und ich, wir könnten gemeinsam *Dick* und *Patty* auffressen. Oder brüllt nur der *Tibor* in mir, der Urwaldmensch. Aber es ist doch nur mein Magen, der mich ruft. Immer lauter ruft er nach mir. Der Karl Peter schaut mich schon so komisch von der Seite her an. Was soll ich tun. Hab Hunger. Soll ich meinen Banknachbarn fressen? Omei, was könnten wir bloß tun, dass die Zeit schneller vergeht?

Endlich ist die Stunde aus. Alle rennen weg. Aber der Rudowski hält mich auf und sagt, ich soll noch einen Moment bei ihm bleiben. Dann fragt er mich aus, ob meine Eltern nicht schon einmal mit mir über die Höhere Schule geredet haben.
– Du bist doch gut in der Schule, du schaffst das, sagt er, und dass ich mit meinen Eltern drüber reden soll.
Mein Vati schüttelt den Kopf, als ich ihm das erzähle.
– Ich glaube, das ist ein Krampf, den der Lehrer da verzapft!
– Finde ich gar nicht, sagt die Mutti drauf, ich geh einmal hin und red mit ihm.

Schriftsteller sein

In der zweiten Klasse hab ich im Fasching einen Clown gemacht, in der dritten einen Sternengucker, mit einer alten Pappendeckelteppichrolle als Fernrohr und einem Türkenkappel mit einer Quaste oben drauf und in der vierten einen Maharadscha mit Turban und Pluderhosen …

Eigentlich hätt ich mich über die ganzen Jahre hinweg lieber als Indianer und noch lieber als Cowboy verkleidet, so wie alle anderen Kinder. Ich darf ja nicht einmal einen Revolver haben. Meine Eltern haben es mir einfach nicht erlaubt. Die Mutti hat jedes Jahr eine andere Idee gehabt und mir ein Gewand genäht, das dazu passt. Naja, und ich hab dann einfach nachgegeben, das hat mir nie viel ausgemacht, weil in meinem Geheimversteck hab ich doch eh schon lange einen Revolver gehabt.
Dieses Jahr habe ich selber eine Idee. Und meine Eltern sind nicht dagegen, weil meine Idee nichts mit Waffen zu tun hat. Ich will nämlich Schriftsteller sein. Im Fasching macht man eben das, was man in echt auch gern wäre. Und ich möchte einfach einer sein, der so spannende Bücher schreibt wie der Herbert Kranz, Bücher, wie ich sie zur Zeit fress.
Schade, dass ich nicht weiß, wie der Herbert Kranz ausschaut und wie ich mich da verkleiden muss.
In der Stadtbücherei gibt's ein Lexikon, wo viele Fotos von Schriftstellern drin sind. Einer gefällt mir besonders, den werde ich im Fasching machen. Er hat ein Schlägerkappel auf und eine Jacke wie die alte von meinem Vati, die mit dem Fischgrätmuster. Dann stecke ich noch Stifte in die Brusttasche und ein Notizbuch. Eine Brille brauch ich noch, die krieg ich von der Oma. Sind keine Gläser drin. Macht nichts, schaut trotzdem gut aus. Bloß blöd, dass der Name so schwierig zum Aussprechen geht. JA–MES JO-Y-CE steht im Lexikon.
Gottseidank weiß ich schon, wie man englische Wörter ausspricht. Der Vorname geht einfach: *Tschäms*. Mit dem Nach-

namen hab ich Probleme. Ich sag halt: *Tschoitze.* Wird schon einigermaßen stimmen.
Jetzt muss ich nur noch das Gesicht vom *Tschäms Tschoitze* üben. Das ist gar nicht so leicht. Der schaut nämlich so richtig ernst auf dem Lexikonfoto. Ist doch klar, Schriftsteller grinsen nicht so blöd wie Cowboys oder Fernsehansager.
Es ist nicht so einfach, das passende Gesicht zu finden.
Immer, wenn ich vor dem Badezimmerspiegel steh und so schauen will wie er, kommt mir das Lachen aus und das Schriftstellergesicht ist wieder weg.
Am Faschingsdienstag dürfen wir maskiert in die Schule kommen. Ich freu mich schon drauf. Mein Kopf ist jetzt innerlich und äußerlich schon ganz der eines Schriftstellers.
Ungefähr zwei Wochen vor dem Faschingsdienstag passiert leider was Schlimmes. Im Hamburg gibt es eine Sturmflut, bei der über 300 Menschen sterben. In ganz Deutschland hängen die Fahnen auf Halbmast, auch vor der Pestalozzischule.
Und dann passiert das Schlimmste, was überhaupt passieren kann. Eine Woche vor dem Faschingsdienstag kommt der Rektor Hoffmann ins Klassenzimmer und sagt, dass es dieses Jahr keinen Fasching in der Schule gibt. Wegen der Trauer.
Das ärgert mich gewaltig, weil ich mich so drauf gefreut hab, ein Schriftsteller zu sein. Was soll ich jetzt machen? Einmal will ich wenigstens Schriftsteller sein. Am Faschingssonntag schieb ich das Faschingsverbot und die Trauer weg, zieh mich um und geh hinaus vor die Haustür.
Dauert nicht lang, kommen der Peter und der Knacker daher.
– Wie schaust'n du aus? Fasching, hä?, fragt der Peter.

Ich nicke und setz mein Schriftstellergesicht auf.
– Was soll'n des sei? Als was gehst'n du?, fragt der Knacker.
Ich lass mich nicht durcheinander bringen und schaue noch ein bisschen ernster als der *Tschäms Tschoitze* im Lexikon.
– Sieht man doch: *Tschäms Tschoitze*!
– Aha, des is a Kriminaler, stimmt's?
Da ist es auf einen Schlag aus mit meinem James-Joyce-Gesicht. Von mir aus, tarn ich mich halt einstweilen als Kriminaler, als Jerry Cotton vielleicht. Aber eines Tages werd ich's ihnen schon noch zeigen, wer ich wirklich bin.

Hausaufgabe

Wir haben als Hausaufgabe einen Aufsatz auf mit der Überschrift: *Wie ich einmal etwas verloren habe.*
Das Aufsatzschreiben ist zwar nicht so meine Sache, ich bin aber der Meinung, dass einem Schriftsteller zu jeder Überschrift was einfallen muss. Also, schieb ich die Aufgabe nicht lang vor mir her und schreib einfach drauf los.
Wie ich einmal meine blaue Strickjacke verloren habe.
Ich habe einmal meine blaue Strickjacke verloren. Dann hab ich sie gesucht – und beim dem dritten Satz *stand ich schon am Eingang eines Bunkers.* Damit ist die Einleitung beendet und das Strickjackensuchen auch, denn *im Bunker standen mir auf einmal 17 Gangster gegenüber. Die wollten nicht, dass ich in ihrem Bunker nach meiner Strickjacke suche. Da musste ich*

mich natürlich erst einmal um die Gangstern kümmern. Na, was denn: Einem zog ich die Nase zwei Meter lang und ließ sie zurückschnalzen, einem anderen drehte ich den Arm um, den nächsten beiden gab ich Kopfnüsse, aber schon noch härter als die vom Schöttel, einem drosch ich aufs Schienbein, wie's die Fußballer beim Foulen machen, und Kinnhaken verteilte ich, zack, und wusch, wie der Jerry Cotton, so lange, bis die ganze Bande erledigt war.

Danach les ich den Aufsatz noch einmal durch.

Wie ich einmal meine blaue Strickjacke …

Gefällt mir gut, nur die Überschrift find ich blöd.

Außerdem brauch ich noch einen passenden Schlusssatz: *Ganz hinten im Bunker fand ich eine Schatztruhe. Ich öffnete sie mit meinem Spezialtaschenmesser. Und was war drin …?*

Ich les die Geschichte dem Werner vor.

Der ist richtig begeistert.

Und dann denk ich noch, der Rudowski wird staunen. Leider hält sich seine Begeisterung in Grenzen. Als wir den Aufsatz herausbekommen, steht drunter: *Ausschweifende Phantasie! Themaverfehlung! Note: 5*

Vielleicht passen das Schriftstellersein und die Höhere Schule nicht zusammen. Weiß nicht, ob ich dann wirklich dort hingehen soll. Da tät mich jetzt ehrlich gesagt die Meinung von so einem wie dem James Joyce interessieren. Der hat garantiert mehr Ahnung als der Rudowski.

Die Höhere Schule

Im Mai ist drei Tage lang hintereinander Aufnahmeprüfung. Da muss ich mit der Straßenbahn bis fast nach Prüfening in die Oberrealschule fahren. Das ist auf der anderen Seite der Stadt. Prüfung in Prüfening – hört sich doch gut an!
Die wollen wissen, ob ich gut genug bin für die Höhere Schule.
Anfang Juli kriegen wir einen Brief von meiner neuen Schule:
Sehr geehrte Eltern!
Im Mai hat Ihr Kind die Aufnahmeprüfung an der Oberrealschule Regensburg bestanden. Sie haben diese Schule gewählt und hoffen wohl, daß ihr Kind sie erfolgreich bis zum Abitur, also neun Jahre lang, besuchen möge.
Sie haben sicherlich dabei bedacht, daß Ihr Kind in diesen Jahren körperlich und geistig, vor allem aber auch charakterlich zu einem ganzen Menschen heranwachsen muß, und daß von diesen Jahren der Reifung abhängt, was aus diesem jungen Menschen überhaupt wird.
Bisher hatte Ihr Kind neben dem sorgenden Elternhaus einen einzigen Lehrer, der individuell und behutsam auf den kleinen Menschen eingehen konnte. Das ändert sich nun gründlich: Eine ganze neue Welt voll ungeahnter Schwierigkeiten, die unsere hastende Zeit mitbringt, von denen wir selbst in unserer Jugend nur wenige erlebt haben, tritt dem Kinde entgegen.
Die Höhere Schule gibt, sie fordert aber auch einen hohen geistigen und körperlichen Kräfteaufwand des Kindes. Eine Mehrzahl fachlich spezialisierter Lehrer unterrichtet und prüft, ob ihr Kind höheren Ansprüchen nachzukommen vermag, ob

es überhaupt das Lernen gelernt hat... Viele, ja die meisten Schüler scheitern daran.

– Das ist keine normale Schule, das ist die Oberrealschule, sagt mein Vater, hier geht es mehr um Technik und Rechnen und so. Er betont immer besonders das OBER- bei der Realschule und meint damit: Da muss einer schon gut sein, und dass ich mich anstrengen soll.
– Mädchen gehen in andere Schulen, die sind mehr für Sprachen begabt, sagt meine Mutter.

An einem nebligen Herbsttag steh ich im Schulhof dieser Oberrealschule herum wie bestellt und nicht abgeholt. Die meisten anderen wissen, wo sie stehen sollen.
Mädchen sind keine dabei, genau wie in der Pestalozzischule. Das Schulhaus mit dem Turm und der Uhr schaut auch so ähnlich aus. Und genauso düster.
Die Neuen erkennt man daran, dass sie jemanden dabei haben. Hab das Gefühl, sie starren mich alle an. Wahrscheinlich wegen meinem Vater. Was soll ich machen, ich hab halt keinen anderen. Und er wollte mich unbedingt herbringen.
Da geht eine Tür auf und ein Mann im dunkelblauen Anzug kommt heraus und liest, nein, er plärrt, nein, er bellt einen Namen nach dem anderen über den Schulhof. Dann müssen alle mitgehen, die er aufgerufen hat. Ich bin nicht dabei, viele andere sind auch noch nicht dabei.
Da kommt eine Frau raus. Sie trägt ein lustiges, kariertes Kostüm, hat pechschwarze Haare und hinten am Kopf einen rie-

sigen Haarschopfknödel, viel größer als der, den meine Oma hat. Sie ruft auch Namen auf, nur nicht so laut wie der Schreihals vorher. Lauter fremde Namen. Außer meinem ist kein einziger dabei, den ich kenn: *Altmann Robert, Ehrl Herbert, Eibl Diethard, Griener Franz, Grill Harald…*
Alle schieben und drängen, ich muss gar nicht gehen, die schieben mich mit, kann gerade noch meinem Vati zuwinken und schon stehen wir im Treppenhaus. Das ist genauso hoch wie das in der Pestalozzischule. Drei Stockwerke. Und es riecht genauso nach Bohnerwachs.
Im Klassenzimmer werden wir schon wieder alle aufgerufen. *Altmann Robert, Ehrl Herbert, Eibl Diethard, Griener Franz, Grill Harald…* das dauert ganz schön lange. Jeder, der aufgerufen wird, muss aufstehen – 47 Schüler sind wir.
– Keine Sorge, sagt das karierte Kostüm jetzt viel leiser als vorher, aber irgendwie so drohend wie der Gangsterchef Jim Cooper, keine Sorge, wir werden schon aufräumen hier, spätestens bis Weihnachten seid ihr zehn weniger, da könnt ihr Gift drauf nehmen! Wer nicht richtig lernt, der gehört nicht hier rein, der kann gehen. Und wer nicht pariert genauso!
Da zeigt einer den Finger.
– Fräulein! Fräulein!
Wieder so ein Herzipopperl-Streber-Batzen…
Aber die Lehrerin mag anscheinend auch keine Streberbatzen.
– Bist du still! Wie redst denn du daher! Bin ich eine Bedienung? Sind wir hier im Wirtshaus? Ich sag euch das nur ein einziges Mal. Hier gibt es kein Fräulein. Das heißt Frau Professor oder Frau Dr. Muckel. Verstanden?

Wir sagen im Chor: Ja!
– Wie heißt das richtig? Ja …?
Jetzt schreien die einen: Ja, Frau Professor!
Und die anderen: Ja, Frau Dr. Muckel!
– Erstens bin ich nicht schwerhörig und zweitens einigts euch das nächste Mal auf Frau Dr. Muckel!
– Ja!
– Wie?
– Ja, Frau Dr. Muckel!

Die Erdkugel ist eine Nachttischlampe

– Das ist ja der Leuchtglobus, den wir vor ein paar Wochen im Schaufenster gesehen haben!
Meine Eltern haben ihn eingeschaltet! Er ist so groß wie ein Fußball und an einem Metallbogen befestigt, der auf einem Holzsockel steckt. An dem hängt ein braunes Plastikkabel mit einem Schalter und einem Stecker. Wenn ich den Stecker in die Steckdose steck und den Globus einschalt, leuchtet er grün, wo das Land flach ist. Braun und gelb leuchten die Gebirge und das Meer blau – hellblau, wo es seicht ist, und je dunkler das Blau wird, desto tiefer ist an diesen Stellen das Meer.
Es tät mich interessieren, wie das möglich ist, wie man es geschafft hat, hinter dem Glas Meerestiefen und die Höhe der Gebirge zu zeigen. Es ist so ähnlich wie bei unserem chinesischen Teeservice, bei dem rotweißen mit den Drachenköpfen

und Drachenschwänzen als Griff. Das hat so ein dünnes Porzellan, dass wir es nie hernehmen, weil die Mutti Angst hat, dass es beim Abspülen zerbrechen könnte. Wenn man eine Tasse gegen das Licht hält, sieht man durch den Boden der Tasse den Kopf von einer Frau mit einem chinesischen Haarschopf. Nicht farbig, nur schwarzweiß, wie ein Wasserzeichen bei einem Geldschein. An der Stelle ist das Porzellan einfach verschieden dick. Aber wenn kein Licht durchscheint, sieht man nur den weißen Boden.
Wenn ich den Globus ausschalte, wirken die Farben stumpfer. Sie haben dann keine Abstufungen mehr. Dafür erkennt man deutlich die einzelnen Länder und ihre Grenzen. Jedes Land hat eine andere Farbe und der Übergang von einer zur anderen Farbe ist eine Grenze.
Sogar Deutschland ist drauf, aber winzig klein.
Der politische Globus kann mit der Zukunft nicht so mithalten. Schon kurz vor Weihnachten stimmen die Grenzen von Afrika nicht mehr. Und in Südamerika, wer weiß. Bald stimmt der politische Globus hinten und vorne nicht mehr. Aber das ist mir wurscht. Hauptsache, er leuchtet.
Beleuchtet ist mir der Globus lieber. Da kommt er mir vor wie ein kleiner blau, gelb, braun gescheckerter Stern auf meinem Schreibtisch. Ja, ich hab einen Schreibtisch bekommen. Wenn man für die Höhere Schule seine Hausaufgaben anständig machen soll, braucht man einen anständigen Schreibtisch. Die alten Schlafzimmermöbel hat der Vati zersägt und zerhackt. Nur der Schrank steht noch im Keller, für die Einweckgläser und für die große Prothese vom Vati.

Das Zimmer von der Sabine und mir ist jetzt ganz modern eingerichtet: mit einer Couch, wo man am Tag drauf sitzen kann und in der Nacht schlafen. Das Bett von der Sabine wird tagsüber hochgeklappt. Und ein Buchregal hängt über der Couch. Und zwei Schränke haben wir bekommen – einer ist für meine Schwester und einer für mich.
Die Sabine geht jetzt in den Kindergarten.
Nächstes Jahr kommt sie in die Schule.

Manchmal erzählen die Lehrer Witze. In der dritten Klasse bekommen wir in der Oberrealschule so einen Witze-Lehrer. Dr. Kößler heißt er. Er ist unser Klassleiter und führt den Brauch ein, dass am Beginn seiner Stunden jedes Mal einer einen Witz erzählen darf. Auch er selber erzählt gerne Witze. Eines Tages erzählt er einen Witz über Adolf Hitler.
Kommt ein Bauer aus einem kleinen Dorf in die Stadt und will ein Weihnachtsgeschenk für seinen Sohn kaufen. In einem Geschäft bleibt er vor einem Globus stehen und weiß nicht so recht, was er von dem komischen Ball halten soll, da tritt ein Verkäufer an ihn heran.
– Das ist ein Modell unserer Erdkugel, mein Herr! Sie können darauf alle Länder unserer Erde finden: Hier ist Amerika, da ist Russland, Afrika, China.
– Und wo ist dann Deutschland?
Der Verkäufer zeigt mit einem Bleistift auf einen winzig kleinen blauen Fleck.
– Hier mitten in Europa, sehen Sie!
Der Bauer geht ganz nah hin und staunt.

– So kloa? Also, Sie …
– Ja, bitte?
– Moanan Sie, kennt der Führer den Globus aa?
Da muss ich an das Hitlerbuch denken und gleich drauf an meinen Vater und den Krieg und an meine Spielzeugpanzer und die Dreckhaufen, die wir beim Spielen immer bombardiert haben. Und dann komm ich mir für ein paar Minuten so blöd vor, so blöd – viel blöder noch als der Hitler.
Manche in der Klasse verstehen den Witz nicht. Ich schon, aber ich lach auch erst, als der Lehrer lacht.
Ich schalte den Globus jetzt immer ein, wenn ich ins Bett gehe. Dann schau ich ihn an, bis ich einschlafe. Oft vergesse ich dabei sogar zu lesen. Und dann leuchtet er mir bis in den Traum hinein, und ich hab auf einmal Traumflügel, flieg hoch und höher und schau mir, halb Vogel, halb Mensch, als flatternder Engel die Welt von ganz hoch oben an.
Da will mich jemand zurückziehen auf den Erdboden …
Ich wehr mich. Ich werde wach. Ich halte den Globus mit beiden Händen fest. Die Mutter zerrt daran. Da spür ich eine Delle im Glas. Ich lass los.
– Was soll denn das, fragt meine Mutter. Sonst nichts. Sie dreht sich einfach um und geht hinaus.
Sie hätte doch wenigstens schimpfen können, weil ich den Globus kaputt gemacht habe, sie hätte schreien können: Bist du verrückt, spinnst du?
Und was hätte ich drauf gesagt?
– Hab nur geträumt. Gulliver im Land der Liliputaner, da wird die Welt ganz klein.

Und dann hätte sie sagen können: Sei doch nicht gar so kindisch! Aber sie ist einfach hinaus gegangen.
Wir könnten den Globus richten lassen. Aber das ist vielleicht zu teuer. Und als Nachtischlampe leuchtet er eh zu schwach, das reicht nicht zum Lesen.

Der neue Freund

Eines Tages fährt hinter unserem Haus ein großer Tieflader mit einem Bagger in die Wiese, hinterdrein zwei schwere mit Kies beladene Lastwagen.
– Da soll ein neuer Wohnblock gebaut werden. Da ist jetzt immer was los, sagt der Knacker.
Wenn die Arbeiter abends heimgehen, pirsche ich mich mit meinen Freunden auf die Baustelle. Zuerst traue ich mich nicht in die Häuser hinein. Und aufs Gerüst rauf schon gar nicht. Und überhaupt, überall hängen wieder Schilder: *Betreten verboten!* und: *Eltern haften für ihre Kinder.*
Ich seh dann aber, was der Knacker und der Peter alles finden, und mach mich auch auf die Suche: nigelnagelneue Nägel, Holzreste, Kupferdraht von den elektrischen Leitungen. Wir heben die Sachen beim Rack im Keller auf. Wenn wir wieder einmal einen Bunker oder ein Lager bauen, können wir sie bestimmt brauchen.
Die bauen das Haus viel zu schnell. Schon nach drei Monaten wird es verputzt. Die Wohnungen sind fertig. Wir können

jetzt nicht mehr dort hin zum Spielen. Die Möbelwagen kommen. Neue Familien ziehen ein.

– Jetzt müssen wir immer die Vorhänge zuziehen, sagt die Mutti, sonst schauen uns die Leute von da drüben zum Fenster herein.

– Macht doch nix, mein ich bloß.

– Hauptsache, du kannst widersprechen!

Ich lass mich auf keine Diskussion ein. Ich schau hinüber zum neuen Haus, ob jemand rausschaut. Da gibt es auch einen Buben, ungefähr so alt wie ich. Der wohnt im dritten Stock. Ich hab ihn schon ein paarmal am Fenster gesehen. Ich glaub, er hat mich auch gesehen.

Am Samstagnachmittag seh ich ihn allein auf der Bank am Spielplatz. Er hat was zum Lesen dabei.

Was wird er denn lesen? Das interessiert mich jetzt. Ich geh hin und hock mich neben ihn auf die Bank.

– Was liest'n du da?

– Jerry Cotton.

– Und, spannend?

– Scho!

– Ich kenn den Jerry Cotton. Hab schon ein paar gelesen.

– Ich hab an ganzen Stoß daheim, die hab i scho glesen, soll ich dir die leihen?

– Das wär prima.

In den Wochen drauf les ich fast bloß noch Jerry Cotton. Zwischendrin fahr ich mit dem Werner zusammen Radl. Ich hab nämlich jetzt ein größeres gekriegt, weil ich ziemlich schnell gewachsen bin im letzten Jahr.

Mit dem Werner kann ich mich besser unterhalten als mit dem Knacker, dem Peter oder dem Rack. Der Werner interessiert sich auch so fürs Lesen wie ich.
Ab und zu spielen wir auch zu zweit Fußball. Weil wir beide gern im Tor stehen, legen wir unser Gewand als Torpfosten aus: Zwei Tore, elf Schritte auseinander. Da schießen wir uns stundenlang Elfer.
Der Werner geht auch in die Oberrealschule. Er ist schon eine Klasse vor mir. Trotzdem fahren wir in der Früh gemeinsam mit dem Radl zur Schule.
Ich glaub, wir könnten gute Freunde werden.
Wir haben noch kein einziges Mal gestritten.

Der Bunker

Es gibt jetzt immer öfter Tage, da ist im Kasernenviertel rein gar nichts los. Einmal am Ende der Sommerferien schlägt der Rack vor: Wir könnten einen Bunker bauen!
Und die anderen sagen alle: Ou ja!
Ich auch. Bunkerbauen gefällt mir.
Wir holen daheim Werkzeug Aber nicht so Kinderspielzeug, richtiges Werkzeug. Der Knacker hat einen Spaten. Der Rack und der Peter haben Pickel, die haben sie einmal auf einer Baustelle gedätscht. Ich nehm den Hammer aus unserem Keller, mit der spitzigen Seite kann ich die Erde locker machen und der Werner schaufelt sie dann weg.

Wir treffen uns jeden Tag hinter unserem Haus und machen uns auf den Weg in Richtung Sportclub. Dort im hohen Gras graben wir ein tiefes Loch, so tief, dass wir mit der Zeit ganz drin verschwinden. Dann holen wir uns bei der Baustelle Latten und Dachpappe und decken es zu.
– Da drüber muss jetzt zur Tarnung noch unbedingt Gras, meint der Günter.
– Gras mit Erde und Wurzeln, sonst verwelkt das Gras und man sieht gleich, wo der Bunker ist, sagt der Rack.
Schön, dass wir jetzt einen Bunker haben. Innen polstern wir ihn mit trockenem Gras aus. Jeder sucht sich einen Platz.
Die Erde an den Wänden ist kühl und ein bisschen feucht.
Der Mane gräbt sich ein Ablagefach in die Wand.
Wir machen es ihm alle nach.
– Was könnten wir da reinlegen, frag ich.
– Ich hab Zigaretten geklaut von meinem Vater und Zündhölzer, da können wir rauchen.
Ich will nicht rauchen, aber die anderen sagen: Sei kein Feigling. Also rauch ich doch. Ich muss furchtbar husten dabei, aber die anderen auch.
Nach dem Rauchen wird es uns langweilig. Irgendwie ist es blöd, dass man nicht hinausschauen kann. Da macht der Mane ein kleines Feuer. Das trockene Gras ist aber nicht trocken, es qualmt so, dass wir gleich wieder alle husten müssen. Nix wie raus aus dem Bunker! Droben auf der Wiese mäht der Herr Dallmaier mit der Sense Gras. Der wohnt in einem kleinen Haus neben der Berufsschule und hat Hasen. Die Hasenställe kann man vom Zaun aus sehen. Und der Dallmaier kann uns

jetzt sehen. Und den Qualm sieht er auch. Und er schimpft. Und er schmeißt die Sense weg und läuft uns nach. Auf einmal tut es einen Schepperer und der Dallmaier ist weg. In den Bunker eingebrochen! Der erwischt uns nicht mehr.
Als er wieder herauskriecht, sind wir schon im Gelben Hof verschwunden. Trotzdem schade. Die ganze Arbeit mit dem Bunker war jetzt umsonst.
Daheim erzähl ich die Geschichte meiner Mutter. Sie sagt:
– Das ist aber ganz schön gefährlich. Hoffentlich hat sich der Herr Dallmaier nicht weh getan!
– Ach wo, der ist gleich wieder herausgeklettert und hat uns nachlaufen wollen. Hat er aber nicht geschafft. Wir waren schneller.
– Naja. Sei froh, dass du nicht in einen Bunker musst. Ich hab das erlebt, wenn die Flieger kommen und Bomben schmeißen, und wenn du dann raufkommst, sind die Häuser eingestürzt und alles brennt.
Das Blödeste an einem Bunker ist, dass man nicht richtig hinausschauen kann, ob jemand kommt – Feinde oder so.
Der Werner hat eine Idee. Nächstes Mal bauen wir uns ein Periskop. In den U-Booten haben sie auch sowas.
Er hat in seinem *Werkbuch für Jungen* eine Bauanleitung gefunden und weiß, wie das geht. Wir müssen uns nur zwei Pappendeckelrollen besorgen und unten ein Loch reinsägen zum Reinschauen und oben gegenüber auf der anderen Seite eins zum Rausschauen. Dann kaufen wir uns zwei kleine runde Taschenspiegel, kleben sie auf ein Holzstück und stecken sie in die Rolle. Wir drehen von außen durch die Pappe auf bei-

den Seiten eine Schraube in das Holz, nicht zu fest, nur so, dass man die Spiegel innen noch drehen und verstellen kann. So einfach geht das – wenn wir jetzt unten hineinschauen, sehen wir oben hinaus. Leider ist unser Bunker hin. Aber der Roggen auf dem Feld hinten am Sportclub ist schon so hoch, dass wir drin stehen können, ohne dass uns jemand sieht. Da können wir es wunderbar ausprobieren und uns an die Fußballspieler anpirschen.

Fernsehen

Wir haben jetzt auch einen Fernseher. Und eine Eckkommode haben wir ins Wohnzimmer bekommen, da steht er drauf.
– Schaut sauber aus, sagt der Vati.
– Die passt vom Holz her zu den anderen Möbeln, sagt die Mutti.
– Weiß schon, sag ich, Nussbaum!
Ich habe für ein paar Tage das Gefühl, wir sind ganz reich. Der Fernseher, die Nussbaummöbel, das Kinderzimmer mit dem neuen Klappbett und meiner Liege und dem Schreibtisch. Alles ist so neu, so schön, dass es in einen Film vom Fernsehen passen könnt. Die Sabine und ich können jetzt am Samstag- oder am Sonntagnachmittag fernsehen, solange wir wollen. Der Hund Lassie und das Pferd Fury gehören jetzt auch zu uns. An Weihnachten schenken uns die Eltern zwei große Plastik-Tiere, das eine – Fury – bekomme ich, das andere

– Lassie – kriegt die Sabine. Sie geht jetzt in die erste Klasse. Ich kann schon viel mehr spielen mit ihr. Einmal spielen wir Verkaufen in ihrem Kaufladen, da schneiden wir Sachen aus dem Quellekatalog aus, ein anderes Mal lese ich mit ihr im Struwwelliese-Buch …

Aber ehrlich gesagt, das ist mir alles zu kindisch.

Für den Plastik-Fury bin ich eigentlich schon zu groß. Mit so was spiele ich nicht mehr. Das kann ich den Eltern nur nicht sagen. Die wollten mir ja eine Freude machen zu Weihnachten. Also tu ich so, als tät ich mich freuen. Ich tu sogar so, als tät ich mit dem Pferd spielen, nur damit sie sich freuen, dass ich mich freue.

Mir wäre es ja auch nicht recht, wenn dem Vater der Aschenbecher nicht gefällt, den ich ihm geschenkt hab, oder der Mutter die kleine, bunte Blumenvase.

Ein bisschen schäme ich mich für meine Eltern, weil sie sich so wenig auskennen und nicht wissen, was mir wirklich gefällt. Es macht mir gar nichts aus, wenn die Sabine mit den beiden Tieren spielt. Was mir überhaupt nicht passt, ist, dass der Lassie genauso groß ist wie der Fury – ein Hund so groß wie ein Pferd. Das ist doch ein Krampf.

Im Fernsehen tät ich viel lieber Krimis anschauen. Die kommen bloß meistens viel zu spät und ich muss jeden Tag um neun ins Bett. *Fünf Minuten mit Tante Erika* oder *Zehn Minuten mit Adalbert Dickhut*, das sind Sendungen, die am Nachmittag kommen, eher was für Kindergartenkinder, die gefallen nicht einmal der Sabine. Was mir noch gefällt, sind die Filme in *Sport – Spiel – Spannung* und *Am Fuß der blauen Berge*

oder wenn Armin Dahl zeigt, was ein Stuntman alles machen muss. Weil es sich die echten Schauspieler nicht trauen, muss er sich als Schauspieler verkleiden und durch geschlossene Fenster springen oder sich mit dem Auto überschlagen oder in ein Haus hinein laufen, das brennt, oder auf dem Dach von einem fahrenden Zug auf und ab rennen oder an der Hauswand von einem Hochhaus bis zum Dach hinaufklettern.
Vor der Tagesschau kommen oft auch spannende Filme mit den beiden Polizisten von der Funkstreife *Isar 12* oder mit *Hiram Holiday*, der einen Degen in seinem Schirm hat, oder mit *Graf Yoster*, der in einem Rolls Royce spazieren fährt.

Sachen, für die ich keine Wörter hab

Seit einigen Wochen beschäftigen mich andere Sachen viel mehr. Die Mutter und der Vater haben unter den Armen dicke Büschel Haare. Die gefallen mir nicht. Ich möchte nicht so einen struppigen Verhau unter den Armen. Alles recht und schön, von mir aus Haare an den Armen, an den Beinen oder auch im Gesicht. Wenn sich der Vati jeden Tag rasiert, sieht man eh nichts von seinem Bart. Aber unter den Achseln!
Ich fürcht bloß, da komm ich nicht drum rum. Ich will ja erwachsen werden. Es schaut so aus, als ging es bei mir eh schon los. Es kommt aber noch komischer. Auch zwischen den Beinen über dem – die Mutter und die Oma sagen *Piesel* dazu. Der Knacker sagt *Zipfel* dazu und zu dem, was drunterhängt,

Sackl. Der Rack sagt *Schwanz* und zu dem drunter *Sack.* Im Doktorbuch steht beim Bild von einem nackten Mann an der Stelle, wo das ist, für das ich keinen eigenen Namen hab, ein Siebener. Und unten drunter steht dann, was der Siebener bedeutet: *männliches Glied.* Das ist doch auch nichts! Hört sich an wie bei den Soldaten oder wie im Turnunterricht, wenn der Turnlehrer Peschke sagt: Jetzt stellt euch mal auf in Reih und Glied. Oder in Deutsch das Wort *Satzglied.* Zu Armen und Beinen sagen sie auch, das sind Glieder. Mein Vater hat ein Glied verloren – wie sich das anhört. Erstens hört sich Bein besser an, da weiß gleich jeder, was das ist. Und dann: verloren! Als hätte er seine Schlüssel verloren oder seinen Geldbeutel oder seine Sonnenbrille.

Bei meinem Vati hab ich es noch nie gesehen. Wir zeigen uns nicht her, wenn wir uns ausziehen. Früher hat mir das nichts ausgemacht. Meinen Eltern hat es schon immer was ausgemacht. Ich weiß auch nicht, ob es bei meinem Vati genauso ausschaut wie bei mir. Und bei den anderen Buben weiß ich es auch nicht, weil es sich nicht gehört, dass man so genau hinschaut, wenn sich einer auszieht. Jedenfalls will ich zu dem zwischen meinen Beinen nicht Glied sagen. Also muss ich es weiter aushalten, dass es Sachen gibt, für die ich keine Namen habe.

Wenn der Lehrer Kößler *Penis* dazu sagt, soll er das ruhig sagen, das ist lateinisch, wie bei den Ministranten. Da weiß eh kaum einer, was das sein soll, denk ich mir. Zum Hauptwort sagen wir ja auch *Substantiv* und zum Tunwort *Verb.* Und ein *Adverb* und ein *Prädikat* gibt es, und ein *Subjekt* und ein *Objekt* und lauter so Zeug.

Wie das jetzt wär, wenn man nur noch was sagen dürfte, wenn man die ganzen komischen Wörter verstehen tät?
Die Wörter sind das Eine. Die Sachen, die sie meinen, das Andere. Ich mag die Mutti und den Vati nicht fragen, wie die an der Stelle ausschauen. Ich weiß trotzdem schon ein wenig Bescheid.
Im Doktorbuch gibt es zwei Seiten mit Leuten, die gar nichts anhaben.
Über einer steht: *Das Werden des Mannes.*
Über der anderen: *Das Werden des Weibes.*
Da sieht man, wie sich die menschlichen Körper von der Kindheit bis ins Alter verändern. Kinder haben da unten noch keine Haare, das weiß ich so auch. Bei den Erwachsenen wird es schon interessanter, aber die haben da so viele Haare, dass man sonst fast nichts mehr sieht. Noch dazu sind die Fotos schwarzweiß und irgendwie unscharf.
Ich will es genauer wissen! Ich blättere die REVUE durch, die ich beim Altpapier gefunden habe, ich schneide mir Bilder aus und vergleiche sie mit denen, die ich neulich aus dem STERN ausgeschnitten hab.
Ich schaue im Quellekatalog auf den Seiten nach, wo alle Unterwäsche oder Badesachen anhaben. Ich schaue mir die Fernsehzeitung vom Onkel Wolfgang genau durch. Ich will vor allem wissen, wie die Frauen zwischen den Beinen genau ausschauen. Aber sie sind nie richtig fotografiert, immer ist das Foto an der Stelle abgeschnitten, die mich interessiert.
Oder sie halten die Hand davor oder ein Ast mit einem Blatt hängt rein.

Ich sammle Briefmarken und schau mir die Eiskunstläuferinnen an. Auf einer Marke zu den Olympischen Spielen in Innsbruck sieht man die Schlittschuhläuferin Sjoukje Dijkstra – da macht sie grad einen Sprung und reißt die Beine weit auseinander. Aber was sieht man schon – einen schwarzen Streifen, sonst nichts.

An Weihnachten habe ich das Buch *Und die Bibel hat doch recht* bekommen. Ich hab es mir gewünscht gehabt. Weil der Lehrer Kößler so geschwärmt hat davon. Weil man da Geschichte besser kapiert, hat er gesagt, und weil man sieht, wo sie die ganzen Orte ausgegraben haben, die in der Bibel vorkommen, und weil da eindeutig bewiesen wird, dass alles stimmt, was in der Bibel steht.

Da gibt es auch eine Zeichnung mit einer nackten Frau drin, aber ganz ohne Haare. Wie das bei der zwischen den Beinen ausschaut, ist auch nicht zu erkennen. Meine Mutter und meinen Vater habe ich noch nie nackt gesehen. Nur die Sabine, aber das ist schon lang her, da war sie noch ein Baby. Es ist mir schon klar, dass Frauen da anders ausschauen wie Männer. Nur: Wie genau? Wo bei mir der Piesel ist, haben sie einen Schlitz wie bei einer Sparbüchse.

Warum ist da bloß so eine Geheimnistuerei um das da unten? Keiner spricht drüber. Höchstens der Knacker und der Peter, die reden drüber, aber so, dass ich es nicht kapier. Und sie lachen immer so komisch dabei.

Die Gedanken sind frei, das Lied haben wir in der Schule gesungen. Ich kann mir doch zu allen Wörtern und Sätzen die Bilder denken, die ich mir denken will. Das kann mir niemand verbieten. Auf einmal werden Geschichten draus, wie ich sie mir vielleicht nicht vorstellen darf, sonst muss ich gleich wieder beichten. Aber ich weiß oft überhaupt nicht, was ich da genau beichten soll. Und was ist, wenn ich es nicht beichte?

Einmal, wie ich zum Bieseln gegangen bin, ist es bockig gewesen, auf einmal gar nicht mehr weich wie ein Schneck, und größer ist es geworden und hat sich nicht mehr einpacken lassen, hat immer nach vorn gedeutet, wie der Vati, wenn er mit der Krücke auf was deutet. Da ist mir Angst geworden, dass das jetzt vielleicht immer so bleibt und dass vielleicht was kaputt ist. Gott sei Dank hat es auf einmal wieder nachgegeben. Vielleicht war's bloß ein Aufstand, weil ich nicht weiß, wie ich es nennen soll. Das ist noch öfter passiert danach. Keine Ahnung warum. Manchmal war es, wenn ich mich geschämt hab wegen was. Einmal, wie mich die Mutti beinah mit dem Doktorbuch erwischt hat und ich mich schnell damit unterm Bett versteckt hab.

Jetzt hab ich auf einmal ein neues Geheimnis. Manchmal denk ich, dass es vielleicht was Schlimmes ist, weil es keiner wissen soll. Im Religionsunterricht macht der Herr Schaffer immer so Andeutungen. Und dabei macht er ganz große Augen und schaut jeden Einzelnen von uns nach einander ganz genau an. Hat irgendwie was mit dem sechsten Gebot zu tun, mit Unkeuschheit oder so. Damit kenn ich mich nicht aus und mit seinem Geschau auch nicht.

Einmal komm ich von der Schule, da stellt sich meine Mutter vor mich hin und schaut mich an, wie der Herr Schaffer immer schaut. Und es hat auch mit dem Herrn Schaffer zu tun.

Der hat ihr in der Sprechstunde so ein kleines Heft mitgegeben, das soll ich lesen.
Vorn ist ein Bub drauf, der so dunkle Ringe um die Augen hat, irgendwie verschlafen kommt er mir vor oder als ob er grad geweint hätt. Und er schaut so verdreht, als hätt er ein schlechtes Gewissen.
Er schaut vielleicht sogar ein wenig aus wie ich.
Das passt mir schon gleich gar nicht.
Ich tu so, als wollt ich das Heft gar nicht lesen.
Dann ist die Mutti weg und ich les doch drin. Ja, irgendwie geht es um das, was ich wissen will. Nur richtige Antworten gibt es nicht. Alles so geschwollenes Zeug.
Vielleicht hast auch du es einmal erlebt: Die Mutter lag nach der Geburt eines deiner Geschwister noch zu Bett, da kommt die Tante zu Besuch und will natürlich das Neugeborene sehen. „Nein, wie reizend! Die Nase, ganz die Mutter! Die Augen, ganz der Vater!“ Und du standest als kleiner Junge dabei und fragtest dich: Wieso? Hat denn auch der Vater etwas damit zu tun? Wir wissen, daß nicht nur die Mutter, sondern auch der Vater beiträgt zum Entstehen des Menschen. Selbstverständlich mußt du in deinem Alter auch über das „Wie“ Bescheid wissen. Auch die reinste Jungfrau wußte darum, sonst hätte sie nicht auf die Botschaft des Engels, daß sie Mutter des Gottessohnes werden sollte, die verwunderte Frage stellen können: „Wie soll mir das geschehen, da ich keinen Mann erkenne?“
Ich kann bald an nichts anderes mehr denken.
Sogar, wenn ich jetzt einen ganz normalen Namen dafür gehabt hätte, hätte ich den nicht gesagt. Es gibt Sachen, die

haben Namen, aber man darf sie nicht sagen. Drum kommen einem die Namen vielleicht so komisch vor, wenn man sie irgendwo hört. Sachen sind das, die man verstecken muss. Man darf sie nicht sehen, ja man darf sie sich nicht einmal vorstellen und erst recht nicht aussprechen. Und dann hängt auch noch alles mit dem Herrgott zusammen und ich weiß nicht wie und warum. Das ist alles zum Verrücktwerden.
Was die Frauen da unten haben, interessiert mich trotzdem. Ich werd es schon noch herausbringen.

Bekenntnisse

Samstagnachmittag in der Antoniuskirche. Draußen ist es heiß. Mein rechtes Knie ist wieder einmal aufgeschlagen. Es blutet und sticht und zieht. Und die Wadeln sind verbrannt von den Brennnesseln. In der Kirche ist es kühl.
Wo sonst kann einer lernen, so raffiniert zu lügen, wie beim Beichten?
Es geht um die Kunst, die Wahrheit zu verschweigen und dabei das Lügen zu umgehen. Ich bin mir sicher, der Herr Jesus versteht das. Der hat es bestimmt auch nicht immer leicht mit seinem Vater. Und mit seiner Mutter auch nicht. Es muss furchtbar sein, wenn man Eltern hat, die alles können und überhaupt nie Fehler machen, Eltern, die man nie austricksen kann, weil sie immer gleich alles durchschauen. Mein Vater hat wenigstens ein paar kleine Fehler und er kann eben nicht alles.

Nebenbei regt der Beichtspiegel auch noch meine Phantasie an. Mit der Keuschheit habe ich mich lange nicht ausgekannt. Ich habe das Gefühl: Bevor ich noch gewusst habe, was Unkeuschheit ist, habe ich schon was gemacht, was man unkeusch hätte nennen können. Ganz allein, wenn niemand in der Wohnung gewesen ist oder in der Nacht im Bett oder im Wald, wo mich keiner gesehen hat … Nur: Ich hab es eigentlich nicht gesucht, das Gefühl. Es ist einfach von selber gekommen, wie die Katzen, die dem Onkel Sepp immer zulaufen. Die lassen sich so gern streicheln. Und dann fangen sie an zu schnurren. So muss das sein mit dem Unkeuschen. Aber dass das eine Sünde ist, find ich blöd. Langsam habe ich den Verdacht, alles, was gut tut, ist Sünde. So einfach ist das.
Ich überlege mir, ob es irgend jemanden gibt, der den Katechismus versteht, der mir die Sätze erklären kann oder gar, warum etwas so ist, wie es ist. Mir kommt das alles noch fremder als fremd vor. Glauben kann doch nicht bedeuten, einfach alles nur nachplappern. Das habe ich im Erstklass-Lesebuch gemacht und im Englischunterricht und beim Ministrantenunterricht und bei meinen Freunden und bei meinen Eltern. Ich will Sätze kapieren und kann es nicht.
Eine Sünde begeht, wer Gottes Gebot mit Wissen und Willen übertritt. Eine Todsünde begeht, wer gegen Gott sündigt in einer wichtigen Sache, mit klarer Erkenntnis, mit voller Einwilligung. Wir sollen auch läßliche Sünden nach Kräften meiden, weil sie Unrecht gegen Gott sind, weil sie uns um viele Gnaden bringen und uns Gottes Strafe zuziehen, weil sie nach und nach zu schweren Sünden führen können.

Ich frage mich: Versteh ich das? Oder sage ich es einfach so auf wie das Lateinische beim Ministrieren?
Ich will alles, was hinter den Wörtern steckt, verstehen. Ich will es mir vorstellen können. Aber das gelingt mir oft nicht.
Auf einmal wird das Beichten schwierig.
Auf einmal weiß ich, was die lässlichen Sünden von den Todsünden unterscheidet.
Auf einmal habe ich das Gefühl, dass ich ununterbrochen lauter Todsünden begehe …
Wenn einer in die Kirche geht und stellt sich eine Heiligenfigur nackt vor. Womöglich die Muttergottes in der Antoniuskirche. Nackt. Eine Todsünde.
Ich fang von vorn an zu denken. Eine neue Art von Beichte. Beichten, nicht wie in der Kirche, weil man muss, sondern beichten, einfach, weil man ratlos ist.

Wir schauen uns im Gloria-Kino den Film *Angelique und der König* an. Die Musketiere sind ganz schön mutige Burschen.
Nach dem Kino gehen wir zu dritt aus der Stadt heim. Der Manfred, der Werner und ich.
Der Manfred fängt beim Heimgehen auf einmal so ein komisches Gespräch an.
– Welche hat'n dir besser gefallen?
– Was welche?
– Naja, von dene zwei Frauen!
Ich weiß nicht, was ich sagen soll. Er redet ganz ernst, er witzelt nicht so herum wie der Peter oder der Rack.
– Weiß ich nicht, sag ich und weiß, dass das nicht stimmt.

Seine Frage bringt mich durcheinander. Wir haben noch nie über sowas geredet. Das ist nicht so einfach, wenn man die meiste Zeit nicht sicher ist, was man sagen und denken darf und was nicht. Immerhin, der Manfred ist auch ein Ministrant, was soll da Schlimmes dran sein, wenn ich mit ihm über Frauen rede?

Daheim gehen die Gedanken mit mir durch: Wie geht küssen? Wie machen die das im Film? Berühren sich nur die Lippen? Oder zutzelt man einfach an ihrer Ober- oder Unterlippe. Oder soll man die Zunge in ihren Mund schieben und ihre Zunge suchen.

Warum hab ich eigentlich früher nicht darüber nachgedacht? Ich lese wieder in dem Buch, wo vorn der verweinte Bub drauf ist. Kann ja wohl kaum was Verbotenes sein, wenn's der Religionslehrer meiner Mutter gegeben hat.

Unkeuschheit. Selbstbefleckung. Wörter, Wörter, Wörter…

Was nützen mir die Wörter, wenn ich nicht weiß, was sie bedeuten. Ich fürchte, es ist das, in der Nacht. Ich will es nicht, aber ich mache es. Und alles wird feucht. Und ich will es wieder nicht und ich mache es wieder. Es kommt von unten. Wahrscheinlich aus der Hölle. Ach, Blödsinn –

Jedenfalls schau ich mir in der Früh genau ins Gesicht. Hab den Eindruck, die Augenringe sind dunkelblau und sie werden jeden Tag größer. Und wenn mich der Schaffer in der Schule wieder so groß anschaut, dann weiß ich, dass er alles weiß.

Die Schlager der Woche

Unsere Eltern sitzen abends gern am Fernseher.

Der Rack, der Peter, der Knacker, der Werner, der Mane und ich, wir bleiben abends gern ein bisschen länger draußen. Da kann sie rufen, so laut sie will, da hör ich meine Mutter nicht. Wenn im Radio *Die Schlager der Woche* kommen, sitzen wir auf dem Spielplatz. Der Peter hat einen Kofferradio, den stellt er auf die Bank und dreht ihn ganz laut auf. Wir setzen uns auf die Bänke, nein, wir setzen uns auf die Lehnen von den Bänken und stellen die Füße auf die Sitzbretter.

Wir sagen auch nicht *Die Schlager der Woche*, obwohl die Sendung so heißt. Wir sagen *Hitparade*. Erstens hört sich das besser an und zweitens mögen wir keine Schlager, wir mögen nur die Songs von den Beatles, vielleicht auch ein bisschen die von Drafi Deutscher. Auf Schlager könnten wir verzichten. Wir warten nur auf ein paar Hits.

Die Leute, die ringsum in den Wohnblocks wohnen, würden gern auf die Schlager und auf die Hits verzichten. Es dauert nie lange, bis wer das Fenster aufreißt und schreit: Drehts den verdammten Radio leiser, das ist ja nicht zum Aushalten!

Und dann kommt womöglich noch der Luttner-Apfel und scheißt uns zusammen, weil wir auf den Lehnen der Bänke hocken und die Schuhe auf den Brettern stehen haben, wo die Leute sonst drauf sitzen. Der Peter dreht den Radio leiser.

Nichts dürfen wir! Dann gehen wir eben! Das ist ja furchtbar! Das ist ja das Allerletzte!

An der nächsten Ecke dreht der Peter den Radio wieder auf und viel lauter als vorher und es kommt grad der Trini Lopez und singt *I like to be in America!* Und der Peter singt mit. Aber nur immer eine Zeile. Und der Knacker und der Rack und der Mane genauso und ich probier's auch. Und der Luttner-Apfel kommt gelaufen und schimpft. Aber wir lachen bloß und gehen in unser Amerika hinten neben dem Vereinsheim vom Sportclub. Dort flacken wir uns in die Wiese.

She Loves You und *I Want To Hold Your Hand* von den Beatles – die hauen rein. Aber damit hat sich's schon. Dann wird's fad. Zwei Titel von Marika Kilius in der Hitparade sind einfach zu viel. *Wenn die Cowboys träumen.* Was hat überhaupt eine Schlittschuhläuferin in der Hitparade verloren!

Und dann kommt der Hans-Jürgen Bäumler, auch ein Schlittschuhläufer. *Wunderschönes fremdes Mädchen.*

Das war der Partner von der Marika im Paarlauf, da haben sie bei der Olympiade knapp die Goldmedaille verfehlt und jetzt singen sie aus Rache, bloß damit sie uns jede Woche ärgern können. O Mann, die kosten uns die letzten Nerven. Fast, denn es kommt noch ein Sportler, der Martin Lauer, ein Hürdenläufer, der ist wahrscheinlich fußlahm jetzt, und weil das Geplemper auf der Gitarre noch nicht reicht, singt er auch noch: *Mein bestes Pferd braucht keine Zügel.*

Und dann, o Gott – Siw Malmkvist: *Liebeskummer lohnt sich nicht.* Und Bernd Spier: *Das kannst du mir nicht verbieten.* Und Ronny: *Oh My Darling Caroline.* Und Freddy: *Vergangen, Vergessen, Vorüber.*

– Uff, ich habe gesprochen, stöhnt der Knacker.

Der Rack sagt, dass er bei jedem Lied laut *Au* schreien muss und wir sollen gefälligst mitschreien.
Also schreien wir alle zusammen so laut es geht. *Auuuuuu!*
Warum hören wir uns das überhaupt noch an?
Aber ehrlich gesagt – Drafi Deutscher mit *Shake Hands* und Sœur Sourire mit *Dominique* und Gigliola Cinquetti mit *Non ho l'eta*, das gefällt mir eigentlich alles, das klingt so schön traurig, ja warum soll mir sowas nicht gefallen. Ich darf das nur nicht sagen, sonst lachen mich die anderen wieder aus. Gott sei Dank gibt es auch noch Lieder in der Hitparade, die uns zwar auch nicht umhauen, bei denen wir immerhin alle mit den Füßen mittippen: *My Boy Lollipop, Memphis Tennessee, Skinny Minnie, Pretty Woman ...*
– Najaaa, sagt der Rack, von mir aus.

Daheim probier ich mit der Kurzwelle herum: *Radio Luxemburg* oder *Europawelle Saar*. Und jeden Tag ab drei Uhr Nachmittag redet im Radio eine tschechische Stimme. Bei uns heißt der Sender nur *der Tschech*. Keine Ahnung, was das für ein Sender ist – könnten tschechische Nachrichten sein, man versteht nicht einmal einzelne Wörter. Solange der Sprecher redet, blubbert es wie kochendes Wasser. Aber danach kommt eine Stunde lang die wildeste Musik. Da kannst den Bayerischen Rundfunk vergessen! Trashmen, Rolling Stones, Beachboys.
Das Leben könnte so schön sein.

Vorbilder

– Ihr brauchts Vorbilder für euer Leben, sagt der Herr Fürst.
Der ist seit Anfang des Jahres unser neuer Religionslehrer.
– Ihr brauchts Vorbilder, an denen ihr euch orientieren könnt!
Sie zeigen euch mit ihrem Leben den richtigen Weg!
Kann schon sein, dass er recht hat.
Ich will ja immer alles richtig machen.
Ich will ja wissen, wie der richtige Weg für mich ausschaut.
In unserem Religionsbuch kann man sich Vorbilder aussuchen. Das Religionsbuch ist ein richtiger Vorbilder-Katalog, voll mit Fotos von Vorbildern. Drunter wird sogar lang und breit erklärt, warum das Vorbilder sind und was sie alles getan haben und dass man das alles nachmachen soll.
Der Wernher von Braun hat eine Weltraumrakete gebaut. Und er glaubt trotzdem an Gott, auch wenn der russische Kosmonaut Gagarin beim ersten Weltraumflug droben keine Engel und keinen Gott gesehen hat. Raketenbauer brauchen jedenfalls gute Noten in Physik. Den kann ich mir nicht als Vorbild aussuchen.
Ein anderer vorbildlicher Mann heißt Albert Schweitzer, manche nennen ihn *Urwalddoktor*, weil er sich um die armen kranken Menschen in Afrika kümmert. Er hat in Afrika extra ein Krankenhaus gebaut und widmet sein ganzes Leben den Menschen dort. Aber wie soll er mein Vorbild sein? Wie soll ich denn Menschen von ihren Krankheiten heilen, ich bin doch kein Doktor und sogar, wenn ich einer wäre, ich kann ja nicht einmal meinem Vater helfen.

Alles recht und schön. Der Herr Jesus könnte auch ein Vorbild sein. Er hat immerhin Wunder wirken können. Da kann einer leicht ein Vorbild sein. Das kann im Leben keiner nachmachen. Neben so einem Vorbild tät ja jeder blöd ausschauen.
Ich bräuchte halt ein Vorbild wie den heilige Augustinus, aber der ist auch ganz schön weit weg von mir.
Und Bischof ist er am Ende auch noch gewesen.
Alles tät ich werden wollen, nur kein Bischof.
Die Kinder im Erstklasslesebuch sind auch so weit weg gewesen von mir, da hab ich immer das Gefühl gehabt, die kann es gar nicht in echt geben.
Und wenn wir einen Aufsatz über ein Erlebnis haben schreiben sollen, da ist das Interessante und das Schöne auch so weit weg gewesen von der Wirklichkeit, dass mir meine Geschichten keiner geglaubt hat. Aber hätte ich denn mit meinen Ferien in Altenufer angeben sollen? Die anderen Kinder haben alle so pfundige Sachen erlebt in Italien und am Meer oder wenigstens im Bayerischen Wald. Altenufer liegt ja nicht einmal im Bayerischen Wald und an der Donau auch nicht richtig, nur am Ohe-Bach.
Ich kann mich nicht erinnern, dass mir ein einziges Mal ein Vorbild in den Schulbüchern imponiert hätte.
Die Auswahl in den Büchern der Stadtbücherei oder im Fernsehen ist viel größer. Da find ich immer wieder welche, die zu mir passen.

Jerry Cotton heißt jetzt John F. Kennedy

Jeder weiß, dass der Werner die allermeisten Jerry-Cotton-Romane hat. Jeder weiß, dass ich mir die stapelweise ausgeliehen hab. Nur das weiß außer mir kaum jemand: Genau an dem Tag, als ich mit dem letzten Jerry-Cotton-Roman fertig bin, wird mein Vati zum Bundespost-Fernmeldeobersekretär befördert und der John F. Kennedy wird in Amérika Präsident. Mit dem Werner kann ich wunderbar herumblödeln.
Wir sagen: Der Jerry Cotton hat nur seine Frisur ein bisserl ändern müssen. Seitdem nennen ihn alle mit seinem richtigen Namen: *John F. Kennedy!* Jetzt kann ich die geliehenen Jerry-Cotton-Heftln wieder zurückgeben. Der Jerry hat alle Fälle für mich gelöst. Er darf sich wieder um die Amerikaner kümmern. Logisch, das muss ich zugeben, neben seinem feuerroten Jaguar schaut unser himmelblauer *Ford Taunus 17 M* ziemlich blass aus. Aber mein Vater ist schließlich nicht beim FBI. Dafür haben beim Jerry Cotton im Auto nur zwei Leute Platz und bei uns mindestens fünf und unser Kofferraum ist auch größer.
Der Tag, an dem der Kennedy erschossen wird, ist ein trauriger Fernsehabend. Da ändern sie sogar das Programm. Nach der Tagesschau kommt eine Zeit lang nur ernste Musik.
– Hajemmerschnee, so viel Geklacker die ganze Zeit!, schimpft die Oma.
Ja, dauernd reden welche und dazwischen kommt die langweilige Musik. So lange, bis ich glaub, dass ich spür, dass ich den John F. Kennedy wirklich mögen hab.

Am Tag drauf kauf ich mir nach der Schule am Kiosk in der Furtmayrstraße eine Wundertüte mit einem Tiborheft und eine *Bildzeitung.* Jeder soll sehen, dass ich den Kennedy gern gehabt habe. Die ganze erste Seite ist voll mit einer einzigen schwarzen Überschrift. Die kann ein Blinder aus hundert Metern Entfernung lesen. Und in der Wundertüte ist Puffreis und ein blauer Gummipolizist, den schmeiß ich weg. Die *Bildzeitung* soll jeder sehen. Die ist für mich wie ein Schutzlack, so ein glasiger Schutzlack wie über den neuen Nussbaummöbeln, die die Mutti und der Vati für unser Wohnzimmer gekauft haben. Die sind vornehm, wertvoll und fast heilig. So was mag mein Vater. Ich nicht.
Lieber hätte ich mir im Kiosk ein *Bravo*-Heft gekauft. Da ist vorn ein Bild mit den *Beatles* drauf. Und englische Liedertexte stehen drin. Und eine Seite mit Leserfragen gibt es, wo man den Dr. Sommer alles fragen kann, was man nicht weiß, über das Unkeusche und die Mädchen.
Das Wort *unkeusch* kommt nicht vor, das gibt es bloß beim Beichten und in der Kirche.
Der Dr. Sommer erklärt alles mit ganz normalen Wörtern.
Ich habe mir einmal so ein Heft gekauft – am Bahnhof.
Am Kiosk trau ich mich nicht. Die Frau kennt mich doch. Und dann sieht sie meine Augenringe, denkt an die Briefe, an den Dr. Sommer und weiß gleich, was los ist.
Was ist denn los?
Keine Ahnung, nix ist los!
– Der Harald ist ein verspieltes Kind, sagt der Professor Sabel zu meiner Mutter.

Und weil es der Professor Sabel sagt, sagen es auch meine Eltern. Ehrenwort! Zu allen Leuten aus unserem Haus und zu allen, denen sie auf der Straße vor unserem Haus begegnen, sagen sie: Jaja, der Harald ist noch sehr verspielt.

Das macht mich richtig wütend! Immerhin kenn ich mich aus. Hab ich mir nicht eine Zeitung vom Kennedy gekauft?

Ich hau die Tür zu.

Ich stoß den Stuhl um.

Ich schmeiß das Besteck ins Eck.

Der Lack an Möbeln splittert ab.

Weiß lackierte Möbel oder Türen und Türstöcke sind noch empfindlicher als Nussbaummöbel.

Dunkle, schwarze Schlagflecke bleiben. Splitternarben, wie beim Vater am Bein, ovale Stoßflecken mit Rissstrahlen.

Kleine verschobene Sonnen, die meine Eltern nicht als Sonnen sehen wollen.

Stattdessen wollen sie mich bestrafen. Die Mutti holt den Teppichklopfer. Sie will mir ein paar drüberbrennen.

Ich renn aus dem Haus, ich seh mich im Recht.

Ich werde immer gerissener.

Ich gehe zu den Partisanen.

Ich arbeite verdeckt. Ohne Uniform, ohne Abzeichen.

Ich lauere dem Professor Sabel auf.

Kaum bin ich soweit, dass ich zur Tat schreiten kann, überholt mich mein schlechtes Gewissen.

Der Sabel hat seine Haare links und rechts bis weit über die Ohren wegrasiert und schaut aus wie ein Irokese. Nein, auf Indianer schieße ich nicht.

Der Oma sind Stoßflecken wurscht. Die Bilder an der Scheibe von ihrem Küchenbuffet lassen sie an anderes denken. Zerknitterte Fotos, Bilder, die sogar die Flucht aus Schlesien überlebt haben.

Ihr Mann hat Robert geheißen. Das war mein schlesischer Großvater. Riesengroß hängt sein Foto, silbern eingerahmt, neben dem vom Siegfried an der Wand. Das ist ihr ältester Sohn gewesen. Mein toter Soldatenonkel. Der Siegfried trägt eine Uniform mit einem Abzeichen dran. Er liegt irgendwo in Russland in der Erde. Niemand weiß genau wo.

Weiße Herzvasen aus Porzellan, mit Blumenbildern drauf, hängen unter den Bildern an der Wand – immer stecken frische Blumen drin.

Die Schlesien-Oma ist zu den Buben meistens viel netter als zu den Mädchen. Niemand sagt es ihr, aber alle spüren es. Ich glaub, die Sabine auch. Vielleicht liegt das da dran, dass ihr Sohn und ihr Bruder in Russland gefallen sind.

Den Jerry Cotton kennt meine Oma nicht.

Ich habe sie gefragt.

Und sie hat gesagt: Nee, aber nee doch!

Das macht nichts, dafür kennt sie den Kennedy.

Und den hat sie schon mögen, sagt sie.

Wo ist unser Schutzraum?

– Wenn jetzt nur kein Krieg kommt, sagt der Onkel Wolfgang. Der Russe wartet doch nur auf eine Gelegenheit!
Und tatsächlich liegt eine Woche später eine Broschüre über den Atomkrieg auf unserem Küchentisch.
– Das Heft war im Briefkasten, sagt die Mutti. Da kannst du sehen, wie das ist, wenn die Bomben herunterkrachen.
Ich schau mir das Heftl genauer an.
Zivilschutzfibel – Informationen, Hinweise, Ratschläge
Da steht drin, was wir bei Atombombenangriffen machen sollen. So schnell es geht, einen Schutzraum aufsuchen …
– Wo ist eigentlich unser Schutzraum, Mutti?
– Wo soll er schon sein, im Keller natürlich.
– Unser Keller ist kein richtiger Schutzraum! Hast du das nicht gelesen?
… nur wenige verfügen schon über einen Keller, den man als Schutzraum bezeichnen kann.
Nicht zu vergessen: Die Ausstattung des Schutzraumes.
Jeder, auch der behelfsmäßige Schutzraum, muß zur Not zwei Wochen Quartier bieten können! Darum muß er Sitz- und Liegemöglichkeiten haben. Wolldecken, etwas Warmes zum Anziehen und ein Behelfs-Klo, z. B. Camping-Modell, dürfen nicht fehlen. Niemand sitzt gern im Dunkeln. Denken Sie an die Notbeleuchtung, vor allem an Kerzen und Taschenlampen. Und ein Rundfunkgerät, möglichst für Netz- und Batteriebetrieb, könnte die einzige Verbindung zur Außenwelt sein. Anschluß für Außenantenne vorsehen! Wenn elektrische Geräte –

zum Kochen, Heizen oder ein Rundfunk-Netzempfänger – für das Kellerleben vorgesehen sind – bitte in Feuchtraumausführung. Sonst können Sie auch noch von elektrischen Schlägen getroffen werden. Schaufel, Spaten, Axt, Beil, Brechstange, Stemmeisen, schwerer Hammer und Kreuzhacke – diese Werkzeuge für die Selbstbefreiung braucht man unbedingt. Und eine Einstellspritze mit Wassereimern, dazu einen möglichst großen Wasservorrat, der außerhalb des Schutzraumes, z. B. in einer alten Badewanne oder in sonstigen Behältern bereitstehen soll. Vor den Eingang zum Schutzraum gehört eine Kiste zum Ablegen von Kleidung, die mit radioaktivem Niederschlag oder chemischen Kampfstoffen behaftet ist. Denken Sie schließlich an die persönliche Ausrüstung: Schutzmaske und Schutzhelm.

Find ich gar nicht so schlecht, so einen Schutzraum. Das ist ja ein Bunker für unsere ganze Familie. Eine schöne Höhle mit Buchregal und Radio. Und die Mauern sind so dick, dass man ihn voll aufdrehen kann, ohne dass draußen jemand was hört. Da muss man eigentlich überhaupt keine Angst vor einem Atombombenangriff haben. Hauptsache, er passiert während der Schulzeit. Dann hätten wir ein paar Wochen schulfrei und wir könnten es uns im Schutzraum gemütlich machen.

Aber das trau ich mich nicht laut zu sagen. Meine Mutter schimpft dann bloß wieder: Mit sowas scherzt man nicht.

Dabei scherz ich gar nicht.

In den Ferien wär so ein Atombombenangriff allerdings eine Katastrophe.

Giftblaadl

Seit ich in die dritte Klasse der Oberrealschule geh, wird mir die Schule immer mehr zur Qual. Nicht, weil wir jetzt auch noch Französisch lernen. Das gefällt mir. Mir graust es vor den Mathematikstunden. Ich versteh das alles nicht. Ich frage, warum ist das so? Aber das kann mir niemand beantworten und ich sehe nicht ein, dass ich etwas lernen soll, das mir niemand erklären kann.

Schön finde ich, dass es ein Zeichen für die Unendlichkeit gibt. Der liegende Achter gefällt mir. Er steht oder liegt für das, was mit *ewig* und *Ewigkeit* gemeint ist – für immer und ewig oder unendlich. Eine Gerade hat unendlich viele Punkte und hört nie auf. Der Lebensweg vom ewigen Leben muss auch sowas sein.

Meine Tante Fanny hat sogar eine Steigerung für das Ewige gefunden. Sie sagt: Ewig und drei Tag.

Ich zeichne einen liegenden Achter auf mein Fließblatt.

Das soll bedeuten: Mir graust unendlich vor der Schule und ich hab unendlich Angst vor dem Zeugnis, davor, dass es mich durchhaut und dass ich die Klasse wiederholen muss.

Hab schon lange keinen Zweier mehr geschrieben. Dreier gibt es, Vierer hagelt es und dazwischen auch zentnerschwere Fünfer. Die hauen schon rein. Physik ist so ein Fach, in dem ich mich hinten und vorne nicht auskenne. Da freu ich mich natürlich, wenn der Herr Frieml immer vom Krieg erzählt, wie er sich da durchgeschlagen hat und wie gescheit er ist. Er ist so einer, der nie zu Fuß aus einem Lager in Sibirien abgehau-

en wäre, der – der hätte sich von einem Russen mit dem Auto heimfahren lassen. Der Frieml ist ein ganz ein Ausgefuchster! Zuerst Gott sei Dank und dann leider haben wir bei ihm nur gelernt, wie furchtbar und schön der Krieg gewesen ist und dafür ganz wenig Physik. In den Physik-Schulaufgaben hat er trotzdem das verlangt, was er uns nicht beigebracht hat. Hab schon zwei Schulaufgaben-Fünfer bei ihm geschrieben und ganz schön Angst gehabt, dass ich keinen Vierer in Mathe schaff. Aber es hat hingehauen, ich komm auch dieses Jahr wieder durch, knapp ist es schon, zugegeben. Aber ein Giftblaadl ist schließlich kein Beichtzettel, das kann sich keiner so einfach eintauschen.
Komisch, heut, als wir die Bücher abgegeben haben beim Herrn Geiger, hab ich zum ersten Mal mitbekommen, dass der Herr Geiger eine Prothese hat. Der erzählt nie was vom Krieg, vielleicht, weil er so eine komische, piepsige Stimme hat, dass alle immer lachen, wenn er was sagt.
Die andern in meiner Klasse machen sich immer lustig über ihn. Und sie erzählen so gemeine Geschichten über ihn. Ich kann mir vorstellen, was sie meinen.
Hab keine Lust darüber nachzudenken, ich denk an meinen Vater und bin froh, dass er im Vergleich zum Herrn Geiger ganz normal ist. Ich fürchte sogar so normal, dass er schimpfen wird, wenn er das Zeugnis unterschreiben soll.
Ich lass trotzdem lieber ihn unterschreiben als die Mutti. Ich glaub, er versteht mich besser und lässt mich in Ruh. Immerhin hab ich das Schuljahr geschafft. Und an so ein Giftblaadl erinnert man sich ja nicht ewig und drei Tag.

Besuch im Krankenhaus

Ich höre, wenn es Tag wird.
Ich höre es, bevor ich es sehe. Da rattert und rasselt es überall im Wohnblock, wenn die schweren Holzrollos hinaufgezogen werden.
Der Vater ist nicht da. Er liegt im Krankenhaus. Sie müssen sein Bein noch ein Stück abschneiden. Sie sagen aber nicht abschneiden. Sie sagen amputieren. Ganz egal, was sie sagen: Schlimm bleibt schlimm. Er hat es mir gezeigt gestern. Bis da oben hin, wo das Bein aus dem Körper herauswächst. Ich habe es mir im Doktorbuch angeschaut. Und bei meinem Bein hab ich auch hin getastet.
Beim Vati im Krankenzimmer gibt es noch ein zweites Bett. Da liegt ein junger Bursch drin, der hat den ganzen Arm von den Fingern bis zur Schulter im Gips.
– Was fehlt ihm, frag ich den Vati.
– Der hat sich mit einem Grashalm geschnitten!
– Das gibt's doch nicht.
– Doch stimmt schon. Blutvergiftung, sagt der mit dem Gipsarm und ich kann's immer noch nicht glauben.
Über das Bein vom Vati und über seine Operation reden wir nicht. Eigentlich bin ich froh drüber. Mir wär es lieber, der Vater hätte bloß eine Blutvergiftung. Ein bisschen Schneidegras, ein paar Wochen Gips und dann ist alles wieder gut. Aber jetzt ist wieder ein Stück weg von seinem Bein. Und niemand weiß, ob es jetzt gut ist. Ich hab Angst um den Vater. Und er hat auch Angst. Das seh ich daran, dass er nicht gern über

seine Operation redet. Er spricht mit mir nur über Schilf oder Schneidegras und dass ich aufpassen soll, weil das gefährlich ist, wenn man sich damit schneidet.
Beim Heimgehen glaube ich, den Geruch von Schneidegras in der Nase zu haben. Und alles in meinem Kopf riecht nach Schilf und ein bisschen nach Brennnesseln und nach Onkel Sepp, wenn er in der Früh vom Futtermähen heim kommt. Dann kann er die Kühe füttern …
Vielleicht sind Träume wie Viecher und sie haben Hunger wie Viecher. Daheim hör ich, wie es Nacht wird, obwohl es noch ganz hell ist, hör ich, wie es Nacht wird. Da rasseln die Holzrollos herunter überall im Haus.
Wenn die Mutti das erste Rollo hört, ruft sie: Was schon so spät! Sie schaut gar nicht auf die Uhr und auch nicht zum Fenster hinaus.
– Zeit zum Tischdecken, Sabine!
– Harald, lässt du die Rollos runter, sonst schauen uns die Leute von gegenüber beim Abendbrot zu.
Beim Abendessen gibt es Camembert. Ich mag die Schimmelrinde nicht. Ich mag nur das Weiche innen. Drum schneid ich die Rinde ab und steck sie heimlich zwischen die Leisten unter der Tischplatte. Da mach ich eine interessante Entdeckung. Dort liegen schon ein paar vertrocknete Camembertrinden. Das ist lang her, dass ich die dort versteckt hab.

Keine Chance

Er sitzt auf dem Kanapee. Er will sich hinlegen. Er versucht seine Hose auszuziehen. Er schafft es nicht. Ich helfe ihm.

Er schnauft so komisch und kauert sich endlich in die Kanapeekissen. Ich lege ihm eine Decke drüber.

Er atmet tief ein, immerzu ein und noch einmal ein.

– Wo gehst du jetzt hin?, fragt er auf einmal.

– Vielleicht zum Fußballspielen mit den anderen.

– Sportclub, oder?

– Ja. Was ist mit dir? Kann ich dir noch was helfen?

– Mir kann niemand mehr helfen.

– Wieso, was ist mit dir? Soll ich bei dir bleiben?

– Nein. Geh nur zum Fußballspielen.

– Bist du krank?

– Das siehst du doch.

Ich will ihn aufmuntern.

– Ein Indianer kennt keinen Schmerz.

Er sagt nichts drauf.

Er wird sich denken: Was soll denn der Blödsinn?

– Und der Doktor, soll ich vielleicht den Doktor holen?

– Der kann mir doch auch nicht helfen.

– Aber ich bleib bei dir heut nachmittag.

– Lass mich jetzt allein.

– Naja, dann geh ich, aber ich komm bald wieder, sag ich und steh auf und mach die Tür leise zu hinter mir. Ich würde ihm schon gern helfen, aber wie? Und eigentlich bin ich froh, dass er mich weggeschickt hat.

Beim Fußballspielen taug ich nichts heute. Denk doch dauernd an ihn und wie ich ihn wieder einmal alleingelassen hab. Nach dem Spiel fragt mich der Uli: Zu welcher Mannschaft hältst denn du in der *Bundesliga*?
Diese Frage passt mir jetzt überhaupt nicht. Ich will nicht schon wieder für oder gegen was sein müssen. Ich sag einfach: Zu *1860 München*. Damit er Ruhe gibt.
– Omeiomei, sagt der Uli, weil er die 60er nicht mag.
Die *Bundesliga* gibt es erst seit einem Jahr. Am Anfang hab ich zum *1. FC Nürnberg* gehalten, weil der Manfred auch zum *1. FC Nürnberg* gehalten hat. Jetzt halt ich zu *1860 München*, weil der Werner ein 60er-Fan ist.
Eigentlich ist es für mich nicht so wichtig, aber wenn ich zu keiner Mannschaft halten tät, aus wär's, da müsst ich mir von den andern dauernd was anhören: Du Flasche! Du Lahmarsch! Du Lätschenbene! Du Schleimscheißer!
Da könnt ich zehnmal sagen: Was man sagt, das ist man selbst. Da könnt ich im Tor noch so gut spielen, mich nach jedem Ball schmeißen und schreien: Tilkowski hat ihn.
Da hätt ich keine Chance.
Der Hans Tilkowski ist zwar Nationaltorwart. Aber er spielt in der Bundesliga nur bei Dortmund.

Ich komm heim und der Vati liegt immer noch auf dem Kanapee. Er schläft.
Wir wecken ihn nicht zum Abendessen. Später leg ich mich im Wohnzimmer auf die Couch und lese und lese und kann einfach nicht aufhören. Ein Buch über den heiligen Augustinus.

Wie der jung gewesen ist, muss er ein ziemlich wilder Hund gewesen sein. Gar nicht fromm. Der hat zu Gott gebetet: Bitte mach mich keusch, aber nicht gleich!
Das gefällt mir.
Vielleicht bin ich doch noch nicht ganz verloren.
Stimmen und Geräusche aus der Küche.
Ich höre, wie der Vater mit der Mutter streitet.
– Komm, steh jetzt auf!
– Lass mich hier sitzen, lass mich einfach sitzen!
Er hockt auf dem Boden. Auf dem Boden eine Lacke und darin verstreut aufgeweichte Tabletten.
Dauernd hat er so schlimme Schmerzen. Wollte grad wieder Tabletten nehmen. Dauernd nimmt er Tabletten. Hat ein Glas in der Hand, hat Wasser verschüttet.
Ich will meiner Mutter helfen.
– Mensch Vati, steh halt dann auf!
Aber sie sagt zu mir nur: Sei still jetzt!
– Nein sag ich, so geht das nicht, so geht er zugrunde und wir auch! Er macht uns noch alle ganz krank!
Sie legt auf einmal die Arme um mich und flüstert mir ins Ohr: Du sollst deinen Vater nicht schimpfen, er hat es schwer genug. Hab ihn trotzdem lieb! Er braucht uns doch so!
– Aber …
– Sei still, flüstert sie. Es ist schon spät, geh ins Bett.
Ich stecke in einer Zwickmühle.
Was ich auch tu, es ist verkehrt.

Zaubersprüche und Gebete

Ich lieg im Bett. Ich will mich nicht bewegen. Ich bete drei Vaterunser, ohne dass ich die Lippen bewege. Ich habe Angst, dass drei Vaterunser zu wenig sind. Nicht, dass mir der Pfarrer eine Buße aufgegeben hätte. Nicht einmal ich selber hab mir eine aufgegeben.
Vielleicht habe ich den Herrgott zu oft austricksen wollen. Und jetzt zeigt er's mir. Unserer ganzen Familie zeigt er es.
Ich will nicht schuld sein. Ich bet drei mal drei Vaterunser. Er soll gesund werden. An meinem Beten soll es nicht liegen. Ich will tun, was ich kann. Ich bet drei mal neun Vaterunser – siebenundzwanzig Vaterunser – zur Sicherheit. An mir soll es nicht liegen, dass es ihm schlecht geht. Und ich weiß doch gleichzeitig, ich bete ja nur, weil ich weiß, dass nichts und niemand mehr helfen kann. Ich will es nicht wissen und weiß es doch: Es geht dem Ende zu. Es ist zu spät. Es ist zu spät. Seit ich das weiß, gehör ich nur noch halb zu dieser Welt. Ich beginne im Schlaf herumzugehen. Ich gehe, ohne dass ich weiß, dass ich gehe. Ich bete, ohne die Lippen zu bewegen. An mir soll es nicht scheitern, nichts soll an mir scheitern. An nichts will ich schuld sein. Die Erbsünde lehne ich ab. Die Erbsünde gibt es nicht. Erbsünde, was soll das sein?
Alles schaut mich fremd an. Ich sehe alles fremd an. Ich gehe durch den Stadtpark. So viele Bäume, von denen die Rinde abgefallen ist. Nackt, schutzlos stehen sie herum. Wind kommt auf, aber die Äste rühren sich nicht. Der Park rückt auf einmal in die Ferne. Dunkelblau steht er am Horizont. Darüber

riesengroß und kalt der Mond. Wolken schieben sich heran, graue Mehlsäcke, meine Kopfkissen.

Das Haus schläft nie. Irgendwann in der Nacht, ohne Uhrzeit, ein dumpfer Schlag. Ich sitze auf einmal im Bett. Ist der Vater ausgerutscht? Ist ihm was passiert? Ich lausche ins Dunkel, aber ich höre ihn nicht fluchen. Auch nicht die Stimme der Mutter. Nichts. Nur das Ticken und Klicken, das leise Atmen des Wohnblocks. Ganz weit weg eine Klospülung. Vielleicht im dritten Stock.

Vielleicht habe ich geträumt. Seit es dem Vater so schlecht geht, träume ich wieder und wieder, dass ich erschrecke und aufwache.

Er rutscht so leicht aus mit seinen Krücken. Und noch viel leichter, wenn er die ganzen Tabletten genommen hat. Er hat so viele Packungen mit Tabletten. Er fährt von Arzt zu Arzt und lässt sie sich verschreiben. Überall versteckt er sie. Die Mutti schimpft, wenn sie welche findet.

Er weiß schon, dass das nicht erlaubt ist. Aber was soll er tun, wenn die Schmerzen nicht aufhören. Aber die Mutti schimpft ja gar nicht so auf ihn, sondern auf die Ärzte.

– Die dürften das ja nicht. Solche Mengen!

Manchmal fährt er in eine andere Stadt und geht dort zu Ärzten und in Apotheken.

Ein paarmal hat er schon Autounfälle gehabt.

Einmal hab ich eine große Packung *Dolviran* unterm Autositz entdeckt. Danach hat er mir ein kleines japanisches Transistorradio gekauft. Vielleicht, dass ich nichts verrate.

Ich schäme mich dafür, dass er mein Schweigen erkaufen will.

Ich schäme mich für ihn und für mich.
Ich komme mir schäbig vor, weil ich der Mutter nichts sage.
Ich wär mir aber auch schäbig vorgekommen, wenn ich ihn verraten hätte.

Vielleicht ist er mit dem Kopf gegen die Kante vom Waschbecken geknallt. Das ist schon einmal passiert. Da hat er schlimm geblutet.
Der Rack würde sagen: Er hat geblutet wie eine Sau!
Ich denke solche Sätze schon auch manchmal.
Aber ich will sie nicht denken. Das kommt mir vor wie eine Sünde. Ich sage: Nein! Ich will sauber denken und anständig sein, damit es meinem Vater nicht noch schlechter geht. Sonst bin ich noch mit schuldig. Ich will nicht schuld sein. Ich will nicht, ich will nicht, ich will nicht.
So, wie das Haus nie schläft, ist auch der liebe Gott immerzu wach und sieht alles. Nicht nur, was ich tu! Er sieht sogar alles, was ich denke. Und dann straft er mich und lässt es dem Vater noch schlechter gehen.
Letzte Woche habe ich meinen vierzehnten Geburtstag gehabt. Der Vater ist mir mit der Hand über den Kopf gefahren, hat mir über die Haare gestreichelt. Da hab ich gespürt: Er hat mich lieb.
Ich halte mich still.
Und wenn die Mutter zu fest schläft?
Und sie hat ihn nicht gehört.
Und er liegt bewusstlos im Bad auf dem Boden.
Und er blutet. Und er verblutet vielleicht.

Und ich habe es gehört, wie es gepumpert hat, bin nicht aufgestanden, habe nicht Alarm geschlagen …
An der anderen Wand die Schwester atmet gleichmäßig. Sie hat nichts gehört. Ich steige aus dem Bett. Meine nackten Füße spüren den kratzigen Bettvorleger, gleich drauf den glatten kalten Boden vor der Tür. Ich bleib stehen.
Kein Laut zu hören.
Türklinke drücken. Leise.
Leise hinaus.
Die Füße patschen durch den Gang. Im Bad brennt Licht. Am Badewasserboiler lehnen die Krücken. Auf dem Rand der Badewanne sitzt der Vater. Er weint leise. Er blutet am Kopf.
Ich will ihn trösten.
Er schnauzt mich an: Geh weg, lass mich in Ruh!
Er hat Tabletten in der Hand.
Ich will sie ihm wegnehmen, will das tun, was ich tun kann.
Da steht die Mutter im Bad.
Sie schiebt mich hinaus und macht die Tür zu.
Ich lausche. Ich verstehe nichts. Ich weiß nicht, was ich tun soll. Ich geh ins Bett und liege noch lange wach und fange wieder an zu beten, immer wieder von vorn: Also drei mal drei Vaterunser und drei mal drei Gegrüßet-seist-du-Maria. Das ist vielleicht zu wenig. Sieben ist eine heilige Zahl, also sieben mal neun Vaterunser und sieben mal neun Gegrüßet-seist-du-Maria.
An mir soll es doch nicht liegen. Ich will nicht einschlafen wie die Jünger auf dem Ölberg. Ich muss doch alles tun. Alles. Ich sollte vielleicht nicht so mechanisch sprechen zu Gott, sollte

vielleicht eine eigene Sprache finden, eine ehrliche, die versteht er bestimmt. Wenn er schon nicht antwortet, dann soll er mich wenigstens anhören.
Ich muss wach bleiben. Also sieben mal sieben und sieben mal neun Vaterunser und sieben mal sieben und sieben mal neun Gegrüßet-seist-du-Maria. Wer hilft mir wach zu bleiben?

Reise in den Schwarzwald

Ich wohne das erste Mal in meinem Leben in einer Pension. Hier habe ich für ein paar Tage ein Zimmer für mich allein, ein eigenes Waschbecken, einen eigenen Tisch, einen eigenen Schrank. Meine Eltern und die Sabine haben nebenan ein Zimmer. Die Sabine hat in unserer Pension schnell eine Freundin gefunden, die genauso alt ist wie sie. Bei der darf sie bleiben, wenn wir tagsüber Ausflüge machen. Einmal fahren wir zum Titisee, einmal nach Baden-Baden, einmal zu einem Bruder von der Oma nach Freudenstadt, einmal über die französische Grenze nach Straßburg.
Das Straßburger Münster schaut so ähnlich aus wie der Regensburger Dom und doch anders. Der Regensburger Dom hat zwei Türme. Der Straßburger hätte auch zwei, aber nur einer ist fertig geworden, der andere bloß bis zur Hälfte. Man kann sich genau vorstellen, wo der zweite Turm hätte sein sollen. Das Straßburger Münster kommt mir vor wie der Vater mit seinem einen Bein.

Ich steige mit der Mutti zu Fuß die lange Schneckenstiege hinauf. Wir wollen dem Vater winken, aber wir sehen ihn nicht. Als wir wieder unten ankommen, ist er immer noch nicht da. Erst eine halbe Stunde später sehen wir ihn. Er kommt aus der Apotheke. Seine Schmerzen lassen ihm keine Ruh. Er hat sich Tabletten holen müssen.

Am nächsten Tag hab ich keine Lust, beim Ausflug mitzufahren. Meine Eltern bleiben heute auch im Dorf. Aber ich bleibe nicht bei ihnen, ich will heute allein sein. Ich gehe in den Wald, immer an einem Bach entlang den Berg hinauf. Will wissen, wo der Bach anfängt. Will an der Quelle stehen bleiben und vielleicht mich hinsetzen und zur Ruhe kommen. So geh ich und geh und werde nicht müde. An der Stelle, wo der Bach beginnt, gibt es keine Quelle. Nur einen Sumpf.

Brüderchen kann nicht trinken, Brüderchen kann nicht in ein Reh verzaubert werden, Brüderchen steht bis zu den Knöcheln im Dreck. Ich schneid mir mit dem Taschenmesser einen Stecken von einem Haselnusstrauch. Den längeren Teil davon verwende ich als Wanderstock, nein, als Speer, denn ich fühl mich auf einmal als Indianer. Ich will doch kein Kind mehr sein. Ein kurzes Stück des Steckens schneid ich mir als Zepter ab, als Zauberstab, als Fetisch – mit dem werde ich zum Medizinmann, zum Schamanen …

Am Rand vom Quellsumpf hock ich mich auf einen Baumstumpf und schnitze geheimnisvolle Zeichen in die Rinde, wie sie sich gerade ergeben, Zeichen, die der Zufall diktiert, Zeichen, die entstehen, weil mir das Messer ausrutscht, Zeichen, die aus dem Stab mehr machen als er ist, Zeichen, die

etwas an ihm sichtbar machen, das sonst in ihm versteckt geblieben wäre: eine Leiter, Pfeile, Blumen, Fische, verschieden tiefe Kerben, Quadrate, Sonnen, Monde, Kreuze oder Muster, die ich mir selbst nicht erklären kann, für ein paar Zentimeter gelingt mir eine Spirale rund um den Stock. Mit dem kann ich jetzt alles heilen, kann ich das, was zerstört ist, ganz machen, alles was zerbricht, ganz machen.
Bin ich kindisch? Wachs ich rückwärts? Werd ich wieder ein Kind? Nein: Ich will wie ein Indianer sein und die Welt anders verstehen, ganz anders als mein Vater und meine Mutter.
Ich will in der Welt lesen wie in einem Buch.
Ich will Spuren lesen und schauen, wo sie hinführen.

Heimlich schreiben

Ich habe mir ein Schulheft gekauft – nicht für die Schule, ein viel dickeres Heft. Das werd ich vollschreiben, Seite für Seite, nur für mich allein. Ich werde meine Gedanken aufschreiben, so wie das die Schriftsteller machen. Das wird mein Buch sein. Was soll ich außen draufschreiben: *Tagebuch*?
Eigentlich schreibe ich immer erst weiter, wenn sich meine Eltern abends niedergelegt haben, also: *Nächtebuch*?
Nein, ich schreib *Schwarzwaldbuch*. Ich hab im Schwarzwald damit angefangen. *Schwarzwaldbuch* klingt geheimnisvoll.
Ich übe seit einigen Wochen, keine Angst vor nichts und niemandem mehr zu haben.

Ich frage einfach immer: Warum eigentlich?
Oder: Warum eigentlich nicht?
Auf die erste Seite von meinem *Schwarzwaldbuch* schreibe ich nur ein paar Zeilen:

Pfingstsonntag, 29. Mai

warum nicht
hundenasen
bienensinne
fledermausohren
hat kein mensch
warum nicht?

Das Heft zeig ich niemandem. Ich sag zwar, dass das mein erstes Gedicht ist, weil ich will, dass das mein erstes Gedicht ist. Sicher bin ich mir nicht, ob es überhaupt eines ist. Dass sich ein Gedicht nicht reimen muss, hab ich sogar schon in der Schule gelernt. Vielleicht ist es kein besonders gutes Gedicht, aber es ist mein erstes Gedicht. Schluss, aus.
Nein, das Heft zeig ich niemandem. Jeder würde dumme Fragen stellen. Jeder würde wollen, dass ich ihm erkläre, was das Gedicht bedeutet. Sind ja nur Wörter.

Dienstag, 31. Mai

vögel
wörter die mir zugeflogen sind
jetzt sind sie da
na und
sie dürfen bei mir bleiben
ich werd sie jeden tag füttern

So ähnliche Gedichte habe ich in der Bücherei gefunden. Manche haben mir gefallen, schon deswegen, weil sich die Dichter nicht besonders um die Rechtschreibung gekümmert haben und auch nicht darum, ob das, was sie dichten, irgendwer versteht.
Da gibt es Bücher, in denen alle Wörter klein geschrieben sind, ohne Punkt und Komma. Sie haben Wörter aneinandergehängt und Sätze aneinandergereiht, die eigentlich nicht zusammenpassen. Das gefällt mir, weil in echt auch so vieles nicht zusammenpasst. Alles klein schreiben und rotzfrech einfach alles hinschreiben, was mir einfällt. Alle Wörter sollen gleich viel Macht haben. Nichts soll sich reimen müssen.

Samstag, 4. Juni

krähenfüße
ich bin eine krähe
ich hupf durch den bettdeckenschnee
ich hupf weiter und weiter
dem vater auf den kopf
ich seh hier bin ich schon einmal gewesen
ich seh meine spuren in seinem gesicht

Sagts doch zu mir: Du spinnst wohl! Von mir aus, ich werd nichts drauf sagen und heimlich weiterschreiben, einfach alles aufschreiben. Ich will mein Tagebuch auch aus einem anderen Grund niemandem zeigen. Ich schreibe alles hinein, was ich sonst nie jemandem erzählen würde. Und ich rede in der Sprache mit meinem Tagebuch, die *mir* passt. Da kann mir keiner was dreinreden oder gar vorschreiben.

Ich versuch zu beschreiben, was ich gern hab. Aber ich schreibe auch meine Wut hinein und ich schreib hinein, wenn ich traurig bin. Ab und zu entstehen kleine Geschichten.

Mittwoch, 8. Juni

der kleine herr gott

die wiese unterm fenster. hier werden aus heuhupfern ritter in grün schillernden oder rostig braunen rüstungen, gruslige ungetüme, die plötzlich aufspringen und fort sind sie. wer sie erwischen will, muss gleich nach ihrer landung nach ihnen greifen oder kurz bevor sie wieder aufspringen, das hat der kleine bub schnell heraus. ich beobachte ihn, wie er heuhupfer fängt. er hält sie zwischen zwei fingern, betrachtet sie und lässt einen nach dem anderen wieder aus. ich stelle mir vor: große augen haben sie und antennen, fühler wie marsmenschen und sechs beine, von denen die beiden hinterbeine die größten und die wichtigsten sind. der bub spürt, dass er ein kleiner gott ist: der beschützer, aber auch der beherrscher der wiesenwelt, ihr gott und ihr teufel. was wird sein, wenn er dem heuhupfer einen der hinteren haxen ausreißt? und gleich auch noch den anderen. ha! jetzt ist es aus mit der hupferei! der kleine genießt seine macht über den noch kleineren. im gleichen augenblick tut ihm das tier leid. aber wie soll er das nur wieder gut machen? er will den heuhupfer nicht in diesem zustand weiterleben lassen, er will ihn nicht quälen, er nimmt einen stein und schlägt ihn tot.

Ich male auch kleine Bilder in mein Heft. Zum Gedicht auf der ersten Seite zeichne ich einen schwarzen Wald, keinen schönen, einen batzigen mit Tintenklecks-Laub, das ich in alle Richtungen verwische. Neben das Krähengedicht male ich eine Zierleiste aus Tabletten in den verschiedensten Farben und Formen, gelbe ovale, hellblaue Kugeln, rote längliche, die wie Bonbons ausschauen und dazwischen winzige weiße Plättchen.

– Das sind die stärksten, hat der Vater gesagt. Ein starkes Opiat gegen die stärksten Schmerzen.

Ich weiß, wie sie wirken. Wenn er die nimmt, fällt ihm beim Essen der Kopf nach vorn auf die Brust. Dann schaut es aus, als tät er schlafen. Da ist er nicht mehr bei sich. Da nimmt er für ein paar Stunden Abschied von sich. Und Abschied von uns.

Manchmal hilft es, wenn ich nicht mehr an schlimme Sachen denke. Dann vergess ich sie einfach. Aber das geht verdammt schwer. Wenn ich mir vornehme, dass ich an etwas nicht denke, denk ich dauernd dran.

Und andere Sachen, die mich irgendwann geärgert oder die mir irgendwann Angst gemacht haben, tauchen auf einen Schlag wieder auf, grad dann, wenn ich sie am wenigsten brauchen kann. Da sitz ich in der Schule und auf einmal denk ich an ein Hemd, das ich vor ein paar Jahren einmal gehabt hab, an den rauen Stoff und an das ekelhafte Kratzen. Ich hab das Hemd schon lang nicht mehr, aber auf einmal kratzt es und kratzt und kratzt, dass ich es nicht mehr aushalten kann, und ich fange an zu schwitzen und dann kratzt es noch mehr.

Heut in aller Herrgottsfrüh hab ich geträumt von dem Tag, als ich mit dem Vater und der Elli in den Sommerferien zum

Heuwenden von Altenufer aus in die Ponau gefahren bin. Da haben wir eine Pause gemacht und der Vater ist zu den Haselnussbüschen hinübergegangen und hat mich auf einmal gerufen.

Er war mit einer Krücke in ein Kreuzotternnest getreten. Das hat er mir unbedingt zeigen wollen. Ein Gewurl aus kleinen Schlangen, die sich um seine Krücke geringelt haben. Ich hab Angst vor ihnen gehabt und bin weggelaufen.

Später hat er mich auf die Elli gesetzt und dann hab ich die Schlangen vergessen, bis sie heut in der Früh in meinen Traum hineingekrochen sind.

Komisch: Trotzdem habe ich das Gefühl, die Angst wird kleiner wie eine Seife in der Badewanne. Ich kann machen, was ich will; ich kann nicht aufhalten, was kommt. Ob ich schuld bin oder nicht, ich werd froh sein, wenn er endlich sterben kann.

Daheim schreib ich ans Ende vom *Schwarzwaldbuch*:

Freitag, 1. Juli

ich hör auf
ich hör auf abschied zu nehmen von mir
ich will bei mir bleiben
ich fang an

Einen Tag später schwänze ich zum ersten Mal die Schule.

Ich hau nach der ersten Pause einfach ab. Ich geh durch die Stadt über den Domplatz auf die Steinerne Brücke und hinunter zur Donauinsel. Alle anderen Leute haben was zu tun. Ich nicht. Ich fühl mich so frei, dass ich es gar nicht glauben kann. An der Donau setz ich mich ins Gras, schau hinüber zu den Domtürmen: der Vater, die Mutter und ich, der Eselsturm.

Und der kleine Turm zwischen den Domtürmen, das muss die Sabine sein. Jetzt erst bemerk ich, dass die Sonne scheint, und ich atme tief durch. So viel Flimmern über dem Wasser. So viel silberne Luft. Ich leg mich zurück und schau in den nackerten blauen Himmel. Eine einzelne Wolke fliegt über die Stadt. Da lieg ich drauf, wie damals in Altenufer, wo ich oben auf dem Heuwagen hab mitfahren dürfen. Auf einer Wolke, die so stark nach Heu geduftet hat, dass ich richtig benebelt gewesen bin.
Langsam wird das kühle Gras warm unter meinem Rücken.

Ein neuer Stundenplan

Ich gehe jeden Tag in die Schule und komme jeden Tag von der Schule heim. Aber ich komme keinen Tag in der Schule an. Ich durchstreif die Donauinseln und find immer bequeme Plätze, wo ich mich ins Gras legen und lesen kann.
Schad, heut ist es neblig. Ich kann kaum das andere Ufer erkennen. Das Gras ist feucht. Und im Stehen lesen, das gefällt mir nicht. Am Ufer find ich eine Muschelhälfte.
Das Perlmutt im Inneren passt gut zur Farbe vom heutigen Tag. Auf einmal schimmert milchig die Sonne durch den Nebel. Über der Donau bleibt der Vorhang ganz dicht, nur in der Höhe reißt er auf. Die Domtürme spitzen schon heraus.
Es tut mir gut, das alles beobachten zu können, bis zu dem Augenblick, als ich mir überlege: Wie könnte ich das auf-

schreiben? Und ich grüble darüber nach und bemerke, dass ich auf einmal nichts mehr beobachte, sondern immer nur darüber nachdenke, wie ich beschreiben könnte, was ich vorhin gesehen hab. Und schon denk ich darüber nach, dass ich nur noch darüber nachdenke, warum ich über das Beschreiben der Nebelstimmung nachdenke, ohne mir zu überlegen, wie ich sie beschreiben könnte.

Da ist es mir, als würde dieser Nebelmorgen mit mir auf den Donaufluten hinuntertreiben nach Straubing und weiter nach Deggendorf, vorbei am Kloster Niederalteich bis nach Altenufer. Heut ist der Nebel mein Lehrer und das Wasser und das Licht. Und nach drei Unterrichtsstunden taucht die Sonne über den Türmen der Stadt auf. Das Signal für eine große Pause. Also setz ich mich auf einen Stein und ess mein Leberwurstbrot. Danach mach ich mich ans Lesen. Es gibt einiges nachzuholen. Ich kann mich aber nicht konzentrieren.

Ich denk auf einmal: Was bleibt mir denn von einem Buch, wenn ich es gelesen habe? Beim Lernen ist es ganz anders – ich lerne und lerne und weiß immer mehr. Aber das Lesen? Hab ich nicht viele Geschichten, die ich einmal gelesen habe, längst vergessen?

Ist die Leserei nicht nur ein Zeitvertreib, von dem nichts bleibt. Was gibt mir denn das Lesen?

Kohlenmänner

A ist der Anfang und Z ist das Ende.
Die Kohlenmänner kommen immer im Sommer.
Schwarze Männer mit ledernen Rücken.
– Hau ruck!
Einer steht auf dem Lastwagen und belädt die anderen mit den Säcken. Schwarze Männer mit rußigen Gesichtern.
– Hast'n!
Raue, bellende Stimmen.
– Auf geht's und ab!
Ich fürchte sie. Im Keller wächst zuerst ein mächtiger Haufen Eierkohlen heran, harte, runde, staubige, traurige Gedanken, meine Sünden, rußiger und schwärzer und mit mehr Glanz als die Nacht. Darauf schütten sie die Briketts, lauter kleine Särge, Särge, in denen Amseln Platz hätten. Ein großer Haufen mit Amselsärgen. Die gekreuzten Hämmer auf dem Deckel bedeuten: Schluss. Aus. Äpfel. Amen.
Die Mutter schlichtet sie sauber auf. Sie hat sich die alte geblümte Küchenschürze umgebunden und ein Kopftuch aufgesetzt. Den Eierkohlen weist sie die gegenüberliegende Ecke zu und engt sie mit den Briketts immer mehr ein. Die Vorderseite stützt sie mit Brettern ab. Wenn die Oma da ist, hilft sie mit. Wenn der Vater gerade keine Schmerzen hat, hilft er auch mit. Oder ich helfe mit und schnäuze am Abend schwarze Gedanken aus dem Hirn ins Taschentuch. Der Keller wird angefüllt mit Traurigkeit. Jedes Brikett ein kleiner Trauerfall. Ein Sarg. Eine Vorbereitung fürs Ende vom Jahr. Wir wissen

immer schon im Sommer, dass der Winter kommt und was der Winter bringen wird.
Heute in aller Früh, als ihn die Sanitäter abgeholt haben, hab ich den Vater zum ersten Mal ganz nackt gesehen. Sein Glied war so klein und schrumplig. Es muss vielleicht so sein, wenn sich jemand aus dem Leben zurückzieht. Ich hab mich geschämt, weil ich zweimal hingeschaut habe. Aber ein drittes Mal hab ich nicht mehr hingeschaut.
Das breitbeinige **A**. Ein Engel in Reithosen. Mit verschränkten Armen steht er vor mir und befiehlt: Steh auf und geh! Der Weg vom **A** bis zum **Z** ist der Weg vom Dachboden in den Keller. Wenn man ihn hinter sich hat, ist er ganz kurz. Der Weg vom Anfang bis zum Ende. Ich sehe ihn hinter mir im Dunkeln. Vor mir graut der Morgen.
Ich fürchte das **Z** wie einen schnellen Schnitt mit einem scharfen Messer oder einer Glasscherbe. Das Blut schießt nicht einfach heraus. Zuerst ist nur eine klaffende leere Furche in der Haut zu sehen. Die füllt sich langsam mit Blut. Schon tropft es, das Dunkelrotrußige, tropft und tropft auf den Zementboden vom Keller.
Im Winter bollert der Ofen. Auf die Glut der Briketts lege ich eine leere Flasche und beobachte, was geschieht: Schluss mit den scharfkantigen Scherben! Das Glas frisst die Glut in sich hinein, nimmt sie an wie etwas Heiliges und wird zu einer beruhigend zähen und fließenden Masse, die langsam nach unten in den Aschenkasten tropft.
Ich fürchte das **A**. Es hat viele Gesichter, ein Dachstuhl mit einem Querbalken, an dem hängen sich traurige Menschen

auf. So mache ich mich immer wieder auf den Weg aus dem rußigen Keller hinauf in den Speicher, wo in einem Schrank die alten Illustrierten aufgestapelt sind. Dort verstecke ich mich oft für zwei, drei Stunden und lese die Geschichten in den alten Illustrierten. Die können mir nicht gruselig und traurig genug sein.

Als ich am Tag drauf von der Schule heimkomme, wartet schon die Frau Schmid an der Haustür. Sie muss nichts sagen. Ich weiß, dass meine Mutter zwei Straßen weiter im Josefskrankenhaus ist. Beim Vater.

Ich weiß: Er wird heute oder morgen sterben.

Ich denke: endlich.

Ich erwische mich dabei.

Ich habe kein schlechtes Gewissen mehr deswegen.

In eine Abstellkammer haben sie sein Bett geschoben. An der Wand hängt ein bedrohlich großes, geschnitztes Kreuz.

Es riecht so komisch hier. Riecht so Blut?

Ein dünnes weißes Bettlaken, darunter zeichnet sich sein eingefallener Körper ab. Gar nicht lange her, da ist er richtig dick gewesen. An einem weißen Gestell, das ausschaut wie ein Galgen, hängt eine Blutflasche.

Ich nehme seine Hand.

Er bewegt die Lippen.

Er redet mit mir.

Ganz leise sagt er: Tu beten, Harald, tu beten!

Die Krankenschwester zieht eine Schale unter dem Betttuch vor, die ist ganz voll Blut. Ja, das ist Blut. So riecht Blut. Oben

tropft es durch die Schläuche in seine Adern und unten geht es durch den Darm wieder ab.
Die Mutter winkt mich zur Tür. Ich soll mit ihr hinausgehen. Sie hat mit dem Doktor gesprochen. Es kann nicht mehr lange dauern mit dem Vater.
Mir ist, als höre ich irgendwo in der Ferne die Kohlenmänner.
– Hau ruck!
– Hast'n!
– Auf geht's und ab!

Ganz der Vater

So ausgeruht hab ich ihn schon ewig nicht mehr gesehen.
Er lacht. Nein. Ich suche ein anderes Wort.
Er lächelt. Ja, er lacht nicht, er lächelt.
Lächeln ist ein Wort, das gut tut. Wie er lächelt!
Ich hab ihn lieb.
Ich streiche ihm mit der Hand über die Wange.
Ich erschrecke.
Ich spüre die Kälte und schrecke zurück. So kalt hat er sich im Leben nie angefühlt. Ich habe die Hand schon zurückgezogen, da erinnere ich mich erst wieder: das Kratzen, die Bartstoppeln. Es kratzt wie früher, wenn wir daheim auf dem Kanapee geschmust haben. Früher. Da bin ich noch klein gewesen. Die Oma fällt mir ein.

– Bei Toten wachsen die Fingernägel, die Haare und der Bart noch eine Zeitlang weiter, hat sie erzählt.
Er hat seine Hände gefaltet. Ich schau mir seine Finger an. Es sind die Finger, an denen ich zählen gelernt hab. Sie sind ganz weiß. Bestimmt sind sie so kalt wie sein Gesicht. Ich trau mich nicht, ihn noch einmal anzulangen.

Daheim liege ich in meinem Bett auf dem Rücken. Es wird langsam dunkel. Es ist kalt. Ich komme mir kalt vor. Ich habe Angst und weiß nicht vor was. Ich will mich ganz klein machen und weiß, dass das nicht geht. Ich rühr mich nicht mehr. Ich stell mir vor: Ich bin tot. Ich höre meine Haare und die Fingernägel wachsen.
Auf einmal steht meine Mutter neben mir und fragt und fragt:
– Ob wir uns wiedersehen irgendwann?
– Ob es wirklich ein Leben gibt nach dem Tod?
– Ob ihm dann wirklich nichts mehr weh tut?
Ich antworte nicht.
Ich weine nicht.
Ich suche etwas anderes, an das ich denken kann.
Das werde ich jetzt immer so machen.
Und einen neuen Frisör werd ich mir suchen.
Und einen Stiftelkopf werd ich mir schneiden lassen.
Und die Leute werden sagen: Ganz der Vater.
Und sie werden nicht wissen, was sie sagen.

Inhalt

Der Verlag Sankt Michaelsbund im Internet:
www.st-michaelsbund.de

Der Autor im Internet:
www.haraldgrill.de

ISBN 978-3-939905-58-5
Erste Auflage

Umschlagbild: Bernadette Maier, Vilshofen
Layout und Satz: Rudolf Kiendl, München
Herstellung: Friedrich Pustet KG, Regensburg